贾宝玉著书黄叶村

贾探春洒泪别故乡

刘姥姥雪夜救孤女

瓜洲渡口妙玉抗枯骨

黄叶村寒冬噎酸虀

雪落青埂峰之一

白茫茫大地真干净

雪落青埂峰之二

格致斋重续石头记

陈格／著
萱草斋／插画

上海社会科学院出版社
SHANGHAI ACADEMY OF SOCIAL SCIENCES PRESS

自 序

《红楼梦》在中国，正如莎士比亚戏剧在英国，家喻户晓无人不知。

正如一千个人读哈姆雷特，就有一千个哈姆雷特。而一千个人读《红楼梦》，也会有一千种结局。

《红楼梦》未完，如骨鲠在喉。曹雪芹先生所作原本八十回《石头记》，可谓家喻户晓。可惜后三十回失落无考，通行本为乾隆年间高鹗所作，我们从小看的应该是这个版本。

我第一次知道《红楼梦》，是五六岁的时候，奶奶带我去看电影《红楼梦》。当时我记不得电影的故事情节，只记得宝哥哥与林妹妹，结局很悲伤。后来就忘了，直到小学四年级，那年暑假翻老爸的书柜，见到一套《红楼梦》，觉得非常好奇，拿了就往下看。其实有好多看不懂，好在那套《红楼梦》有许多老爸手写的评注，我就囫囵吞枣，一边看情节，一边看评论，看不懂的就跳过去。

当时看的是热闹，只看大致的故事情节，只看宝玉和林妹妹。那些诗词歌赋，通通看不懂，一路跳过去。记得那年暑假，每次看书前爸爸都督促我洗手，洗完了以后放到太阳底下晒，直到有了阳光的味道，才可以去翻《红楼梦》。我废寝忘食地读着红楼。还记得一个晚上，台风来了，下着暴雨，我点着灯在书桌前，院子里听得见噼里啪啦的雨声，当时我正读着潇湘馆下雨，很有那样的意境，而父母就在我身边。

小孩子的《红楼梦》很简单，基本上就是宝玉和林妹妹的故事。明显的感觉是看到八十回后不好看，跳到了九十七回看到黛玉焚稿就看不下去了。第一次看红楼就到此结束。后来高中毕业之后再看红楼，每一次看感觉都不同，慢慢地会去看诗词看意境，看一些其他姐妹们的故事，再看小人物的故事。很奇怪的是，虽然每次看都会隔几年，但是每次看的感觉都类似，看到八十回后就觉得明显地不好看，基本上看不下去，看了几回就直接跳到最后一回。感觉就像两种思想境界，有时甚至矛盾。

直到工作若干年以后，记得是2005年的夏天，有一位朋友写了一篇《脂砚斋重评石头记》读后感，我看了觉得很有意思，就找到这本书。看了之后，如获至宝。当时的感觉如同石破天惊，这本书应当隐写了作者曹雪芹所要表达的全部内容。

然后一发不可收拾。当时我看了许多关于红楼评论的文章，包括周汝昌先生的各种著作，后来还找到蔡元培、胡适、俞平伯、鲁迅等大家关于红楼梦的各种评论。又陆续看了张爱玲、周思源，以及后来各家各版的红楼评论。

看红楼的各种评论，花了两三年的时间。慢慢的，我形成了以脂本红楼为基础的体系，以曹雪芹的家族史为历史原型，把历史时期放在康雍乾的三朝背景下。由此去伪存真，去掉了一些未必恰当的索隐派以及各种自创流派。

我试着根据脂砚斋石头记版本的提示，以及周汝昌老先生的真本框架分析，在2009年初，完成了《红楼梦》后二十八回的结构分析。当时只是兴趣爱好使然，希望能推断出后三十回的情节。

后来，和一些好友们商量，开始写后三十回。当时是初生牛犊不怕虎，每一个人心里都有一本属于自己的《红楼梦》。我所作的，是尽我自己的全力，去完成自己心中的，又不负曹公原笔原意的《石头记》。

写作的过程开始比较简单，后来异常艰难。因为熟读红楼，所以用接近红楼语言的文风写作不算太难，但是当时的古诗词是我的弱项。第一次续写红楼我并没有凭一己之力写古诗词，而是请了一位会写古诗词的朋友一起合作。后来因为对于人物命运和总体思想存在着分歧，对于怎样归结红楼梦有着不同见解，所以我决定自己来写所有的古诗词。

从2011年我开始抄读《诗经》，并且从古代诗歌史的角度出发，读了大量的楚辞、乐府、唐诗、宋词，又看了许多关于《红楼梦》的诗词评论。2013年，我开始尝试写古诗词。当时我试着用古诗词写游记，到了2015年又和好友们一起组了一个诗社。我们常常以诗词相和，又以诗会友，慢慢地融入了一种古诗词的气氛和意境。差不多在2015年初，我开始第二次写石头记后三十回，前后慢慢写了两年，一直到2017年年初。

因为《红楼梦》的博大精深，又因为后十回的原结局非常悲惨，我每每写到后十回都不忍下手。但这恰恰是曹雪芹原版《石头记》的魅力所在。我常常写到后来就会融进《石头记》的境界中，有时会惊觉：原来曹公是这样的意思——前三十回的明媚动人往往就是烈火烹油，正是为了对比后三十回的惨败凄惨；大观园的花团锦簇就是为了突出后三十回的悲苍凄凉。就如同曹雪芹的寓意：风月宝鉴正面之美人就是为了突出背面之骷髅，《石头记》断臂之美，处处是凄凉，应了那句话，良辰美景奈何天。

其实曹公后三十回的故事已经全部写成，就在前八十回里。而后曹公泪尽而亡，撒手而去。不管怎样，他已经把所有的谜底全部藏在了前八十回，只待后人去解。

我终于在今年四月，完成了《格致斋重续石头记》的第二稿。当时写完，突然发觉，自己竟然也前后花了十二年的时间——真是恍若人间一梦。

又花了一个月的时间，把这几年来的稿子重新整理修改了一遍，完成了《格致斋重续石头记》的第三稿修改。我也终于完成了自己的心愿。当然这本稿子还有许多未尽之处，但我已尽力，也算不负这十几年的岁月，不负曹公的原版《石头记》。

写作过程中，感谢各位朋友们十年的相伴，尤其感谢后期宁静、涛涛、林子、云儿等好友的陪伴，另外特别感谢上海社科院出版社编辑应韶荃老师，以及汪佩、张家启、孙小鱼等各位出版界老师的推荐和帮助。

最后，特别感谢我的妈妈，也是本书的插画作者。因为有了妈妈的配画，这本续书对我而言，显得格外不同。

仅以此书向三百年前的曹雪芹、脂砚斋以及《红楼梦》致敬！

陈 格

丁酉年五月二十四日

目录

第八十一回

痴香菱枯木返故乡　苦迎春中山恨无常

那迎春过了几日，便被孙家接回。迎春临行时，与大观园众姐妹洒泪而别。李纨、黛玉、探春、惜春等无不落泪。宝玉躲到紫菱洲长吁短叹，想起迎春素日温柔静默，却不知到了孙家竟如此委屈。正值深秋，紫菱一带水雾茫茫，枯荷阵阵。宝玉看了不禁滴下泪来。

迎春即去，王夫人与众姐妹等不免一番叹息，那邢夫人倒坦然自若，不在话下。

那宝玉独自在紫菱洲，秋风瑟瑟，不禁吹得秋衣掠起。宝玉穿得单薄，也不在意，一心只念着迎春回了孙家不免受气，她自幼不与世争，岂有不受委屈之理？宝玉与迎春姊弟情厚，不免滴下泪来。正独自伤悲，便觉得有人在他身后唤道："宝二爷，你在这里做什么？我们姑娘正找你呢！"

宝玉回头，却见莺儿笑嘻嘻地站在树下。自抄捡大观园后，宝钗便极少进园，前几日迎春省亲才回园略坐一二，与姊妹们一聚。宝玉见莺儿，笑道："姐姐从哪里来？宝姐姐姨妈可好？"莺儿手上拿着一个紫檀香木的小锦匣，对宝玉笑道："宫里又新进了些宫花，我们姑娘要我拿来给园里的姑娘们，各处的姑娘们都有。姑娘又特别吩咐，一定要给袭人姐姐留着两朵才好。"宝玉笑道："难为你想着，可是姐妹们都有？林妹妹送去了不曾？"

莺儿笑道："第一处送的就是林姑娘那里，比别人都多一份。我们太太还叫我多带了一两燕窝给林姑娘。林姑娘今儿好了很多，又让我带了些书稿给我们姑娘，说太太和我们姑娘怎么就不太进园子了。"宝玉道："她与你们姑娘好，自是想着往年大家在一起，说说笑笑倒也不寂寞。只是这一两月走的走，散的散。二姐姐去了，你们姑娘也走了，这园里一下冷冷清清，怨不得她如此说。”

宝玉和莺儿一路说说笑笑，回到怡红院。袭人见了莺儿，忙拉着莺儿在椅子上坐了，小丫鬟端上青瓷盖碗沏好的热茶。莺儿把小锦匣交给袭人，袭人看着宫花自是一番谢意，笑道：“多谢宝姑娘，她那么忙，还惦念着我。东西是小，可见她对我的心真。替我谢谢姑娘，只是宝姑娘现在不在园子里，我不能亲自去谢她。”莺儿笑笑，看了一会袭人做的针线，只喝了几口茶便要回去。宝玉道：“莺儿姐姐，怎么这么快就要回去？我前儿听说香菱姐姐去宝姐姐那边了，为着什么事情气病了？”莺儿看看四边无人，对着宝玉袭人道：“我竟不知菱姑娘的命这么不好，前些日子被大奶奶叫到身边服侍了几天，晚上受了冷，又受了气，便一病不起了。大奶奶为这还和我们太太怄气，亏得我们姑娘把菱姑娘叫到身边了，只是菱姑娘如今便一病不起。眼见得菱姑娘与那边一路隔绝，竟断了见面的念头。可是菱姑娘如今病了近两月，这病也一天重似一天。那边大奶奶和宝蟾还时时闲言碎语，菱姑娘只是气得不言语，但一天天看着不好，如今竟快水米不进了。”

宝玉在书桌前喝茶，听得如此，便把盖碗茶盅放下了。他也又不多话，只是怔怔地发愣。这时袭人唤他，他也不理，只叹道：“又可怜了一个好女儿。”莺儿道：“原是我多话，不该把香菱的事情告诉他。”袭人忙安慰她，莺儿告辞，不提。

却说莺儿回到宝钗处，回了宫花之事。只见宝钗穿了一件平常蜜合色的衣服，在窗下看着香菱的方子，见莺儿回来，便抬起头来。莺儿又给了宝钗一卷黛玉的诗稿并一封书信。宝钗打开一看，只见黛玉信中写道：

蘅芜君亲启：

昨夜秋风又起，月色如洗，满园桂树飘香。不觉又忆昔日金兰之情。自吾姊辞谢蘅芜院后，院内不甚寥落，妹常在月下独自叹叹。回首诗社十余人，如今园中只寥寥两三人。妹每每思之，不甚惶恐，又不知与何人细说。

月华满地，落叶飘飘。满室清冷，不胜凄凄。寄上一卷诗稿，为今时伤秋之作，又寄挂念之意。又闻香菱病重，不知如何？愿平安。

问候母亲与吾姐安好。

此谨奉。

宝钗看了书信,摇头道:"颦儿又多思。她在信中还问了香菱的病。可怜香菱,难为林妹妹还记挂着她。"正欲打开诗卷细读,这时便有小丫头进来,说香菱不好。宝钗连忙让莺儿去端了药,一齐走到香菱的房内。只见香菱一身素衣,已经形容枯槁,容颜消瘦,在榻上双眼紧闭,脸色死灰般惨白。香菱的丫鬟臻儿坐在床边垂泪,见了宝钗莺儿过来,连忙站起。宝钗点头道:"香菱现在如何?药吃了吗?"

臻儿连忙低头道:"我们姑娘已经数天未进水米,前儿大奶奶又来骂了一回,我们姑娘气吐了血。这两天饭也不吃,连药也不吃,连日的昏睡,看着却不好。"宝钗听了,眼圈便红了,走到香菱身边,见香菱气若游丝,昏死过去一般。便命莺儿把药端来,轻推香菱道:"香菱,好歹起来吃点药,病才会好呢。"

香菱正在梦中,隐隐见了一个清朗矍铄的老者,白眉白须,见了她便笑道:"英莲,葫芦庙一别,已一十六载。爹终于找到你了。如今你正可以脱离苦海,跟我一起回大荒山去吧。"那香菱看着眼前的老道好生熟悉,恍若间就是幼年在葫芦庙边甄府里每日逗她说笑的老父,不禁喜出望外。又哭道:"爹,你就不管女儿么?一别就是十六年!"士隐却笑:"如今你尘缘已了,还不跟我回去。"香菱正欲随了士隐便去,却听有人在外面唤她。睁眼一看,却是宝钗催她吃药。

香菱对宝钗流泪,笑道:"好姑娘,我是不中用的了。我到你们家这么多年,只有姑娘对我好。"说罢,眼泪流个不停,却是说不出话。宝钗忙劝道:"傻丫头,现在说不上这个。把药吃了,万事想开些,病才会好呢。林姑娘才刚托人带了一些诗稿来,问起你来。你好了,姐妹们还好一起再作诗。"香菱听了,只是流泪,对宝钗笑道:"我这一生孤苦,自小便不知爹娘的去处。好容易跟着姑娘、太太过了几天好日子,还有那几年在园子里,跟着林姑娘、史大姑娘学作诗,高兴得什么似的。可是我再也不能了!"说罢,又咳了一阵,吐了几口血,又晕死过去。

香菱又恍然入梦,在梦里见到那白须老者,见了便哭道:"如今我便随爹去,再也不去那个见不得人的去处了。"那士隐笑道:"好,好,这才了呢。好便是了,了便是好。"说罢,便携了英莲大笑而去。

却听他一路唱道：

世人都晓神仙好，唯有金银忘不了。
世人都晓神仙好，唯有儿孙忘不了。

那英莲竟然头也不回，随他而去。正是：

根并荷花一茎香，平生遭际实堪伤。
可怜两地生孤木，致使香魂返故乡。

这边香菱却是一丝游魂，气绝身亡。宝钗、薛姨妈、莺儿等人想到香菱素日里温婉可人，都不住掉泪。连薛蟠亦大哭，想到香菱素日的种种好处，却也不禁落泪，终被薛姨妈骂了回去。金桂宝蟾等人只当不知，躲在房内不出。

香菱既没，薛姨妈、宝钗等为其料理后事。只因香菱离了薛蟠金桂，跟着宝钗绝了前面之念，便不能以薛蟠之妾落葬。宝钗可怜其身世，便与母商议，在京城之外给香菱寻了一处清冷偏僻处安葬。安葬之日，只几个仆从草草了事，薛姨妈、宝钗只在家中掉了几滴眼泪便再也不提。可怜香菱一生孤苦，最后只一个孤坟荒冢，令人唏嘘万千。后人在石头记上念及香菱一生，叹其身世，有云：

应怜真事隐平生，莫名坠入红尘中。
何必言及生前事，葫芦庙边元宵空。
一生孤苦无尽处，一双璧人叹无踪。
可怜深入侯门去，笑言前尘俱如风。
豆蔻笑看石榴裙，秋风苦吟长短梦。
最忆园内霜桂夜，满腹诗华月魄朦。
娇憨却被雨打去，伤怀总是风吹酡。
自从两地生枯木，乱石坟头见孤冢。

却说香菱已死，薛姨妈、宝钗等越发绝了与薛蟠金桂那的来往，每日里宝钗陪着薛姨妈说会子话，有时便到府中王夫人处说会子话，或到园子里黛玉处解闷。这日下午薛姨妈带着宝钗到王夫人处，才到门外便听凤姐在里边哽咽道："可怜二妹妹在孙家日日忍气吞声，背人处不知哭过多少次。今儿早上绣橘哭着跑回来，说咱们二姑娘昨儿晚上被孙绍祖那贼人毒打一顿，下半夜二妹妹竟人事不知，哭了一晚上，竟哭到断气了。"王夫人坐在那里已是呆住，黛玉、湘云、探春、惜春姊妹们都在，听了无一不暗自落泪。

王夫人手中拿着佛珠，连连念佛道："我可怜的儿，这一去才几天，便断了气。可千万得瞒着老太太。大老爷大太太那边呢？"凤姐道："可不是呢，老太太早上还问起二姑娘，我们都瞒过去了。大老爷还不知道，大太太只说了一句知道了。"王夫人眼圈又红，低头不语。

探春、黛玉等众姊妹伤心不已，遂一一告退。出门碰到宝钗母女，薛姨妈对宝钗道："你姨妈这会子心情不好，你随你妹妹们去园中逛逛，我和你姨妈说会子话。"

宝钗点头应了，便随着众姐妹来到秋爽斋探春处。只见宝玉远远的一袭石青色衣衫，从园中过来。宝玉见到宝钗就问香菱，宝钗眼圈略一红，也不多语。湘云恼道："我要找老祖宗去。这会子香菱死了，二姐姐也这样，难道罢了不成？"

众人连忙拉住她，黛玉啐道："偏你充什么荆轲霸王。如今走的走，散的散。今儿是香菱二姐姐，明儿还不知是谁。"说罢便眼圈红了。宝玉跌坐在一张椅子上，叹道："我回老太太去。死了我们一起死了，活着我们一处活着。"探春忙拦住宝玉，冷笑道："如今也回不得老太太。一则老太太年事已高，二则他们近日又瞒了老太太多少事。依我说，大家不如都散了，早早地离开才好。只是别像二姐姐这样被人欺负了去才好。"惜春冷然不语，宝钗拉着黛玉在一边坐下，又对宝玉道："都是你这呆话，让姐妹们伤心。二姐姐香菱已死，断断不能复生。姐妹们更要保养好自己，由不得你胡说。如今我不在这里，园子里只剩下了大嫂子、林妹妹、三妹妹、四妹妹几个，依我说，总是越来越冷清，不如早日住回老太太、太太那边去才好。"

宝玉一时呆了，看着黛玉竟说不出话。众人都坐着不语，宝玉也不理众人，在探春的书桌前坐下，见桌上有纸，便提笔写道：

又是一夜秋风起，池塘风起浮萍哀。
昨日棋屏掉燕泥，今宵空巢断尘埃。

醉花荫下穿闲花，缀锦楼里藏慈怀。
可恨遭遇中山狼，红颜枯槁黄土埋。

宝玉写罢又怔怔不语，只是眼中含泪。黛玉走来，拿着诗稿也落下泪来。探春接过诗稿，看了便眼圈红了，片刻擦了眼泪冷笑道："我若是可以出去，便要会会那中山狼。我现在就去回太太，便是拼了这条命，也要问问大爷大娘，替二姐姐讨回公道。"湘云早忍不住，起来便道："我和你一起去吧。"说罢便要拉着探春一起出去。宝钗连忙拉住两人道："如今你们倒忍不住，可是若闹得老太太知道，这可又怎么好？"探春、湘云方不言语，只是心里还是有恨。

这边侍书给众人端上了茶水，众姐妹都说不出话。虽是淡淡的，但终不禁凄凉。一时，惜春便先去了。又坐了一会，薛姨妈派人来接宝钗，贾母又唤鸳鸯来请湘云过去。

宝玉见众人已散，便欲站起要送黛玉回潇湘馆。这时玉钏进来，脸色沉重，过来对探春低头道："姑娘，太太请你过去。"

探春见了，心下生疑。便也不多说，便辞了众姐妹，往王夫人处慢慢而去。

欲知后事如何，请看下回分解。

第八十二回

贾探春受封嫁海疆　林黛玉对月叹别离

且说探春便随了玉钏去王夫人处。众人皆有所疑虑，又不好说破。只见赵姨娘带着小鹊儿进来，众人知她素日和探春不睦，每次来探春总是怄气，若恼了大家不好看。众人见她来，也不多语，各借故离开。那赵姨娘假意略笑，便在探春书房让小丫鬟倒茶，她便自斟自饮，等探春回来。

宝玉和黛玉同路，一路送黛玉回潇湘馆。时值午后，又在深秋，只见石子小径苔深露滑，落叶片片。黛玉不禁阵阵寒意，止不住咳了几声。宝玉忙拉着黛玉的手道："如今天又渐冷，你如今药可按时吃？看你穿得也单薄，也该添了披风出来才是。"黛玉推开宝玉的手，笑道："哪里就这么冷死我了？药倒还是吃，紫鹃每顿都打发我吃。有时夜长了，我倒不记得。"宝玉笑道："亏得紫鹃，她是极好的。要不是她，你得忘了多少次药。"黛玉点头道："如今也愁不到这里。宝姐姐如今是出园子了，二姐姐又没了。近日园子里总是冷冷清清，云丫头近日也不太来，好不容易才来，老太太又叫了她去。如今园子里只有探丫头、四丫头和大嫂子。我最近常想着，若有一天我们都散了，可不知如何呢？"黛玉生性喜散不喜聚，虽是如此，见大观园满满零落，仍不免伤感落泪。

宝玉见黛玉如此，知她伤心，便笑道："你放心，便是大家都散了，我们化成灰，也在一起的。"黛玉啐了他一下，道："如今一年大二年小的，还说这么不正经的话。那些年你为这些浑话受了多少打，也不知悔改。"宝玉在树边停下，正色道："你知道，我是不悔的。便是老祖宗、老爷、太太在这里，我也是不悔的。"黛玉听了，立在树下，风渐吹过，也不言不语，竟然怔住，眼泪便流下来。

宝玉连忙拿出帕子，黛玉也不说话，接了帕子慢慢抹眼泪。宝玉还想说些话，被黛玉止住了："你不用说，你的话我都明白了。"

两人又相对无言了一会，黛玉又掉了一会子眼泪。片刻，黛玉笑道："我近日却觉得心口酸，但眼泪却不如往年多呢。"宝玉笑道："妹妹又说笑。"当下天色将暗，宝玉便把黛玉送回潇湘馆，看着黛玉进去了，又看着园中的秋色渐渐黯淡，月色升起，方慢慢踱回怡红院。

袭人见宝玉回来，便端出了已经沏好的枫露茶。宝玉闷闷不乐，坐在一旁叹气。袭人道："可是为二姑娘的事情伤心了。"宝玉不答。秋纹此时端上了银耳燕窝羹，宝玉喝了两口便放下了。自晴雯、芳官、四儿等人去后，怡红院也日渐冷清，宝玉与袭人、秋纹等亦言语渐少，有时也知袭人她们暗暗心冷，但每每思及往日热闹，便又心灰意冷，常在书房一角独自发愣。

袭人见他这样，恐他为迎春、香菱之事闷出病来，便引开话道："宝玉，昨儿老太太送的两碟桂花糕。你说三姑娘爱吃，今儿我让秋纹送去了一碟。"宝玉点头道："正是。她一直喜欢咱们的白玛瑙碟子，有没有给她送过去？"袭人笑道："我已经让秋纹装着桂花糕一起送过去了。"宝玉点头道："她既喜欢，就不必拿回来了。"秋纹笑道："可是呢，我去送的时候，赵姨奶奶在。我也没多说，和她们几个说了几句，放下就走了。"宝玉喝了两口银耳燕窝羹便放下了，沉思片刻道："三妹妹去太太那里了，不知什么事情。"

正说笑间，只听平儿在院子里道："你们几个说什么？"袭人忙掀开红绸软帘，笑道："是平儿，快进来。"

平儿进了书房，袭人忙让了平儿坐了。平儿笑道："我先给你们送来这个月的月例。"秋纹端来了茶。袭人笑道："你们奶奶病好些了吗？自老太太八十大寿后，她就一直病着。可不知什么病？"平儿叹道："快休提罢。我们奶奶犯了旧疾，已经一连病了一两个月了。如今也不太管事，现在还是大奶奶、三姑娘管着，有些事情太太亲自管着。有时太太大奶奶姑娘们管不过来，少不得又是我们奶奶从病床上起来挣命。"袭人道："这可怎么好？"平儿道："如今也是没有法子，今天宫里又来人，我们奶奶又少不得当了两个金项圈。"说着，摇头叹气。袭人道："这也亏得琏二奶奶，换了别人，再不能够的。"平儿冷笑道："既这么着，也有人派我们奶奶不是。"袭人道："难不成是大太太不成？"平儿便不言语。

秋纹端了银耳燕窝羹上来，对平儿笑道："平儿姐姐，你尝尝这个。"平儿笑道："如今外面可省着做饭了，你们还吃这个。"袭人叹道："宝玉这阵子一直病着，老太太独独从自己那里省下的，每日送一两给宝二爷，送一两给林姑娘。且当着大太太二太太都说了，这是老太太的体己，不必动官中的银子，这才堵了多少人的嘴。"平儿笑道："既这样，我就更不敢吃了。"袭人笑道："你这小蹄子，快吃了给我们说正事。你若不吃，宝二爷会说我们怠慢了你。"宝玉在一边点头，平儿方接了碗，笑着吃了两口便放下了。

平儿使了个眼色，袭人让众人退后。平儿方叹道："我们奶奶特地叫我来一下，近日事情太多，叫大家不要乱说话。如今比不得从前。今日二姑娘的事情传进来，太太把二奶奶叫去了。都在说怎么瞒老太太，可怜二姑娘新婚才两三个月。"袭人道："这事大太太不管么？"平儿冷笑道："怎么管？大老爷都不管。"袭人道："那琏二爷不管？"平儿冷笑："我们爷，今儿早上听得了，只骂了几声那个死不了的孙绍祖，正要去理论，便被我们奶奶拦住了。我们奶奶说，大老爷都不管，还拿了孙家的五千两银子，也不知是真是假。琏二爷又怎么管？我们二爷又骂了几句，便没有下文了。"宝玉听到这里，突然放声大哭，只觉迎春一生与世无争，却遭此惨景，赦老为了银子也不管。他想着迎春一生如此凄凉，不禁悲从中来。众人忙劝，袭人道："你伤心难过是自然的，但你若如此，老太太就知道了。如今大家都瞒着老太太，你这一闹，又要说你多事。平儿姐姐本来就是来让大家小心说话的，你这样一来又白白连累了她，何苦来？"宝玉渐平复，叹道："我只可怜二姐姐。"

袭人亲自打了一盆热水，服侍宝玉洗净了脸，方罢。又转回悄悄问平儿道："这会子来，可又是什么大事？"平儿道："如今又有一件大事，你们先不要往外说去。下午宫里有人来，我们家又有喜事。据说三姑娘被宫里封为了郡主，过些天便要嫁给一个番邦的王爷做王妃。这可不是我们家近日最大的喜事么。"袭人听了甚是惊奇，亦为探春高兴。独独宝玉，又似傻了一般，恨恨叹道："可怜三妹妹，这远去了海外，哪里有回来的道理？以后连见面都难了。园子里的姐妹们，这一个个如今便都要散了！"

两人见宝玉如此，都上来劝慰。平儿急道："都是我的不是，引得你们家二爷这样。"袭人道："快别这么说。近日他常犯呆病，你千万别往心里去。"平儿原是到怡红院给袭人送月例，便暗中相告探春封赏之事，却不料宝玉又伤了心。倒是袭人，劝了一会，便拉着平儿到了院中。袭人前后望了一圈，见四下无人，对平儿道："三姑娘的事情铁定可是真的了，可别是传错了罢？"平儿笑道："还有假的不成？我刚从前面来。我想着先给你们送月例来，免得又短了你们这里的日子。三姑娘的事情今儿是宫里来人的，断断错不了。听说宫里明天还要来人，要传宝二爷送三姑娘一程。琏二奶奶叫我先来报个信，免得二爷一下知道了难过，反不好。"

袭人忙谢了平儿。平儿又看看窗内，秋纹麝月等几个丫鬟正在服侍宝玉晚饭，方安心和袭人在院子里坐下了。便又和袭人说一会子话，方告辞了去。袭人回到屋里，看到小厨房的小丫鬟拿来了一个红木的双层小匣子，秋纹打开，有一碗青花瓷装的莲蓬子鸡汤，一碗亦是青花瓷装的茄鲞，再一碗枸杞炒豆芽儿，另一碗是白玉成窑盖碗装的胭脂红粳米。袭人道："二爷，这些都是你爱吃的，尤其是胭脂粳米，如今连正经主子都吃不全，你赶紧把饭吃了。"那宝玉因近日烦闷，前些日子为香菱的事情已是郁郁不乐，白天又听说迎春的事情，因为安慰黛玉，自己先忍住不发。如今又听说探春要去，虽是番邦王妃，但亦如刺心钻痛，只觉世事无常。众人只说家中迎春之事沮丧，但听说探春之事却又以为是喜事，独独宝玉却似参透一般，冷眼以对众人。他也不多话，只喝了几口汤便放下了。那袭人等人自知他向来如此，也不管他。宝玉只在书房闷闷不乐，也不看书，到深夜方才睡去。

却说探春黄昏时分到了王夫人那里，王夫人已把宫里的消息告诉了探春。探春心知无从可逃，只淡淡地问道："太太，我什么时候走呢？"王夫人抹了眼泪，拉着探春的手道："我的儿，宫里来的消息，要你十天后便启程。听说那是南边的一个海邦，那海邦有个王爷。你去了便是王妃。只是这一去就要路途遥远，离家远了，少不得你要好好照顾自己。"探春听了，眼泪下来，一会又笑道："太太，听说去番邦一去一年半载也是有的。去了便很难再回来，我若是男子，可依着我的心愿，出去了也必有一番作为。可我是女子，又是宫里要我去的，我不得不去。太太也让我去吗？"王夫人拉着探春道："我的儿，难为你这么明白。如今南边战事吃紧，若去和亲，战事可免。所以宫里还会封你，以和硕公主的身份去和亲。你今后的身份，也可比你大姐姐了。"探春一言不发，愣了一会，便把眼泪擦了。回过头给王夫人行了一礼，便说："太太，如今我只有十天时间在家的日子。这十天，我便只愿在园子里呆着，不让外人打扰，请太太恩准。"王夫人点头，抹了眼泪道："我的儿，自是依你。只是宫里若有人来，你一定要见，除此之外都由得你。"探春凄然一笑，拜了王夫人便离去。

回到园子里，探春怔怔的，在沁芳桥边的一块大石下坐着。她想着素日里园中姐妹的热闹，这一别却不知什么时候能见。正值夕阳西下，桥上鸥鹭四起，水面熔金，远处枯荷染成了一片。这时侍书远远地走来，走到她身边见她难过，安慰道："姑娘，你不用太难过。我总是跟着你去的。"探春看着侍书，点头笑道："好丫头，你跟着我去罢，也不枉你跟了我一场。"说罢，探春抹了眼泪，便和侍书一起回到秋爽斋。

到了秋爽斋，便见赵姨娘在书房坐着。探春不禁心里一酸，走到赵姨娘面前便跪下，忍不住流泪。赵姨娘日间已得消息，一直在这里等着探春，见她如此，也忍不住一把抱住探春，哭道："我苦命的女儿。"

那赵姨娘素日飞扬跋扈，探春常恼她说话不考虑周全，每每让自己在王夫人处寒心，又在丫鬟们面前不尊重，常常为着一些小事便生气。然如今蓦然要远嫁海疆，却不禁伤心委屈，又无人可诉，见了赵姨娘啼哭，却把往事嫌隙收起，却也对着赵姨娘哭泣。赵姨娘见探春便要远嫁，可叹这女儿虽是自己亲生，却不曾一天叫娘。见探春伤心，又把素日恼探春的心思丢到九霄云外，只抱着探春，万分不舍。探春一会抹了眼泪强笑道："只盼姨娘不怨我，便是造化。我去以后，让环儿好好读书，切不可不尊重。切切记得。"赵姨娘只管抹泪，连连答应，不提。

次日晌午，宫里夏公公来传谕，荣国府上下阖府迎接跪拜。外间由贾赦、贾政、贾珍、贾琏、贾宝玉、贾蓉等按品阶跪拜数排，内间屏风内贾母、邢夫人、王夫人、尤氏、凤姐、探春、惜春等均跪拜接旨。

只听夏公公传谕：

奉天承运　皇帝诏曰

封贾探春为和硕郡主，十日后启程，赴海邦扬天国之威，嫁于海邦王爷为和硕王妃。一切婚礼大仪皆从国礼，由皇家钦赐。贾宝玉为和硕郡主之胞兄，随同和亲队列送至瓜洲渡口。钦此。

外面贾政等人接旨，探春亦无表情，低头谢恩。外间众人皆与贾政道喜，贾政诚惶诚恐，对夏公公言谢。屏风里间众人却沉默良久，贾母待外间众人散尽后，把探春拉到身边，搂在怀里痛哭。邢夫人、王夫人等众人无一不劝。探春强忍眼泪笑道："老祖宗不必太难过，我便去了，过一两年就回来看老祖宗的。"凤姐在旁亦强打精神笑道："都是老太太的福气，我们家又出了个王妃。

这下咱们家可出了两个王妃，要恭喜老太太了。”贾母已在风烛残年，最大的慰藉莫过于儿孙们围绕膝下，迎春之事已略有所闻，只是众人瞒着。今日又闻探春要去，怎不让她老泪纵横？她见凤姐如此之说，摇头道：“你这猴儿就会说话，如今你妹妹要去，怎能不让我伤心？”众人又劝了一会，贾母方点头道：“探丫头是比众丫头们都强些，这一去，要自己多小心，处处留意保全自己才好。我们家已出了你大姐姐，如今又出了你。一切以国事为重，只是我可怜探丫头这一去，不知还有没有再见面的日子。”说罢，老泪纵横，探春亦掉下眼泪。贾母又唤宝玉：“宝玉，你陪你三妹妹一程。小心路上，早去早回才是。”宝玉点头，笑道：“老太太放心，我去送三妹妹，必是好的。”贾母方点头，又拉着宝玉不舍。

却说这几日府中皆为探春婚事上下忙乱。凤姐亦从病床上起身，亲自为探春料理各王府来往礼单。倒是大观园内冷冷清清，探春每日在秋爽斋写字书画，有空便去宝玉处下会子棋，到黛玉处听会儿琴。有时也邀请黛玉、惜春等人到妙玉处喝茶，只把日子过得如闲云野鹤般随意。

这一日晚上，黛玉在潇湘馆吃了药。已是深秋，月色皎兮，院中竹林点点，那些影子映在月下，竟如同墨画一般。黛玉坐在窗外的廊檐下，抬头从月洞的花影中望着那轮明月，迟迟不语，却暗暗滴下泪来。她想起当年也在这里，看了一句：点苍苔白露泠泠。如今又是一样的意境。黛玉知道宝玉过几天便要送探春南下，却不知宝玉何时而归？亦不知宝玉这一去多久？

黛玉正在胡思乱想间，紫鹃拿了一件青缎的披风出来，替黛玉披上，紫鹃劝道：“姑娘，外头风大，咱们还是进去吧。”黛玉回头叹道：“你理我呢。如今这样便好。”紫鹃笑道：“好姑娘，这几日宝玉不知一天来几次呢？你若病了，叫他怎么过意得去？”黛玉听了，心中有感，又对着月色掉了几滴眼泪，方随紫鹃进了房间。紫鹃又让雪雁拿了药进来，黛玉只喝了几口便放下了。紫鹃端着药碗又说道：“好姑娘，再喝一点吧。”黛玉摇头道：“近些日子我只觉得人懒懒的，身子也不见好。只是也不想吃药，你拿下去吧。”便让雪雁等小丫头们退下歇着，自己却在书桌前坐下，若有所思。紫鹃忙劝道：“姑娘，夜深了，先歇息吧。”黛玉愣了片刻笑道：“我再略坐坐。你先去替我研磨。”

黛玉便在书桌前坐下，命紫鹃研磨，又点了一炷檀香。紫鹃深知黛玉每有心事便会写诗，遂在一边细细研磨。黛玉又让紫鹃放下月洞中的窗纱，月光便从外面投了进来，似水一般。窗外的细竹便影在纱窗上，影子若隐若现。黛玉便铺开纸张，略一思索，便在月下赋词一首：

花开花落叹别离，回首又见关山月。
兰舟将渡，回首岸边，
滴滴月下泪。

欲知后事如何，请看下回分解。

第八十三回

清明日洒泪别故乡　伤怀月回首忆颦儿

且说黛玉在月下暗自伤心，想着宝玉将去，却不知何时而归。对月沉吟良久，又到书桌赋词一首。又看了一会，到四更时分，方安歇睡下。

这日上午，黛玉刚起来，人却懒懒的。突然外边就听人大说大笑起来：“紫鹃，你们姑娘起来了吗？”紫鹃笑道：“云姑娘来了。”便给湘云掀了帘子。湘云进来，看黛玉脸上又似有泪痕，便摇头道：“你又多思了。我知道三姐姐要走，二哥哥也要去送她。你定是为这烦恼。可是宝玉哥哥总会回来的，岂不是你多心不成？昨儿老太太接我来，说是送送三姐姐。我看宝姐姐也会来，咱们多久没这么热闹了，一会咱们就闹三姐姐去。”黛玉笑道：“偏是你这丫头热闹。”两人正说笑间，侍书笑着进来，对黛玉、湘云道：“今儿热闹，姑娘们都来了。姑娘说要作诗呢，请林姑娘云姑娘去。宝姑娘已经到了。”

黛玉和湘云便跟着侍书去，紫鹃和翠缕在后面跟着。到了秋爽斋，只见宝钗、宝玉、惜春等都被丫鬟们请了来，连李纨都到了。众人见了探春都强颜欢笑，与她道贺，探春笑道：“今儿不提这个。我想着那年海棠诗社，还是我起的头，给宝玉哥哥去了一封书信。如今我要去了，也没几天再乐的日子，咱们索性再开一回诗社，如何？”

众人笑道：“依你，只是如今二姐姐、香菱都不在了，琴姑娘、邢姑娘、李家姑娘们中秋后也被接走了。如今只是我们几个，就凑趣吧，不比往年的热闹。”探春冷笑道：“如今这已是最热闹的，以后再也不能了。”说到这里，不免眼圈一红。

这时，便听外面有人笑道：“你们又在顽，也不来请我。”正说着，凤姐也笑着让平儿扶着进来，小红在后，手上拿着一只锦缎托盘。那凤姐脸色黄黄的，似有不怯之症。众人见了凤姐都笑："我们正在开诗社，却不料你来了。你的病好些没有？"平儿笑道："我们奶奶的病如今也是撑着，这几日越发地忙，病又重了一些。"探春等人连忙拉着凤姐坐了。一时，小丫鬟给众人都端来了茶，却是当年暹罗国进贡的茶。凤姐道："如今你们还有这个？当年这些茶我们多得不愿吃，只林妹妹爱吃。如今你们想吃，都没地方弄去。昨儿大太太还打发人问我要这个，我还没地方找去。倒都在你们这儿了。"探春冷笑道："就不许我们私藏点吗？"宝钗连忙笑道："探丫头和二嫂子说笑，这些都是林妹妹前几天拿来的，只说着姊妹们聚日无多，便把好东西都拿出来了。"

宝玉笑道："凤姐姐，这几日你多操劳。我们里边倒清静，外边不知道要忙成什么样子。"平儿笑道："可不是，外面来来往往几十家各王府侯府亲戚本家。二奶奶每天在家接待这些人家的女人，昨儿又累了，晚上咳了一夜。如今赶来给三姑娘送一份礼单。须亲自交给三姑娘才是。"探春笑道："多谢二嫂子费心。"凤姐笑道："还有一些老祖宗和太太的体己，叫我亲自送了来。"探春一笑，谢过。接了礼单只扫了一眼，也不细看，便让侍书收起。另外又看了贾母王夫人的赏赐，一并让侍书收下。

凤姐见探春冷冷的，知她心下委屈，也不多说，笑道："那你们作诗吧。"便要告退。李纨忙拉住她道："巡盐御史走了可怎么成？给我们出个题目再走？"凤姐笑道："可使得？我就怕三妹妹不高兴，你们都要吃了我，快打发我走吧。"湘云忙笑道："使得，当年你也是做过诗的，那年作的'一夜北风紧'就很好。"凤姐见推辞不得，便道："如今三妹妹即将远嫁，便以这个为题。诗词歌赋不限，你们自己作诗作词，如何？"

宝钗笑道："如此甚好，既贴切，又合现在的时宜。诗词歌赋不限，却是最会起题的作法。"凤姐听了得意，便笑："我只能这样了，现在我要回老太太那儿去，你们可以作诗了。"

凤姐既去，李纨笑道："这次便听我的。我和四丫头给你们当监社，可以不作诗，宝丫头、林丫头、探丫头、云丫头和宝玉，你们几个必作诗，如何？若一炷香的时间做不出来，我可是要罚的。"湘云笑道："如此甚好。"

探春便命小丫头在书房焚香，众人拿了纸墨便沉思起来。探春跑到窗下，看着窗外仍是秋风瑟瑟，让丫鬟倒了一杯白色菊花茶，看着杯中酽酽的茶色出神。宝钗在书桌前坐下，略一思索便提笔写来。湘云和侍书说说笑笑："这一去，我们找人作诗却也难了。”又和宝玉笑道：“今天我却要作诗。”宝玉道：“我还是作诗”黛玉独独撇了众人，到院子看落叶。

过了一会儿，只听得探春笑道：“我已经有了。”众人便去，只见探春写的是一首七律：

古瓜洲渡口

铁槛沉舟今何在？六朝渡口风云叹。
金陵依依远山小，长江潇潇易水寒。
昭君出塞琵琶起，西施入宫笙箫咽。
从此何处是故乡？夜夜岁岁梦长安。

众人见了，都点头赞好，宝玉却看得流泪。李纨笑他道：“姊妹们一起作诗，原是高兴，你如何却哭？如何招惹我们？该罚。你若做出来我们自然饶你，做不出来要罚的。”

宝玉笑道：“三妹妹这首极好，以昭君出塞自比，我却不及。”说着，拿出了自己的给大家看：

阳　关

渭城一曲古道边，折柳灞桥已千年。
寒山何处是伤心？日暮何处是乡关？
却见凡间烟尘起，挥手悄然影不见。
他日若有琵琶起，江边寂寂叹当年。

众人看了都点头，不免伤心。宝钗笑道：“宝玉，你也太悲切了。若林妹妹写这首，我是说好的。你是男儿，当志在四方才是。”李纨道：“正是这个道理，我们看看蘅芜君的。”只见宝钗亦是用的古七律：

明日昭君即出城，琵琶羌笛若倾城。

众人见了都说好，一扫前面悲愁缠绵，反而有喜色。李纨笑道：“这样做诗才好，不拘别离缠绵风格，立意又见独特。”众人接着看下去：

一曲阳关到大漠，西风古意夕阳横。
南国红豆相思意，千年伉俪若文成。

众人看到这里都赞："宝姐姐的诗自有身份，与众不同。看她最后怎么收。"

莫道前路家乡远，海国日暮亦娉婷。

众人都说："这首好，有离别之意境，却无离别之伤痛。"

湘云笑道："宝姐姐这首好，我却只作了词。"众人一看，却是一首小令。

苏幕遮·送别

枫叶天，离别日。
芳草斜阳，悲歌长相醉。
远风相送君不语，愁肠已碎，声声当年阙。

异乡地，思归暮。
凭阑依依，望尽天涯路。
万里海客梦魂处，对愁当空，阙阙无处渡。

大家都称好。湘云生性英豪，这首词颇得范仲淹词风，有无数婉转高亢又缠绵，却亦不过悲伤，只是有愁肠。宝钗笑道："云儿的愁是写在纸上的，有点酒，或许可解。可是探丫头到了那里，岂能日日对愁当空？恐怕又是你的杜撰？"黛玉笑道："虽说如此，云儿这首真情流露，一唱三叹，却是好的。"宝玉、探春都点头称好。

众人看罢，便要看黛玉的。黛玉笑道："你们都有了？"便拿了湘云的笔在纸上一挥而就。

送　别

君不见走马川行雪海边
昭君一去不复返

君不见历代沙场征战苦
至今犹忆将军剑
君不见黄河之水天上来
青丝如雪悲红颜

劝君更尽一杯酒
此地南去非阳关
故人已隔万重山
唯有茫茫大海川

他乡亦有他乡月
回头不见思彷徨
若问故乡何处是
他乡明月怀故乡
若有一首阳关曲
月下空空海茫茫
今朝劝君一杯酒
明朝束发不相忘！

湘云读了连连说好，宝玉读了不禁悲从中来。探春眼圈红了，笑道："把你们的诗都带去，我便在外面，如同你们陪着我一样。"

众人都知探春这一去，诗社再无重聚之日。于是依依惜别，一为探春送行，二为诗社饯别。

一时众人散了，宝钗自回薛姨妈处。贾母又让鸳鸯过来把湘云叫去。各人自回各自处休息。

几天光阴流水而过。宝玉每日必到黛玉处几次，黛玉知他放心不下自己，一时也无从说起。他二人自认知己，府中上下皆以为两人日后必是一娶一嫁，只等贾母开口便再无不妥。然近些年来先有金玉之说，近月府中又连连大事，黛玉常暗暗心中不安。但她知宝玉心思，故反不如先前几年那样每每试探，只道："你好我便好，亦不必为我自失。"因而两人倒是默契愈深，话语倒比先时更少。

宝玉这日黄昏到潇湘馆，见黛玉正在帘外看着鹦哥出神，黄昏时分竹影投地，黛玉便斜坐着。那鹦哥见了宝玉，念道："侬今葬花人笑痴，他年葬侬知是谁？"黛玉一听，笑道："你作死。"紫鹃在外边笑道："宝二爷来了。"

黛玉转回头。宝玉走来，笑道："这鹦哥也进益不少。"黛玉笑道："理它呢，过会子就好了。"宝玉见黛玉斜在风里，比往日又清瘦不少，一时间却不知如何说起，只对着黛玉道："妹妹，外面风大，咱们到屋子里说话才好。"两人进屋，紫鹃端上茶，问道："二爷，你明儿就走了，不知什么时候回来呢？"宝玉叹道："明儿我送三妹妹去。南边海疆不知几千几万里，我要送到瓜洲渡口，少不得数月，多则半年。你们千万千万等我回来。"紫鹃点头，黛玉神色黯然。

一会，黛玉笑道："你怎么不辞辞宝姐姐去？"宝玉傻笑，也不接话。黛玉笑道："这一去，不知要有多少沧海之粟。"宝玉道："你放心，弱水三千，只取一瓢。"黛玉听了不说话，渐渐又流下眼泪。宝玉亦不言，相对流泪。

片刻，黛玉笑道："好好的哭什么，还像小孩子那样不知轻重。"宝玉也笑道："正是呢。妹妹在家要好好保重身体，每日要记得吃药，闷了叫袭人过来陪你说会子话才好。"黛玉一一答应。一会，宝玉又道："妹妹的诗稿我还要看看。"黛玉奇道："有什么可看的，都是当年的旧稿子。"宝玉道："那我回来还是要看的。"便对黛玉千叮嘱万叮嘱，叫她好好保存诗稿。一会，天色将晚，宝玉又央告黛玉弹琴，黛玉推辞不得，便弹了一曲《阳关三叠》。黛玉神色凝重，宝玉立在窗下，月色便从窗外斜照。

一曲《阳关》已了，黛玉又弹奏一曲《梅花三弄》。夜色已晚，袭人来催，宝玉方去。黛玉在琴边呆坐良久，又是一晚眼泪。紫鹃不敢劝她，一直到了近五更方睡下。

次日便为吉日，正是探春启程之时。荣宁二府之人，皆按朝中正装排列送行。贾赦、贾政、贾珍、贾琏、贾蓉等在中门外行跪拜大礼。贾母、邢夫人、王夫人、尤氏、凤姐、等人皆按诰命夫人礼仪，每人一轿，送行到江边渡口。探春亦按王妃盛装坐在轿内，侍书等十六个小丫头在后。宝玉在后面一骑白马随行。宝钗黛玉两人一轿，湘云惜春一轿。各自丫鬟或轿或行，一路随后。

贾府众人送至江边，各家王公贵戚亦在江边送行。皇家亲自按国礼婚制送行，送亲队伍不下十余里，送亲随行队伍亦不下数百人。送亲船队亦沿江排开，不下百艘。各种皇家嫁妆亦有随行专人看管，浩浩汤汤，不胜壮观。

探春下轿，一脸肃容。只见她从头而下大红凤冠霞帔，光彩夺目，却神色凝重，一言不发。侍书在一边垂手伺立，宝玉陪在一边，先到贾政处跪拜，贾政含泪扶起，又对探春行跪拜之礼。探春流泪，又对贾政深深一拜道："儿去了，不知何时回来。如今大家各自保平安才好，莫要牵连，反倒引骨肉思念之痛！"贾政听了，不禁老泪纵横。

探春又到贾母等众夫人处。先跪拜贾母，贾母搂在怀中大哭，众人都在旁劝，一边也忍不住抹泪。探春强笑道："老祖宗要好好保养身子，也好叫我们放心。过一两年我也像大姐姐那样，回来省亲的。"贾母点头道："好孩子，你这一去要好好保重，离家那么远，要多保重自己。"探春含泪点头答应。王夫人又拉着探春一一嘱咐，探春无不答应。贾母见了宝玉又道："把你妹妹送到瓜洲渡口，你便早日回来。"宝玉连连答应。王夫人终究放心不下宝玉探春两个，又千叮嘱万叮嘱了一遍。

探春又在人群中回头望去，便见赵姨娘哭得泪人般。探春眼圈一红，走到赵姨娘身边，跪拜，叫了一声："娘！"赵姨娘亦跪下，搂着探春哭成一团。

众人忙扶起，探春笑道："罢，娘儿俩才好，便要分离。如今我去了，叫环儿好好读书才是。"赵姨娘连连答应。探春抹了眼泪，又频频回首，向远处宝钗、黛玉等姊妹颔首道别，众姐妹无一不默默含泪。

遂到启程之时，随行队伍在船上等候贾府新王妃登舟出行。探春一抹眼泪，又深作一揖，遂道别众人。宝玉临行前又到黛玉处叮咛一二，黛玉眼圈一红，却转开头，眼泪却止不住掉下来。宝玉道："好妹妹，等我回来。"黛玉强颜欢笑，却劝宝玉登船。

众人登船。时值初冬，江上薄雾茫茫，朔风四起，寒意阵阵。启程时刻船队便慢慢出发，只见江上浩浩汤汤，却又有哀鸿片片。探春、宝玉站在船头，回首看着岸边人群渐远，及至密密如麻，最后却连影子都不见矣。正是：

分　骨　肉

一帆风雨路三千，把骨肉家园齐来抛闪。恐哭损残年，告爹娘休把儿悬念。

自古穷通皆有定，离合岂无缘？从今分两地，各自保平安。奴去也，莫牵连。

那船队便沿江缓缓而行。不觉过了冬天，慢慢又春寒料峭，再过江南，不觉大地回春。这一日，正值清明，江南两岸渐渐已绿。

探春在船头静立，看着岸边炊烟四起，又烟雨霏霏，岸上行人稀少，偶见牧童经过。这时侍书端了茶上来，笑道："姑娘，你尝尝这个，是江南的明前茶，却是极好的。"探春接过茶，不语，见宝玉远远地过来。宝玉见了探春道："我见岸上有人放风筝，三妹妹过来看。"探春过去，果然见天上一群摇摇摆摆的风筝，却是一群岸上的农家少女在放。探春见了笑道："可不是？有趣得很。当年我们在大观园也放了几只美人风筝，如今想想，却是不能了。"说罢，沉默良久。看着那些风筝，怔怔不语。正是：

才自清明志自高，生于末世运偏消。
清明涕泣江边望，千里东风一梦遥。

这一日，进入瓜洲地界，不出一二日便将到瓜洲渡口。宝玉吃了晚饭，与探春闲话几句，便到船头透气。只见眼前天色已沉，大江却一阔千里。既如杜甫写的"星垂平野阔，月涌大江流"，又似李白笔下的"山随平野尽，江入大荒流"。宝玉见了只觉水天一色，一湾冷月斜挂。不觉想起黛玉，这一别已有数月，不知黛玉如何？他一天之中，常常数次想起黛玉，想着黛玉又不知一天哭多少回，终究放心不下。只盼早日到达瓜洲渡口，便好回去和黛玉重聚。看着天边微雨，不禁有感：

清明雨纷纷，岸上离人泪。
月垂大江阔，梦醒远客悲。
江南烟雨起，牧童短笛飞。
遥遥对月吟，故人可颦眉？

这日正值清明，宝玉回到船舱内，便让茗烟研墨铺纸，他看着江上的明月，便慢慢写下诗句。写完后，不禁暗中惆怅。渐渐眼皮略倦，在灯下睡去。略过片刻，却见黛玉在他面前，满眼是泪，却一晃不见。

欲知后事如何，请看下回分解。

第八十四回

卫若兰射敷拾麒麟　史湘云出闺成眷属

探春远嫁异邦，宝玉送至瓜洲渡口后，洒泪而别。探春一行继续南下，宝玉开始归程，不提。

却说探春走后不久，便是湘云出阁之日。史家早与京城卫府定亲，只因湘云年小，一直等到这年岁末。史家本为公侯之家，然湘云父母早逝，故嫁妆并不丰厚，只是贾母素日疼惜湘云，另添了一份妆奁，倒把一般公侯小姐比了下去。湘云自是感激贾母，卫家自也惊喜不已。

那卫家公子若兰乃英武之人，早听说湘云洒脱英豪，才气逼人，心下早有仰慕之意。湘云出嫁之日，卫府、史府、贾府均张灯结彩，各王府、侯府往来相贺，络绎不绝。整个京城热闹非凡，为京城第一佳话。

那湘云出嫁之时，还和丫鬟说说笑笑。到了卫家才略略收敛。拜堂成亲后，湘云在新房披着红盖头以待若兰。到了晚间，若兰进房，揭开盖头，湘云嫣然一笑。若兰一看，那湘云如画中人一般，娇憨可爱。若兰自是欢喜。

湘云自嫁入卫府后，两人终是琴瑟相和。湘云生性本来就天真烂漫，若兰亦是文武双全，两人常常一起吟诗猜谜。若兰有时在院中习武，或郊外围猎，湘云每每亲自陪伴，为若兰端水拭汗。有时便男装与若兰一起郊外围猎，湘云也如同当年在大观园一般割腥吃肉，爽朗谈笑，若兰便引湘云为真知己。

这日下午，正值冬日，若兰与几个世家公子到园中射覆。湘云在房中围炉烤火，外面下着雪，翠缕端着一壶沉香普洱来到湘云身边。湘云手中拿着一本诗集，却自在那里出神。翠缕笑道：“姑娘，你在想什么？”湘云吓了一跳，嘻嘻笑道："你这丫头，好端端地吓我。你说，姑爷一会回来，你须得烫上一壶热热的酒给他暖暖身子，再给他备些点心才好。"翠缕笑道："还用你说？我都备下了，有滚滚的热酒，还有鸭信、鹅掌，还有一点火锅。"湘云笑道："若有鹿肉便更好。"

正这么说着，便见卫家的丫鬟带着鸳鸯进来，后面跟着一个宋嬷嬷，提着三层的乌木饭匣子。湘云自婚后，已有近一月不见贾母，每每无人时甚是想念。见了鸳鸯和宋嬷嬷，不禁大喜，笑着谢过宋嬷嬷，又拉着鸳鸯道："鸳鸯姐姐，你们怎么来了？"鸳鸯笑道："今儿早上老太太和袭人说起你，袭人说宋嬷嬷以前去过史侯爷家。老太太便让我和宋嬷嬷来，给你送些今年庄上进贡的鹿肉来。这鹿肉已经帮你烤好了。"湘云大喜，道："我正念叨着鹿肉，鹿肉便来了。还是老太太疼我。"湘云拉着鸳鸯坐下，让翠缕端了陈年普洱给鸳鸯。湘云问道："老太太可好？宝玉什么时候回来？林姐姐她们都好？"鸳鸯笑道："老太太倒是好的，只是宝玉来信说还有一些日子才能到瓜洲渡口，老太太便比往日沉默好多。林姑娘如今又病了，天天吃药呢。宝姑娘有时去园子里看她，也不常去的。"湘云叹道："林姐姐就是想得太多，我哪天过去看看她。"两人又聊了一会闲话，鸳鸯只恐天色已晚回去不便，便匆匆告辞。

湘云让翠缕送鸳鸯出去，自己便在书桌前沉思。她想着宝玉这一去，贾母必不心安，黛玉亦是心有所牵，日日所思。只盼自己明日便去大观园看了黛玉才好。又想着自己如今已嫁与若兰为妻，每日神仙般的日子，竟是仙郎佳人。想着自己实在是尽如人意了，倒有些恍惚起来。

湘云沉思片刻，窗外飞雪越来越旺，房内炉火亦越来越旺。湘云不禁有感，写下几句：

窗外鹅毛飞，窗内小火炉。
晚来天已雪，暖酒待鹿脯。
对镜懒梳妆，回首却踯躅。
何时君归程，同饮一杯无？

湘云写完，便在炉火边打盹。半刻，似有朦胧之意，不觉便睡去。翠缕见状，忙找了一件大毛的披风替她盖上。

却说若兰，和冯紫英等几个世家子弟约好在宁国府贾珍处射覆。那贾珍近几个月日日在家聚众，京中世家子弟无人不知。一时间宁荣街上日日车马来往已有数月。这些世家子弟有去练武比剑射覆的，也有一些纨绔子弟便夜夜因此而聚赌，眠花宿柳无所不为。然若兰、冯紫英、贾兰等几个毕竟家教甚严，亦不屑与贾珍、贾蓉之流为伍。因此只在日间与几个素日里有限的几个公子往来，无非是骑马射箭射覆而已。

射覆乃民间占卜猜物之游戏。通常在瓯、盂等器具之下覆盖某一物件，使人猜测为何物。汉书《东方朔传》有云：上尝使数家射覆。颜师古注曰："于覆器之下而置诸物，令人射之，故曰射覆"。自汉代以来皇宫中已流行射覆游戏，射覆之所藏，却为一些日常用品，为手巾、扇子、笔墨等。

这一日几人正练得兴起，若兰正在远处的园子里射覆，贾珍却在抱厦内喝茶。却见宝玉的小厮李贵走了进来，先见了贾珍回禀道："二爷如今行程只走了一半，先叫我回来禀告老太太一切都好。又听说史大姑娘大喜，特意命我回来送一件大礼给卫家公子。"贾珍笑道："难为宝玉记得。卫家公子正在园中射覆，你跟着蓉儿去找他。"李贵低头作揖，便随贾蓉到园中，那若兰和冯紫英几位公子在射覆，李贵上前，递上一锦囊并一封书信交与若兰道："二爷知公子与史大姑娘大喜，特命我把这个交给公子，还有一信。"若兰道谢，正欲拆信，却见贾珍笑道："咱们不妨猜猜宝玉送卫家公子的什么？不如放在那里射覆，如何？"众人觉得有趣，便一一叫好。若兰便让李贵把锦囊放在前面的几个瓯、盂等器具之下，自己远远地站着。一时间，众人继续射覆，只见若兰手起瓯落，里边正是宝玉送的锦囊。众人见了忍不住齐声喝彩。贾珍笑道："如此甚好，卫公子可以拆信了。"

若兰拆开书信，只见信中写道：

若兰吾兄亲鉴：

吾知吾妹湘云与兄即将大婚，不胜欣喜。遂有一件大礼送与吾兄，乃当日吾在清虚观打醮时所求一金麒麟。吾妹湘云亦有一只，特此为大礼，与吾妹成双成对也。敬请笑纳，良缘天成！

弟宝玉奉上

若兰打开锦囊，果然一只金灿灿的金麒麟，比湘云平日所带略大些，但满眼光华，让人不可逼视。

若兰大喜，忙把金麒麟依旧放于锦囊中，放入怀内。又跟着贾蓉李贵到书房修书一封，让李贵带回给宝玉以示谢意。又赏李贵纹银五两，李贵乐得连声道谢，当晚又启程赶回宝玉送亲船队。

却说黄昏时分若兰回到兰轩院，回到房间，只见湘云正在炉火边的熏笼上睡着了。翠缕正欲唤湘云而起，若兰忙止住，脱了外面的披风交给翠缕，双手烤了一会火，又接过翠缕端来的茶，慢慢踱到书桌边。若兰见湘云写的诗词，不禁深感湘云的情深意重。

他便在书桌前坐下，略一思索，拿了笔便往下写道：

风一更，雪一更，
如花美眷若沉梦。
对酒如此生。

茶一烹，书一封，
窗外飞雪胭脂凝。
故园如此梦。

那若兰乃文武双全，平日射箭骑马，也通文墨。只是他亦是豪侠之人，很少有这样的儿女文字。只是新婚燕尔，见了湘云，便若前世相见，所以往日学过的诗词便似一下融会。两人经常互唱互答，有时湘云写一首诗，若兰便接上一首词，或若兰先写，湘云又会有一篇。一月不到，二人竟然已来回若干篇。若兰欣喜异常，常觉此生有湘云便足矣，再无他求。

湘云此时略听到动静，慢慢醒来。见若兰已写完，便从熏笼上起来，快步走到若兰身边道：“你又写好了？我看看。”若兰一笑，总拿湘云没法子。湘云边看边笑，道：“若兰哥哥这篇写得比我好，有些婉转，有些意境。”若兰笑道：“妹妹的五律就很好，是从一首白居易的唐诗中化出的。”湘云喜道：“正是如此。”两人又谈论一会诗词，翠缕端上了热好的滚酒和鹅掌鸭信，还有一盘火锅。他二人边吃边聊，窗外大雪，两人倒逍遥似神仙。

若兰又把白天麒麟之事告诉湘云，并从怀中取出锦囊与书信。湘云看了书信，又接过锦囊，打开一看，俨然是那年她在大观园里拾到的那只，后来便还给了宝玉。宝玉以此作大礼，亦知宝玉对他二人之心。湘云深为感激，把当年之事告诉若兰。又取下自己的金麒麟，两人一比，果然是成双成对，若兰手中的那只略大些罢了。湘云笑道："如此甚好，这一只就放在你那里。"若兰感激不尽。两人又觉此生此世便如此才好，才不辜负了彼此。又深感宝玉之心，不在话下。

话说那鸳鸯回到贾母那里，回禀了湘云近况。贾母深感欣慰，点头笑道："如今也只有云丫头最不让我牵挂。"王夫人、凤姐等人都在一边笑道："如今看来，云丫头也是嫁得如意郎君。"贾母转念又开始发愁道："可那两个玉儿，一个远在天边，一个又这么病着，可真让我不得安心。"众人见贾母如此，连连劝说，贾母又是一阵长吁短叹，到底挂心宝玉。

欲知后事如何，且看下回分解。

第八十五回

闻雀鸠鞶儿十独吟　悲祸端元妃长生殿

话说湘云与若兰新婚，若仙郎佳人，不胜欢喜。卫家、史家乃至贾府无人不赞，暂且不提。

却说贾母，因宝玉送探春一去就是两三月，终究放心不下。前几日李贵回来，带来宝玉书信，贾母才略放心。这一日与王夫人、凤姐在闲聊，贾母道："如今宝玉不在，袭人也不在身边跟着，我终究是放心不下。"王夫人忙安慰道："宝玉身边有茗烟跟着，况且我们这边也有丫头跟着去服侍三姑娘，她们自然也会照顾宝玉。况且宝玉素日在家也是娇惯了些，老爷常说要他在外历练才好。"贾母听了方点头不语。凤姐接着笑道："老太太可是不知，过了这个冬天，只要开春了，宝玉怕是到了瓜洲渡口，那自然很快就回来了。"贾母方有喜色。

王夫人看着凤姐又道："近几个月几件大事，家里的来往流水可曾对清了？"凤姐忙笑道："家里这一两个月嫁了两位姑娘，大妹妹是大老爷那边的，不算这里的。三妹妹如今是国礼外嫁，自然有宫中的分例，我们家也按来往的礼制动了一些官中的银子，现在已动了五六千两银子，老太太也拿了一些体己。云姑娘上月大喜，没用官中的银子，老太太自是拿出了体己。云丫头如今还是像原来一般，在卫家也像当年未出阁一般。"王夫人点头微笑，贾母笑道："如此才好。如今我想着林丫头，这孩子如今在园子里病着，你们要记得常去瞧瞧她，如今你们几个姐妹都嫁了，宝丫头也不在，宝玉又送他妹妹去，只留下四丫头。四丫头又是个不说话的，你有空，和大嫂子常常去看看她。"凤姐忙笑道："正是呢，老太太放心，你要我给林妹妹送的燕窝，我每天都让人送去的。"贾母点头。

一时间，王夫人便请安退去，凤姐笑道："我跟着太太去吧，老太太怕是要睡午觉了。"贾母歪在榻上笑道："我正觉得倦，你去吧。"凤姐便跟着王夫人出来，王夫人走出贾母的院子，见四下无人，问凤姐道："你刚才说你妹妹的婚事只花了五六千两银子，我算着远远不够。最近家里的几件大事，一共亏了多少？"凤姐忙道："太太都是知道的，这几件大事来来往往已动用了三五万两银子，如今出的多进的少，晚上我让平儿把单子送过去。"王夫人叹道："我算算也有这么多。如今家道艰难，得瞒着老太太才好。"凤姐忙点头。王夫人道："如今这些亏空需想法子慢慢补。甄家前些日子犯了点事，如今不知怎样？"凤姐道："他们家如今有些事不好说。只是我们存在他们家的三万两银子便拿不回来了。他们家也在我们家存了五万两的旧日贡品，若我们亏空得厉害，可以先拿来用。"王夫人点头不语，沉吟片刻说道："那些暂时不要动，甄家如今不知如何，若我们动了那些贡品，反是不好。"凤姐连忙答应。片刻说道："那近日有两三万的亏空，如何去补？"王夫人沉吟道："少不得大家再紧一些，我那里还有一些多年不动的体己，我再问问你姨妈。你这边也再看看，能补上一些就一些吧。"凤姐忙点头答应。

却说黛玉自宝玉去后，常常闷闷无聊。大观园里如今只有李纨与惜春还在，只是惜春孤僻，已渐渐不与人来往；李纨因贾兰渐大，每每功课繁忙，少不得亲自过问，所以往来也不如往日。只是闲时也派人过来问候黛玉病情，黛玉亦懒懒的，只让紫鹃代为言谢。有时李纨与凤姐也一起过来看黛玉，每次见了，黛玉总是又添一层病情。

这日吃了晚饭，黛玉稍觉好一点，便让紫鹃拿出素日的文稿。紫鹃笑道："姑娘才好些，别再看这些。要不又要劳神。"黛玉笑道："我看我的，与你何干？"紫鹃没法子，只得随她。正整理书稿，忽听外面有人笑道："林姑娘近日可安好？老太太叫我过来看看。"雪雁在外笑道："鸳鸯姐姐来了。我们姑娘今儿才好些。"便掀开帘子。鸳鸯进来，见黛玉精神比往日略好，笑道："姑娘，老太太正惦记着你。只怕那些药都不好，让我又送来两盒人参养荣丸。他们又弄了一些上好的人参在里边，老太太第一个想的就是林姑娘，叫我赶紧送过来。"黛玉连忙道谢，紫鹃拉着鸳鸯坐下，笑道："鸳鸯姐姐，可知宝玉走到哪里了？什么时候回来？"鸳鸯笑道："宝玉这一去已有两月，一直没有消息。昨儿李贵回来，给老太太、太太带了消息，他一切都好，如今还有两月就到瓜洲渡口，叫大家都放心。”黛玉念了一句“阿弥陀佛”，紫鹃笑道：“姑娘，你这下可安心了。”

黛玉不答，鸳鸯又同紫鹃说了几句话便告辞。紫鹃送了出来，见四下无人对鸳鸯道：“鸳鸯姐姐，亏得老太太一直想着我们姑娘，不然，我们姑娘的燕窝早就断了。”鸳鸯点头道：“如今不比往年，早几个月各家主子们连进贡的胭脂御米也不是人人都有的。燕窝如今只有老太太、太太有，老太太如今把自己的那份拿了一半给林姑娘，这才是天天可以吃的。”紫鹃连连道谢。鸳鸯见四下无人，又把紫鹃拉到一边，对紫鹃说：“老太太是疼林姑娘，你们不要四处与人说是老太太给你们的燕窝。如今，宝玉不在，又有多少人眼红了老太太多疼了林姑娘。”紫鹃点头道：“难不成又是那赵姨娘嚼舌根？”鸳鸯道：“可不是？自三姑娘封为王妃后，那一个便横行霸道起来。前日为环哥的事还冲撞了太太，幸而老太太在，又骂了一顿。她这才罢了。”紫鹃奇道：“她为什么事冲撞了太太？”鸳鸯道：“这事不好说，赵姨奶奶如今仗着三姑娘常常冷言冷语的，说大家都疼宝玉，连家里的姑娘都比环哥强。”紫鹃听了连忙拉着鸳鸯走到院子外面，连连跺脚道：“好姐姐，这话千万不能让我们姑娘听到，要不她又要流多少眼泪。”鸳鸯道：“我也气急了才说的。老太太自然不会让林姑娘受委屈，你放心。”紫鹃连声道谢，鸳鸯又嘱咐了几句，方告辞而去。

紫鹃回到房内，见黛玉靠在月窗之下凭栏，眼中却在掉泪。紫鹃心下狐疑，只当黛玉听见了她和鸳鸯的对话。连忙劝道：“姑娘怎么又伤心了？今儿天有些晚了，早点吃了饭就安歇吧。”黛玉笑道：“我今儿却觉得好些，你把我的诗稿拿来，我看看。”紫鹃无奈，便把黛玉往年的书稿拿了几张给她。黛玉看了几页，又道：“帕子呢？”紫鹃劝道：“姑娘看那个太费神，不如早些歇了吧。”黛玉笑道：“傻丫头，你倒管我。”便回头走到书桌下，看着旧日的诗稿，沉默良久。

又过片刻，黛玉让紫鹃研墨。紫鹃见劝她不得，遂在旁站着，替她慢慢研磨。一会，黛玉道：“你去吧，我写些东西。”

黛玉坐在书桌前，月光透过窗户，洒在案前的书稿上。黛玉沉吟片刻，想着宝玉如今不知到往何处？想到自己终身大事，素知宝玉与她心意相通，却父母双亡，无人能为自己做主。老太太虽对自己疼爱有加，但总迟迟未定大事。园子里也有多事者，常常背地里嚼舌头，她是冰雪一般的人物，又怎能受得这样的委屈？前些日子为着宝玉没有音信，日夜担心，不觉就病倒了。如今有了宝玉的消息，方略感宽慰。黛玉在那沉思了片刻，又滴了会眼泪，又觉心口微疼，眼泪却慢慢止住。

黛玉翻了一页书稿，正是易安的“独上兰舟”，她心中有所念，遂把古人旧书中有“独”字的句子都细细想了一遍，又调寄汉赋，却不拘韵律。最后名曰：《十独吟》。

独在异乡为异客兮，望故乡而不能归。
望故乡而不归兮，路漫漫而遥叹。

独上兰舟兮，云中不见锦书来。
才下眉头兮，却上心头。

前不见故人兮，后不见来者。
念天地之悠悠兮，独怆然而涕下。

独钓寒江雪兮，千山鸟飞绝。
孤舟何处觅兮，白雪茫茫。

花间一壶酒兮，独酌无相亲。
举杯邀明月兮，对影成几人？

野径云俱黑兮，江船火独明。
江船火独明兮，何处是故人？

众鸟高飞尽兮，孤云独自闲。
孤云独自闲兮，孤云独自愁。

独坐幽篁里兮，弹琴复长啸。
深林人不知兮，明月何处兮？

梧桐更兼细雨兮，到黄昏点点滴滴。
守着窗儿兮，独自怎生得黑？

独寄重檐眷居客兮，思省见而不得。
思省见而不得兮，对明月而长叹息。

紫鹃又上来劝黛玉休息，黛玉道："我却觉得精神略好，把我的琴拿来。"紫鹃无奈，随和雪雁把古琴安放月窗之下的琴桌上，又焚了一炷檀香，黛玉便走到窗下，轻抚几声。先是《秋水》，后是《春晓吟》，最后弹了一曲《胡笳十八拍》。

那黛玉极通音律，夜间弹去，只听得望穿秋水、落花悲吟，又是胡马嘶鸣，竟引起窗外寒鸦悲啼，老树呜咽。弹到后来，竟然琴声越来越快，突然戛然而止。紫鹃连忙上来，却见琴弦断了几根，黛玉却在那里掩面垂泪。紫鹃劝道："姑娘，这又是何苦来，夜深了，快点歇息去吧。"

黛玉笑道："不妨事，先把琴拿下去吧。"紫鹃和雪雁满是狐疑，又不好说，只得撤下琴桌。黛玉却独坐在月下，看着刚作的《十独吟》，墨迹还未干，不禁感慨万千。这晚直到四更方歇，不提。

却说第二天一早黛玉又病倒了，可巧宝钗约了袭人一起来看黛玉。宝钗见了黛玉消瘦得厉害，大有不胜之态，便问紫鹃道："你们姑娘前儿才好些，怎么今儿又病倒了？"紫鹃拉着宝钗道："好姑娘，我们姑娘昨儿晚上又写诗了，一直到很晚，你来看看。"宝钗看了黛玉写的诗，摇头道："颦儿又是多思。但凡心情宽慰些，不至于此。"便拿着诗稿走到黛玉床边，这边袭人正在问长问短。黛玉道："也没什么大事，只是天气一冷，我便又多病。"又问袭人最近如何。袭人笑道："自宝玉走后，太太说早就想把宝玉搬出园子。趁他去了，把怡红院的丫鬟婆子们倒全撤了。如今又散了大半，只留着秋纹、麝月和我，还有两三个粗使的小丫头。如今宝玉不在，我们就在太太那里，每日不过帮着太太整理宝玉的旧物，有时也做一些老太太、太太的针线活。"

黛玉点头道："如此甚好，你们那一处原来就人多，如今这样倒少了许多是非口舌。"袭人笑道："宝玉在时常常在我们队里闹，今年出了多少事？如今倒好，大家清净。只是宝玉临走前叫我常常过来和姑娘说说话，我常常忙着那边的事倒来得少。亏得宝姑娘今儿和姨太太一起到太太处说话，宝姑娘和太太说了，我才得了空跟着一起来。”黛玉道：“既如此，你早些回去。我和宝姐姐再说会子话。”袭人答应，便告辞先去。

宝钗拿着诗稿在黛玉身边坐下，摇头道：“你要我怎么劝你才好呢？放着身子不保养，作这么悲切的诗，你怎么能好呢？”黛玉不答，一会说道：“宝姐姐，你待我是极好的。如今这样，我只是为我的心罢了。”宝钗听了眼圈也红了，把诗稿交给紫鹃道：“妹妹如今身子不好，先把这些书本诗稿收起来。等好了再看不迟。”又劝黛玉道：“你如今不可再看诗词，须知诗言志，移了性情反不好。你且宽心养病，等开了春了，咱们再约上云丫头，姐妹们再一起作诗，岂不好？”黛玉听了点头，默然不做声。宝钗又说了许多宽慰黛玉的话，又亲自喂了黛玉吃药，一直待到薛姨妈差人来请，方随莺儿一起去了。

却说黛玉病中，贾母甚是不放心，日日打发鸳鸯过来看，并命贾菖贾菱须尽心为黛玉调制药品。自人参养荣丸起，又让王太医瞧了黛玉的病，终不过是要黛玉少思，又为黛玉配了药方。贾母亲自叮嘱菖菱二位不可大意，两人连连答应。凤姐也常打发平儿到黛玉处探视。宝钗亦常过来，黛玉在病中深为感激。

这日晚上凤姐用过晚饭，略略有些不适。平儿忙扶着坐下道：“奶奶可仔细身体。”凤姐摇头道：“近日可不是一件事情接着一件事情？前儿的三万银子我还不知哪里补亏空，如今又常常觉得身子乏，可不知怎么办。如今都说要压缩，林妹妹又病着，人参、燕窝不可少，老太太又千叮嘱，我也再少不得当一个金项圈。”平儿道：“也不止于此，林姑娘的病是老太太亲自管的，宝姑娘又常常送燕窝给林姑娘。断断用不得奶奶的金项圈。”凤姐笑道：“傻丫头，虽是如此，这一天里哪天没有几十件事等着用银子？太太前儿说亏空的三万她也想想办法，如今太太拿出了往日宫里娘娘的赏赐珍品，少不得有五千两银子。前儿姨妈又让薛大爷给琏二爷送来一张当铺子的银票，也有一万两。”平儿念了声阿弥陀佛道：“亏得太太、姨太太，这下总可以把眼下的难关混过去。”

凤姐冷笑道：“可不是？就是这样，银子还不是左手来了右手就出去？如今还有一万多的亏空，却不知哪里去补？只有先当个金项圈，能把这几天的对付过去再说。上次宫里的夏公公一来就是四百两银子，说不定明儿他就来了。”平儿道：“可不是，上次你还说梦见宫里的娘娘抢我们家娘娘的锦缎。”凤姐低头不语。

平儿又从外面的柜子上拿了一包碎银给凤姐：“这是这个月她们拿来的利

钱，奶奶看着，可还放在原来的地方？"凤姐点头。平儿把银子放到里间的柜子里，又给凤姐端上热茶，就听外面贾琏回来了，到了房里，直接坐下叹气："宫里出大事了。"凤姐正欲询问，便听外面有人道："夏公公来了！"贾琏夫妇忙迎至门口，夏公公进来便道："如今宫里不好，娘娘已经三天三夜没进水米了。你们今晚速速派人进宫，只怕还可见最后一面！"

欲知后事如何，请看下回分解。

第八十六回

宁国府降罪石扇案　史太君闻讯泰山倾

却说贾妃在宫里深受皇恩，圣上因其贤淑而封其至凤藻宫。多年来一直深受圣宠，一并连贾家都深受皇恩。然而近年来却因海疆多事，每每无暇顾及贾妃。后宫近期又圣宠新妃，其为海疆旧日主帅之女。两军于近海交战，朝廷却每每不能胜，又连连战败，故采取和亲之策，遂封贾府之探春以和硕公主之身份远嫁海疆。然则圣上依然须倚重军中老帅，遂格外恩宠新妃。那新妃自以为圣上专宠，每每在言语中对贾妃不敬。朝中近日上下又有圣上原来过于恩宠贾妃之语，遂有误国误君之论。甄家前月便因银两亏空过大致使国库不明而获罪，其老亲贾家难逃连坐之罪。君王身边岂能有如此之人？朝中众臣均以唐时杨妃之乱国而谏其君。

圣上与贾妃感情甚笃，一时间难以取舍。群臣便在金銮殿外跪谏，圣上在殿内闭门不出。那贾妃已病倒在床数日，见圣上如此，流泪道："君王不可为我如此。"遂自行绝米绝粒，几日之后竟奄奄一息。断气前流泪道："只求圣上保我贾家与爹娘平安。"圣上泣泪竟不能答。

当日晚上，贾妃气绝，含恨而亡。那圣上念及贾妃往日之贤德，泪洒当场而不能自已。然殿外群臣依旧叩拜以求降罪于贾妃，圣上无奈，含恨降旨，贬贾妃为庶人，不能以皇室之礼安葬。

正是：

二十年来大梦归，梦里似见长生殿。

云为衣裳花为容，转眼涕泪满衣衫。

一朝尘土狼烟起，君王狠心绝尘寰。

虎兕相逢风云日，黄土一抔奈何天。

又说贾琏、凤姐刚从夏公公那里得到贾妃绝食消息，正欲禀告王夫人一起商议如何进宫探望。便忽听大门有人来报圣旨到。唬得贾府众人自贾母起，到贾赦、贾政、贾琏等到大门接旨，便传来贾妃噩耗。贾母、王夫人等哭得晕死过去，贾赦、贾政等只得含泪跪着谢恩。

贾妃既薨，贾府顿时乱作一气。圣上又体恤贾妃平日之贤德温良，准予贾府按家庙之礼予以拜祭。然又因众臣之议，终不能以皇室之礼予以安葬。贾府亦感激不尽，跪拜而泣。贾政亲自命贾珍、贾琏等人于铁槛寺进行家庙大礼，阖府上下忙了月余方罢。

却说贾母，因元妃之事终日抑郁，渐渐茶饭不思，不出几日就病倒。晚间又受了风寒，却是几天未尽水米，又昏睡不醒。贾政、贾赦、贾珍、贾琏等日日到贾母房中探视，请来宫中太医。王夫人、邢夫人、薛姨妈、尤氏、凤姐、宝钗、惜春等全到了，全在屏风后面，另有鸳鸯琥珀等丫鬟们，黑压压站了一地。

王太医诊脉之后，贾政请至外间，问道："老太太病情如何？"王太医摇头道："老太君此次病倒，全在急火攻心。以太君八十高龄，恐难承受如此。如今只有用千年雪山人参，若过此关，十日之内或然有救。"又开了一副药方，低头交于贾政，拱手告辞而去。

贾政道谢，细细看了药方，便把药方交与贾琏，让他速去准备千年人参。贾琏便唤来凤姐，凤姐急道："前几个月老太太八十寿辰，我在病中，也须得上好人参。可寻遍府中也未得，老太太自己也有的，可已没有药力。后来还是姨太太那里送来的，如今又去到哪里找？只怕有银子也没处买去！"贾琏道："这可如何是好？"鸳鸯从里间出来，急得哭道："这可怎么好？老太太现在这样，可千万要找到才好。"凤姐忙道："鸳鸯姐姐，你放心。老太太的事情是天大的事，我再去问问太太、姨太太。"

这时，王夫人、邢夫人、薛姨妈等人都出来了。王夫人叹道："往日要上好人参，要多少不得？只是如今这么急，近日宫中又大变，平日里来往的老亲都渐渐疏远。一时间，又没处买去，如何是好？"邢夫人道："何不往史家去看看？”王夫人摇头道：“不可，近日史家公侯被宫里召去，数日未归，切不可去。”薛姨妈道：“还是我让蟠儿再拿些过来。我们那里或许还存着几根，些许还用得上。”便命丫鬟回家报于薛蟠，半日的光景，便送来两只上好的千年人参。王夫人直念阿弥陀佛，鸳鸯喜极而泣，忙接过亲自为贾母煎制人参汤。到了晚间，贾母服下，果然面色稍稍回缓，众人方安下心，散去不提。那鸳鸯却守在贾母身边三日三夜未曾合眼，贾母有时也醒来，见儿孙均在榻前服侍，心下亦感安慰。

这日清早，贾母醒来，见鸳鸯趴在床边和衣而眠。便推鸳鸯，鸳鸯见贾母神色清醒，比往日明白几分，忙笑道：“老太太可是好些了？要吃点什么？”贾母点头。鸳鸯忙端来细米白粥，并清淡小食，慢慢喂食贾母。贾母只略吃了三两口，便又躺下了。

王夫人、尤氏、李纨、凤姐等人均在贾母房外碧纱橱内，一则尽心伺候，二则恐有不测及时应变。贾赦、贾政等人每日日间进来请安，晚间自回房中，只是派丫鬟婆子们常来问候，又寻来各种上佳药材，时时打发人送来。

凤姐见贾母稍有神色，略感安慰，忙到外面报与王夫人等人。王夫人直念佛，凤姐却见平儿招手叫她，便借故与平儿走到廊下。凤姐道：“什么事？老太太这里已够乱了，其他事情先打发出去再说。”平儿道：“前几日紫鹃来找我，说林姑娘病得不轻。先前的燕窝已停了月余，现在都是宝姑娘给送过去。前两日连平时的人参养荣丸都停了，林姑娘身子弱，如今老太太的病她又知道了，前儿哭了一夜，昨儿开始便又倒下了。现在家里忙，又请不到大夫，紫鹃来了几次，都因为老太太的缘故被周大娘拦下了。刚我出去了一下，紫鹃拉着我就哭，我才来回奶奶。”凤姐点头道：“按说现在我们也忙得顾不了林妹妹，燕窝如今连老太太、太太都不容易有了，也就罢了。宝姑娘既然照顾着，先从宝姑娘那里拿吧。你先让小厮们出去叫个太医给林姑娘看看，吃什么药让贾菖贾菱去配。”平儿点头，凤姐正欲回去。忽然转回头对平儿道：“林姑娘的事情切不可在老太太面前说，也不可让鸳鸯知道。”平儿应了便出去了。

凤姐回到贾母房中，鸳鸯正拿着一床软缎的被褥放在贾母身后，又拿了一个软缎的靠枕让贾母枕着。贾母见众人都在，点头道：“你们都来了，正是呢，我有些事情要交代。”王夫人忙劝道：“老太太才好些，千万还要保重，少说话才是。”贾母道：“我今年八十多岁了，什么事情没见过？如今我只放心不下宝玉，他送三丫头去了，到现在也没有回来。叫我怎么放心得下。”说罢，流下一行清泪。李纨忙劝道："老太太不必太伤心，宝兄弟前些日子有信来，很快就到瓜洲渡口了，送了娘娘去了就回来。"贾母叹道："我这一生，打从嫁到这里，从当重孙儿媳妇开始，一直到有了重孙儿媳妇，什么事情没见过？如今，我只盼得我的儿孙们好。现在，我还放心不下我那两个玉儿，还有四丫头，这些事情，你们都要给我安排好。"王夫人、凤姐等人无一不垂泪答应。

鸳鸯又端来一碗绿玉碗盛的千年人参汤，笑道："老太太先别说那么多，先喝点人参汤。也许明儿就好了呢。"贾母笑道："倒是你会唬我。"鸳鸯便坐在贾母身边伺候汤药，突然外面邢夫人哭道："老太太不好了，我们大老爷被一群官兵进来抓走了！"

贾母一口气没接上来，吐了一地，鸳鸯手中的人参汤全部打翻。贾母顿时咳了几声，没接上气，登时晕死过去。

众人大乱，王夫人、凤姐等忙围在贾母身边，鸳鸯在旁急得直哭，说道："好不容易今儿才好些，这可怎么了得？"凤姐也急了，一边让琥珀到外面告诉平儿，让她先去请贾政、贾珍、贾琏等人过来，一边又让林大娘出去让小厮们把王太医请来。那邢夫人不料贾母会如此不好，只吓得哆嗦道："我不知道会这样，只是今儿早上我们老爷突然被雨村派来的人抓了去，我都没了主意了！"

王夫人连忙出来，拿着帕子抹眼泪，对邢夫人道："万事以老太太千秋要紧。大老爷的事且放一放，让琏儿他们去打听。如今是不能在老太太身边说一个字了。"这时，薛姨妈、宝钗等人也赶到了。宝钗见如此，连忙劝道："如今大老爷的事情，可以让老爷、琏二哥哥们去打听，这里老太太千秋是大事，不然岂不为了大老爷的事让老太太悬心，叫大老爷怎么过得去？"邢夫人见如此，便也不多说，适逢赵姨娘、贾环赶来，便把邢夫人拖到一边。

那赵姨娘自探春远嫁后，总以为自己女儿如今封了王妃，说话便和平日不同。有时在王夫人跟前说话也时时跋扈，王夫人也不太计较。倒是凤姐仍然时时弹劾，每每出言相讥，赵姨娘深以为恨，却也无可奈何。赵姨娘偷偷道："大太太，老太太怕是不好了。这会子要怨你，如何是好？"邢夫人冷笑："我们老爷现在不知是死是活，他们就不管吗？"

这时，平儿带着王太医进了院中，先让王太医进了贾母正屋，一会便出来对邢夫人道："琏二爷已经叫旺儿去打听了，旺儿回来说，还是那个饿不死的野杂种贾雨村，前些年为了大老爷，霸了石呆子的几十把湘妃扇，如今不知怎的，不知谁翻了旧案，还是那个贾雨村审的案，倒把大老爷抓走了！"邢夫人骂道：

"原来是他,当年得了我们老爷多少好处!"凤姐在旁忙劝道:"大太太不必如此伤心。如今虽说带走了大老爷,但贾雨村与这里的老爷有旧,琏二爷也说再托人去打听。如今大太太可能就是要破费些银子,先把大老爷保出来再说。如今老太太的事情最要紧,大太太看在大老爷的面上,保佑老太太平安吧。"邢夫人听了,默然不语。平儿便又进入贾母房内,这时贾政、贾珍、贾琏、贾环、贾兰等人都到了,都在外间等候。里边内眷也全到了,王夫人、尤氏、李纨、凤姐、惜春全到了。凤姐把琥珀拉到一边,悄悄说:"快到园子里把林姑娘接了来。"

黛玉正在病中,琥珀到了潇湘馆,见了紫鹃便急道:"老太太刚晕了过去,如今老爷太太们都到了,叫我来接姑娘。"黛玉近一月一直病着,每每服食人参养荣丸,却不见好,一日重过一日。先时紫鹃当她为宝玉挂心,后家中大事小事不断,贾母病倒后,黛玉便又添了一病,日日落泪。黛玉正在病榻懒懒地卧着,忽然听得如此,欲要起来,却昏倒在床上。

紫鹃哭道:"这可怎么好?"琥珀也没法子,急道:"如此你们先找个太医来瞧林姑娘,我先去回太太。"紫鹃点头,流泪道:"我们姑娘怎么这么命苦!"说罢,连忙让老婆子出去找太医,琥珀回到贾母房中,见一屋子人在那,连忙悄悄回了王夫人和凤姐。王夫人叹道:"这孩子可怜见的,恐是见不到老太太最后一面了。"

贾母这时幽幽醒来,环视一下四周,见族中的儿孙们都到了。她让鸳鸯把自己扶起来,点头道:"你们都来了。都瞒着我!"说罢,老泪横纵。贾政等忙跪在地上说:"老太太,大老爷的事我们都是今天才知道,已经让人去宫里打听了。"贾母惨笑道:"那迎春二丫头的事为什么瞒着我?"王夫人流泪,忙跪下道:"老太太,二姑娘是苦命之人,我们都想等过了这阵子再回老太太。"贾母摇头,一行清泪倏然而下,道:"你们不用瞒我,家里的事情。什么我不知道的。只是天有不测之风云,家中近日发生了那么多的事情,恐日后还有更料不到的事情。你们做了些什么事情,自己去想,别带累着这一屋子的娘们和姑娘们。"说得全屋子的人都跪下了。

贾母看着他们,言语越来越轻:"我便要去了,你们以后须要自理门户。各家过好各家的。我们家是百年诗书世家,再过些日子贾府必有大厦将倾之灾。你们最好回到乡间,买几块田地,切不可忘了读书。我一生积蓄,都已告诉你们太太、凤丫头,钥匙在鸳鸯那里。我去之后,儿孙都有一份,已告诉你们太太、凤姐。最后两份额外的，一份给宝玉，一份给林丫头。你们千万记着，我那两个玉儿……”说罢，又是一行清泪，眼睛睁着，却再也没有言语。正是：

呼喇喇大厦倾，树倒猢狲散。

欲知后事如何，请看下回分解。

第八十七回

白绫尽鸳鸯殉旧主　猢狲散凤姐独难支

话说贾母已逝，贾府上下无不悲痛欲绝。又值贾赦被官府带走，堂上问审的居然是雨村。贾政忙修书一封，命贾琏送去。雨村亲自接了，作揖道："学生蒙老先生一路照应，从应天府一路升至如今，岂有不知报恩的？请回去告诉老先生，下官定当为了大老爷之事尽力。"

贾琏自然感激不尽，回府向贾政一一回禀。时下府中上下正值贾母大殓，王夫人还是命凤姐料理阖府上下一切事宜。那凤姐这几年亦料理家中各种大事，前有可卿丧事可循，虽悲痛万分，却想着贾母一贯疼她，王夫人又千万嘱托，遂点头答应。

那凤姐料理贾母之丧事，先依先前可卿之法，分了六七组人，有对外接送宾客的，有端茶送水的，有专管祭祀器皿的，有专管上香烧纸的。开始一两天还井然有序，一两天后，竟然有银子不到的，又因府中近半年放了许多丫鬟小厮，有时迎往宾客的时候竟然人手不够，竟生照顾不周之事，再后来竟有相互推责之事。再后来因上夜的时候烛火不够，竟然发生了失窃之事。贾政等知道后无一不摇头叹气。

这日晚间，王夫人一脸怒容，走到凤姐房间。凤姐正值旧病又犯，见王夫人来，忙从床上起来，平儿连忙去扶。王夫人叹气道："按说我不该来找你，你这么病着。但若委屈了老太太的大事，你叫老爷心里怎么过得去？"凤姐连忙下地，平儿扶着。凤姐一边咳嗽一边涨红了脸，分辩道："太太说的是。可老太太留下的银子，你我是知道的，鸳鸯前儿也是一件一件数过去的。旧年账上还亏了几万，前几个月三姑娘那里又亏了几万，都是从老太太这里还出去的。前儿鸳鸯还说不该把老太太的东西拿出去当了，但若不如此，恐现在的银子都拿不出来呢。”

王夫人点头道：“也只有如此了。但老太太的大事办成这样，叫我们怎么过得去？”凤姐低头，眼眶儿红了，平儿忙道：“太太有所不知，我们奶奶前几天把自己的金项圈全当了。”

王夫人听了，默然不语。这时邢夫人带着王善保家的也进来了，见了凤姐便怒气冲冲道：“你们拿着老太太的事情唬谁呢？今儿王善保家的去取银子，却拿不到对牌。我们等着银子救大老爷，你们倒好，哪里都像短了银子。老太太还留了一份银子给我们，怎么迟迟不见？”凤姐听了忙道：“老太太的大事使的是官中的银子，是老太太生前就备下的，并不管大老爷的银子。另外老太太给各房的银子，只怕要等老太太的事情完了才好办。”

邢夫人听了冷笑，王善保家道：“我们刚才在老太太灵堂见了鸳鸯，我们太太就问了老太太的钥匙。鸳鸯姑娘死活不说，难不成要私吞了不成？或者想着巴结琏二爷和琏二奶奶，也未可知。”邢夫人怒道：“怕是她想做琏儿的小老婆，趁早叫她死了这条心。大老爷就算现在不在，但是鸳鸯也走不出这个屋子去！”说罢，也不管王夫人和凤姐如何，一气坐在榻上。

王夫人坐在那里默然不语，玉钏儿冷笑道：“如今老太太刚去，一家人忙得什么似的。我们老爷还要在外使人打点去救大老爷。若不是姨太太让薛大爷使了很多银子，这里的事情更有想不到的。”平儿也劝道：“鸳鸯是极好的。老太太去了，她不吃不喝已陪了三天三夜了。钥匙早给太太和二奶奶了，莫说东西是一样一样对过的，就是老太太给鸳鸯留下的几百两银子，我们也是看过的。如今鸳鸯把那几百两银子也给了太太，说是要尽她的最后一点心。”王夫人点头道：“那孩子倒也是忠义的，别委屈了她才好。”邢夫人方不说话，带着王善保家的恨恨地走了。

王夫人又坐了一会方去。凤姐方躺下，平儿连忙端上一碗参汤，喂着凤姐喝了几口。凤姐摇头道：“如今也只能吃这个吊命罢了。”平儿道：“往年都是手指那么大的人参，如今却差远了。”凤姐苦笑道：“如今也管不了那么多，以后只怕连这个也不能有了。”一会，凤姐想起一件事，问平儿道：“林姑娘这几日怎样了？”平儿摇头道：“老太太那天去了，林姑娘知道后便昏死过去。我现在只让小红去打点那边的事情，请了大夫，开了药交给贾菖贾菱去配了。只是这几天也不见好，就这么混着。宝姑娘倒是去看过几次，又到这里来帮太太料理事情了。”凤姐听了不语，出了半天神，摇头道：“宝玉还不回来。若见这样，不知道要闹出什么事！”一会乏了，平儿便替她盖好被子，放下帐帘才自去安歇。

平儿安顿了凤姐睡下，又恐鸳鸯太过悲伤，便打着灯笼让一个小丫头在后面跟着，慢慢径过穿堂，只觉朔风阴冷，呼呼而过，不觉打个冷颤。平儿又听得灵堂那边大门半开半合，呼呼而响，甚是阴森，忙拉着小丫鬟快步走到灵堂。

平儿只见灵堂之前打了一对明脚灯，两边一色戳灯，却是半明半暗。两边仆从渐渐散了。只见灵堂那边众人已去，独鸳鸯在偏殿守夜。平儿走到鸳鸯身边，忙扶起鸳鸯道：“你好歹也吃一点呢。”鸳鸯这几日已渐渐冷淡，眼泪已快流干。见平儿劝她，冷然道：“平儿，你是知道我的。老太太的东西生前我知道，死后也是一样的。她们居然说我偷了老太太的银子讨好你们奶奶和琏二爷。”平儿忙扶着鸳鸯，替她抹了眼泪：“这些人都是没嘴的忘八，不用理他们。你可得一定要好好保重自己。”鸳鸯又冷笑道：“还有更好听的呢，说老爷必定要回来的。说我当初绝不做小，现在还不是一样要过去？”说罢就对着平儿哭。

平儿忙把鸳鸯拉到一边，只见鸳鸯脸上全无血色，眼睛直直地盯在前面发愣。平儿知她三天三夜未睡，便让小丫头们扶着鸳鸯回到房间。又拉着鸳鸯坐下，命小丫鬟取来热茶，掏出手帕把鸳鸯的眼泪擦干。鸳鸯恨恨说道：“我不过是多服侍老太太那么几天，她们就那么急！不知道的是老爷要讨小老婆，知道的不过是把我哄过去，逼出老太太的东西是真！”说罢直哭。平儿忙劝了好久，鸳鸯才好些。平儿又让小丫头拿了些饭菜点心过来，鸳鸯也不吃，只吃了两口茶就放下了。

一时晚了，已到三更。平儿又叮咛几分，便带着小丫头回去了。鸳鸯也站起说道：“我一个人在这里也怪冷清的，不如去给老太太守灵。”便和平儿一起出来。平儿自回凤姐院中，鸳鸯一人回到灵堂，为贾母守灵，又添了些纸钱，眼泪流了一地。

第二天一早，凤姐正在梳洗，突然之间旺儿媳妇匆匆进来回道：“二奶奶，不好了，鸳鸯姑娘随老太太去了！”凤姐唬了一跳，一口茶喷了一地。平儿忙上来给凤姐捶背，转过头对旺儿媳妇说：“胡说什么？我昨儿晚上还和鸳鸯在一起？这是怎么回事？”旺儿媳妇道：“今儿五更时分，几个上夜的婆子们到了灵堂，却发现鸳鸯姑娘绞了头发，悬了一根白绫自尽了！”平儿顿时失声痛哭，凤姐眼圈也红了，想了一会说：“鸳鸯是个好姑娘，她是随老太太去的，可不能委屈了她。让她随老太太一起安葬，也遂她素日的心。”旺儿媳妇弯腰应着，遂下去了。

凤姐这边突然觉得眼皮子突突跳得厉害，转过头对平儿道：“你先随我去灵堂看看。”平儿忙叫了小红等人跟在身后，扶着凤姐来到灵堂。只见王夫人、邢夫人、尤氏等人都到了。王夫人见了凤姐念佛道：“鸳鸯这孩子傻，对老太太是极其忠心的，让她随老太太一起去，也不枉服侍老太太一场。”凤姐点头，邢夫人在一旁冷然不语。

又过七天，正是贾母入殓之日。宁荣二府又是一团忙乱，贾政、贾珍、贾琏、贾环、贾璋、贾蓉、贾兰、贾菌等都在前而行；众女眷在后，王夫人、邢夫人、尤氏婆媳、李纨、凤姐、惜春等各在轿中后行。

那时官客送殡的，当日所称“八公”来了三四家，余者更有南安郡王之孙、西宁郡王之孙等皆因应前线战事未到。忠靖侯史鼎赶到，若兰湘云也自赶到。余下堂客算来亦有十来顶大轿，连前面各色执事，陈设，路祭摆了仅一两里而已。

贾政看得这光景，不禁伤心。众人皆觉凄凉不尽。王夫人叫玉钏把凤姐叫来，问道：“几年前蓉哥媳妇大殡，“八公”全到，各王府公侯来往不计其数，路祭也有三四里。如今老太太大殡，怎能如此冷清？”凤姐红着眼圈辩道：“便是如此，也是一趟趟地差了人请到的。自甄家有事以来，各来往本家、王府、公侯世家便冷清很多。如今只有这几家了。”王夫人听了，点头不语，垂泪道：“只是委屈了老太太！”

凤姐不语，脸色一阵红一阵白，突然之间便晕倒了。众人又是一阵大乱。

欲知后事如何，请看下回分解。

第八十八回

谣言起颦儿渐绝粒　梦境处宝玉若失玉

话说贾母大殡，不胜凄凉又不胜凌乱。那凤姐在出殡当天就体力不支而晕倒，又犯了旧疾。出殡之后便在家躺着，家中之事，又交与王夫人。王夫人见家中近期大事不断，亏空无数，不禁暗暗心惊，又不敢告诉贾政，私下问了凤姐数次。凤姐无奈，让彩明拿出府中旧账一一核对，王夫人只看得暗暗叹气，思度良久，对凤姐道："为今之际，只有请你大妹妹来帮我，或许还使得。"凤姐点头强笑道："正是呢，前些年大妹妹和大嫂子、三姑娘就管过园子里的事。如今她肯来，自然是再好不过的。"王夫人方点头不语。

宝玉自送探春去后，王夫人便命怡红院的丫鬟迁出了大观园，只略留了两三个在院中听命，其余的便都打发了出去。袭人到了王夫人之处，自然乐意温顺。王夫人亦是喜欢，除了让她整理宝玉的房间与旧屋，便也常命她到各姊妹处走动。这日王夫人命袭人到梨香院去请薛姨妈与宝钗，正巧夏家桂花又在那里指桑骂槐和宝蟾相骂，薛姨妈在后面听得生气。倒是宝钗，不动声色，命莺儿把窗子关上，再在屋内焚起一炷冷香。袭人正巧进来，对薛姨妈笑道："我们太太请姨太太和姑娘过去。"薛姨妈见了袭人，方消了口气，脸色略平，道："那边老太太的事情可已安妥好了？"袭人点头。宝钗想起一事，问道："如今林妹妹如何？我几天没去瞧她了。"

袭人道："林姑娘自老太太去了之后一直昏迷不醒，时好时不好。前儿才好些，我昨儿还去看过的。如今听说林姑娘一直咳着，送去的药也吃的，只是不见好。"宝钗摇头道："这却也不好。我先随妈一起去太太那里，再去园子里看看林妹妹。"

薛姨妈见宝钗说要去看黛玉，便对宝钗道："你林妹妹身子弱，老太太去了，她必是伤心的。你先去看看你妹妹，你姨妈那里，我先去看看。"宝钗点头道："既这样，我先去看林妹妹。妈去姨妈那里看看，替我问姨妈好。"宝钗点头，带着莺儿去园子里。薛姨妈让同喜陪着，自去王夫人处，不提。

且说黛玉，自贾母病故便昏迷数天，自后便一病不起。贾母出殡那天，她亦在昏迷，竟连最后一面也没见到。大观园内已渐渐冷清，常常寒风料峭，阴雨凄凄。黛玉时好时坏，有时梦中哭喊贾母，有时梦见宝玉却无以泪流。好在紫鹃日夜陪伴，黛玉昏迷之时时刻在旁，黛玉稍稍清醒便尽心伺候汤药，常以好言安慰，以解黛玉之痛。

黛玉这日下午幽幽醒来，见紫鹃在一旁煎制汤药，便咳了一声。紫鹃回头，忙念了一句道："阿弥陀佛。"黛玉惨笑道："傻子，我哪里能够死呢。"紫鹃连忙走到黛玉身边，把黛玉扶起来，劝慰道："姑娘，老太太已经走了，你不能太伤心了。宝二爷回来，他若见你病得如此，你叫他怎能放心得下？"黛玉听了，止不住地泪流。半晌说道："宝玉已经很久没有消息了，不知道他到了哪里？"紫鹃忙劝道："上次听小厮门回来说，二爷送三姑娘快到瓜洲渡口了，想是再过两三个月必定回来了。"黛玉听了，方忧色消除一些。紫鹃让雪雁端着刚煎好的药过来，笑道："这是他们新配的药，说是为姑娘专配的，姑娘你且喝一点。"黛玉原不太愿意吃药，听得紫鹃说宝玉，不觉心中一动。便听了紫鹃的劝，喝了半碗煎药，便又躺下了。

黛玉正迷糊之间，又似见到贾母。她便扑倒贾母怀中哭道："老太太怎么不见我最后一面？"贾母亦把黛玉搂在怀里："可怜你无依无靠，我原把你许了宝玉的。可是宝玉那孩子就是不回来，你也不来见我最后一面。就你们两个玉儿不好！"说罢便搂着黛玉哭。黛玉正想说话，贾母突然就不见了。黛玉又从梦中哭醒，紫鹃忙来劝慰。

黛玉还在梦中，恍惚道："宝玉可曾来信没有？"紫鹃把黛玉扶起，替黛玉擦了眼泪，又让小丫鬟们拿热茶来，黛玉漱了口，方觉清醒些。紫鹃道："二爷已有两三月没有信来，许是路上绊住了。二爷对姑娘那么好，姑娘应该放心才是。"黛玉凄然笑道："我哪里有什么不放心的。只怕他路上有什么事，须得保着平安才好。"紫鹃又劝了一会，忽然窗外有人问道："林妹妹可好些了？"

黛玉抬头，却见宝钗带着莺儿进来。紫鹃忙让座，宝钗问道："你们姑娘今天怎样?”紫鹃摇头,宝钗便明白了。宝钗点头道:“我又拿了些燕窝来,每日给你们姑娘熬着,只怕还好些。”紫鹃忙道谢,拉着莺儿下去了。宝钗在黛玉身边坐下,黛玉笑道:“多谢姐姐还来看我。如今老太太去了,连凤姐姐都不太来。这园子里的姐妹们走的走,死的死,散的散,如今只剩我了。我也该去了。”宝钗忙劝道:“你要我如何说你?有我一日,便与你一日,况且云妹妹也说要来看你,你又何必做司马牛之叹?”黛玉摇头,流泪道:“姐姐,我知道你对我是极好的。但我不知道我还能撑多久?我是怕不能够撑到好的那一天了。”

宝钗又劝了好多话,黛玉也慢慢应了。宝钗又说了一会子话,黛玉有时点头,有时沉默。宝钗见她如此,便也知道她已疲乏,便让她早些安歇,自己和莺儿慢慢往王夫人处去。

宝钗到了王夫人处,见袭人正在那里给薛姨妈泡茶。宝钗先给王夫人请了安,又到袭人处坐下。袭人又给宝钗泡了茶,笑道:“姑娘才来,太太有事要找你商议。”宝钗道:“我刚从林妹妹那里来,姨妈找我,可是有事?”

王夫人叹道:“那孩子也可怜。自老太太去后,她就一直病着,吃药也不见好。我让贾菖贾菱专管她的药,听紫鹃来回倒是不见好,倒像越来越重。这倒真叫人不知如何是好。”宝钗摇头道:“林妹妹自小多心,如今老太太去了,她自然伤心。可要想想办法才好。”薛姨妈也摇头道:“我看那孩子是极好的,又认了我做妈。前两年我倒常常去看她,只是这大半年的,自我们家那孽障娶了个混账老婆,我也焦心得很。园子里也不太去,但我倒常常想着林丫头,倒是宝丫头好,隔个几天就去看她妹妹,我也常常托宝丫头带点东西去。”王夫人喝了一口茶,叹道:“那孩子心重,宝姑娘是好的,要劝劝你妹妹才是。”宝钗笑道:“这是自然的,等宝玉回来了,林妹妹的病大概就快好了。”

王夫人脸色一变,摇头道:“宝玉也有三四个月没有消息了。老太太又去了,他回来要是知道这样,不知要闹得怎么样呢。”薛姨妈劝道:“宝玉去了这么久,自然是三丫头那里路途遥远,他照应王妃也是自然的。如今路上虽不太好,但宝玉是有福之人,不用太担心。”王夫人听了,方不言语。

这时,平儿从外面进来,拿了一包银子,交给王夫人道:“我们奶奶又病了,叫我把五百两银子交给太太。”王夫人皱眉道:“如今凤丫头也病着,这可怎么是好?”便让玉钏接了银子,对宝钗道:“我的儿,让你过来,是有事和你商议。如今你凤姐姐又病了,你三妹妹又远嫁,你大嫂子又不管事。我如今缺个管事的人。那年你和大嫂子、三妹妹一起管过园子,和那些婆子丫鬟们也熟。如今这家里一天比一天乱，每日都有生事的，我这边已经应付不过。故要让你受累，来帮帮我。”宝钗连忙推辞道：“这里凤姐姐和大嫂子自然都是好的，我哪里管得住这里的嫂子嬷嬷们？”

这时玉钏又端了一碗药来，王夫人接过喝了几口便放下了。她转回头对宝钗道：“我知道你这孩子只想图个清静，但你也看到了，如今你大嫂子每天只管兰哥儿，你琏二嫂子又这么病着，如今我也是病着。你是个好孩子，过来帮帮我，我自然是要谢你和你妈妈的。”宝钗看着薛姨妈，薛姨妈笑道：“你姨妈如今有事，你帮着点也好。只是要多问问你二嫂子才好。”宝钗方点头，低头沉默不语。

王夫人与宝钗母女正说话间，突然赵姨娘神色匆匆地进来，见了王夫人便哭道：“如今不知怎么了？我们环哥儿去学里，把原来喝茶的钱都扣了。自三姑娘走了以后，我们环哥儿上进不少，连老爷先生都夸他做诗做得好。我正要和老爷说去，突然环儿回来说，怎么前儿倒把他的学里银子都给扣了？我们环儿在小厮面前都抬不起头！”王夫人听了便皱眉，看了一眼平儿。平儿忙笑道：“太太有所不知，这是前年三姑娘还在的时候，就和大奶奶和宝姑娘商议，因为学里既有银子读书，又有银子喝茶，许多哥儿去学里是为了这八两银子，所以三姑娘做主免了。如今不知为何却说这个。”王夫人听了便点头不语，赵姨娘听了便知理亏，然因近日探春被封王妃，她便自视与往日不同。自贾母去世后连王夫人也渐渐不在眼里，常常言语中有不敬，因凤姐常在王夫人左右，宝钗亦常打圆场，故而也奈何不得。

那赵姨娘听平儿如此说，又恼哭道：“如今我们环儿连府中的正经主子也不如了，连读书的八两银子也要挣！可怜他姐姐还是王妃呢！”说罢便哭。宝钗忙劝道：“姨娘不必如此。若旁人以为环兄弟因为八两银子损了娘娘的面子，倒不好。这一项其他哥儿都是如此的，破例反而不好。不如这样，以娘娘的名义给环兄弟每月增添二十两学里费用，一为增添古籍费用，二为尊敬师长。这样倒比八两的茶钱要好。姨娘认为如何？”那赵姨娘听得如此，倒是觉得有理，方转涕为笑，自对宝钗道谢不尽。宝钗淡淡一笑，王夫人冷笑道：“这看的是三丫头的面子。”赵姨娘悻悻的，便告辞去了。

赵姨娘回到自己的房中，却见马道婆已经坐在那里了，正在看早上做好的一块针线活。马道婆见赵姨娘回来，放下手中的锦缎道：“怎么才回来？”赵姨娘冷笑道：“还不是为了环哥儿？如今为了二十两银子还要我受那么大的气！

以后老太太的家私不都是他们的？只叫我们孤儿寡母受委屈！”马道婆看了看赵姨娘说道：“我前儿短了五百两银子，如今不知何处借去？”赵姨娘便又翻箱倒柜一番，取出了一些银子，堆到马道婆面前笑道：“这是我们娘娘走的时候老爷赏赐的。你若成全了我的心思，以后这府里的上下，少不了你的好处。”马道婆一脸堆笑道：“这有何难？如今这府中只怕都是宝玉的。但要绝了宝玉，只须绝了他的心就可。”赵姨娘一愣，马道婆奸笑道：“我只听说你们府里的玉哥儿为了你们府里的一位姑娘要砸玉的。只要把那姑娘给绝了，那宝玉便也差不多绝了。以后你们母子要什么不成的？”赵姨娘一听，喜不自胜，又翻出了一些簪环首饰，递与马道婆面前道：“只要你遂了我的心，要什么都有，这只是我的一点心意。”马道婆双手接下，笑道：“这有何难？”便让赵姨娘屏退所有的小丫鬟，在赵姨娘耳边密语一番。

又过三四月，时值初秋。黛玉仍是日日病着，却不见好。宝玉自清明之后便断了音讯，连报信的小厮也不见回来。黛玉在病中常以泪洗面，有时连药也不吃，总是紫鹃好言相劝，以宝玉来安慰，黛玉才时时勉强吃一两口药。

这日下午，黛玉略觉好些，便命紫鹃拿她的旧稿出来看。紫鹃笑道：“姑娘才好些，又看那些劳什子，伤心了反不好。”黛玉啐道：“你这丫头，倒来管我。趁早拿来给我。”紫鹃无奈之中，只好把旧日的诗稿和帕子都拿给黛玉。黛玉看着当日的旧作，不尽流了半日眼泪。一会笑道：“我怕是不能再作诗了。这些诗稿和帕子，还有今年春天新作的，等宝玉回来，你都交给他才好。”紫鹃强笑道：“姑娘又说笑，等宝二爷回来，你自己交给他，岂不好？”

黛玉笑着摇头：“我恐怕等不到他回来，也不知如今他在哪里。近日我的眼泪倒少了很多，却不知为什么。”紫鹃过来，忙把诗稿都拿走，端着新煎的药，让黛玉喝了两口。黛玉喝了几口道：“今天我倒觉得好一点，要去园子里走走。”紫鹃忙拿了件湖绿色的披风，替黛玉披上。又慢慢扶着黛玉，到园子里逛。

一时间，两人走到沁芳桥下。黛玉有些不禁风，在花树下坐下。歇了一会，又咳了一会，却发现忘了带帕子。紫鹃笑道：“姑娘略坐坐，我去拿了帕子就来。”黛玉笑着点头。一时，紫鹃去了，黛玉在树下，却想起了那年春天在这里与宝玉共读西厢，共葬落花，不禁闲愁万种，滴下泪来。

黛玉正在闲愁间，突然听到远处有人在说：“你可知道宝二爷的下落吗？”黛玉一惊，忙闪到假山背后。远处慢慢走近了两个小丫鬟，一个是赵姨娘房中的小鹊儿，另一个是原贾母房中的傻大姐，如今在王夫人那里当差使粗活。那傻大姐人只傻傻的，见了谁都是傻笑。只听她对小鹊儿说："你说他们说的可是真的？宝二爷遇上强盗回不来了？"小鹊儿连连回头望了一圈，打了傻大姐一下道："这可不是胡说的。二爷快半年没有消息回来了，听说遇上了江边的强盗，又听说二爷得罪了哪里的王爷，不知道被谁扣下了。听说三姑娘都到了那边的海疆，听了二爷的事，反倒在那急得什么似的，托人回来打听呢。"傻大姐听了傻问道："那怎么办？如今又听说他们要为宝二爷娶亲呢？"小鹊儿听了连连摇头道："这会子还娶什么亲？如今连宝二爷人在哪里都不知道。"傻大姐摇头道："老太太生前许了林姑娘给宝二爷的，那林姑娘怎么办？"小鹊儿冷笑道："只怕世上没那样的好事。我们姨奶奶说：看太太他们的意思是宝姑娘，只不过因为林姑娘的病不好说开罢了。再告诉你一件事情，听许多丫鬟婆子说，宝二爷林姑娘自小一起长大的，一起吃住，喜怒无常，怕是做了不才越礼之事也是有的。"黛玉听了心惊，顿时觉得头下一个焦雷，便似万箭穿心一般，竟然什么都没有知觉。片刻她才摇摇欲坠，死命拉住身边的树枝才没有跌倒。只听傻大姐笑道："什么叫不才越礼之事？"小鹊儿怒道："这话不好胡说，他们知道了要打你呢。"说罢看了四周，便匆匆走了。黛玉见小鹊儿走了，再也支持不住，一口鲜血吐在了地上。人却像飘起来一样，慢慢倒在地上。傻大姐听见身后有响声，回头一望，突然见黛玉倒地，吓得六神无主，对着黛玉直哭。黛玉对她惨笑道："傻子，你知道什么，赶快回去找你姐姐吧。"傻大姐方醒悟过来，一溜烟跑了。

紫鹃拿了帕子回来，却见黛玉跌倒在花树之下，身边却吐了几口鲜血。紫鹃大惊，跑到黛玉身边哭道："姑娘，姑娘！这可怎么好？"黛玉悠悠回转回来，见了紫鹃惨笑道："傻丫头，你哭什么？我哪里这么快就死了呢？"说罢，又流下眼泪。

紫鹃连忙扶起黛玉，那黛玉已经气若游丝，走路已是飘飘荡荡。紫鹃好容易把黛玉扶到潇湘馆，却听见黛玉笑道："我可是回来了。"说罢，就晕了过去。唬得紫鹃、雪雁一阵忙乱，先把黛玉安置在病榻上，又差人回了王夫人和凤姐，园子里又差人回了李纨。王夫人那边又为宝玉没有音讯的事情焦心，便让袭人过来看了一下。凤姐自己也在病中，命平儿过来看了一下，问了些话送了些药便回去了。倒是李纨带着惜春过来瞧了一两次，也是说了一些宽慰的话。黛玉只是淡淡的，气若游丝，勉强睁了眼，也不流泪，片刻又闭上了。一会又睁开眼，笑道："多谢大嫂子疼我，只是我不能再和姐妹们一起了。"李纨听得伤心，不禁抹泪道："你这丫头就是多心。好好吃药，明儿就好了呢。"黛玉只是沉默，一会眼睛又闭上了。

自这日起，黛玉便似定了主意，渐渐地便水米不进，慢慢连药也不吃。紫鹃日日苦劝，黛玉终不为所动。紫鹃道："姑娘，宝玉一定会回来的。他若回来，见你如此，不知会怎么伤心呢。"黛玉流泪，笑道："傻丫头，我岂有不知宝玉的？只是有人要害我至无立足之境，我又何必带累于他？倒是早点去了干净。"紫鹃扶着黛玉痛哭，倒是黛玉劝她道："好妹妹，你不必这样伤心。我在这府里这几年，谁是知冷知热的？多亏有你这位好妹妹。只是我快去了，你好歹叫他们送我回去。"紫鹃听了泣不成声。黛玉斜躺在床上，望着窗外一抹冷月，笑道："傻丫头，你让我好好看看窗外，这样的月色，不知还能看几次。"紫鹃流着眼泪，扶起黛玉。黛玉就靠在紫鹃的肩上，看着窗外竹影婆娑，月色如练。

却说宝玉，自清明后与探春别于瓜洲渡口，却是归心似箭。却不料这一两年强梁四起，宝玉在归来路上被一群盗贼掳了去，连随行的茗烟、李贵等一并掳了去。那些强贼原以为宝玉是公子哥儿，可以用其为人质换金银无数，后来知道宝玉是荣国府的公子，却恐得罪京城四大家族，却迟迟不知如何处置，倒把宝玉软禁了两三个月。这日这伙强梁却因过节和另一人马有了过节，一来二去才知道原来那队强梁的首脑，却是已经出家的柳湘莲。那湘莲在江湖中极有地位，反倒治住了原来的那伙强贼。大家说起各种缘故才知道幽禁了荣国府的公子，连忙救出宝玉。宝玉见了湘莲，大喜亦大悲，问道："那年听说你出家了，却怎落得如此？"湘莲冷笑道："自三姐去后，我心如死灰。那年便跟着一个道士出家了。有时路上也打抱不平，却有一群小子们跟着，这一两年来，便落得如此了。"宝玉听了，默然不语。

那湘莲忙命那伙山贼放了宝玉，又放了茗烟、李贵等人，并亲自护送到瓜洲渡口，买舟与宝玉北上，又暗中派人保护，方与宝玉挥手道别。

这日宝玉行船，行至晚间，在一个大江口停驻。这日秋风渐起，微微有些寒意。宝玉在船内看书，不禁有些犯困。迷糊间，却见黛玉走来，满眼是泪。见了他却笑道："宝玉，你可好？我要回去了！"

宝玉大惊，在梦里喊道："妹妹，你要去哪里？快回来！"

欲知后事如何，请看下回分解。

第八十九回

潇湘馆鲛泪尽痴情　茜纱窗冷月葬花魂

那宝玉在梦里直唤黛玉回来，却不觉绊了一跤，从梦中醒来。醒来不觉心中刺痛，吐出一口鲜血。茗烟急忙过来，宝玉傻愣愣地坐着，眼泪怔怔地流，半晌说道："林妹妹，她快死了！"茗烟忙安慰半天，端上茶来。宝玉也不理，忙命开船，星夜兼程。

却说黛玉自病重后便开始绝粒，药也不吃。紫鹃一直苦劝，黛玉有时也只得勉强喝两口水而已。平时便一直昏睡，不出半月，人已憔悴不已，面无颜色。紫鹃等自去禀报，王夫人派了袭人来看过一两次，黛玉都在昏睡中，袭人只略坐片刻，和紫鹃说几句话就回去了。倒是宝钗，每隔几天就来一次，有时坐着等黛玉醒来，有时劝慰黛玉。

这日中午，黛玉幽幽醒来。见宝钗在一旁坐着，正在问紫鹃道："你们姑娘这几日药可曾吃了没有？"紫鹃摇头。宝钗道："这可怎么好？可真叫人悬心。如今老太太走了，宝玉又不在，颦儿这么病着，叫人如何放心得下？"黛玉睁开眼睛，对宝钗笑道："宝姐姐，你来了？如今这里冷清得很，多谢你还记得来看我。"宝钗见黛玉醒来，赶紧劝慰道："你好好的，千万要保重。要什么吃的，尽管和我说。也不能太忧虑，你的病就是过于忧思，才会这样的。若放宽心，岂不是病就好了？"黛玉叹道："姐姐，我知道你对我是真心的。可如今病已致此，恐难再好。我只托你一件事情，不知姐姐好不好成全？"

宝钗忙道："妹妹，有何事？尽管说来，只要我能做到的，必与你分担。"黛玉便转头示意，让紫鹃把自己素日的旧诗稿和帕子一并取来。自己看了一会，挑出一卷新抄的诗稿，交与宝钗道："我素日的旧稿，宝玉都是看过的。那些旧稿，交于紫鹃，等宝玉回来的时候给他。只是这十独吟，是我新作的，宝玉没有看过。我便托付给姐姐了，替我交给宝玉。"宝钗不解，问道："妹妹，为何要我交给宝玉？你等他回来，自己给他看，岂不好？"黛玉摇头，流了一会子眼泪，又笑道："我恐怕等不到那一天了。宝玉回来，唯有姐姐能够劝慰他，这诗稿就托付姐姐，交给宝玉了。"

宝钗沉吟良久，眼圈儿红了，她接下诗稿，强笑道："林妹妹，你一定如此，便也可先放在我这里。等宝玉回来，你也好了，我再给你送过来。"黛玉笑道："如此甚好，多谢姐姐，只是怕也送不回来了。"说罢，却连眼泪也没有。倒是紫鹃，跑到门外哭，雪雁忙劝住了。

宝钗又坐了半日，又再三再四叮嘱黛玉，叫她千万保重自己。黛玉一一答应，并叫紫鹃替自己送宝钗到潇湘馆门口。紫鹃答应，送了宝钗回来后，见黛玉正捧着那年题过的旧帕流泪。紫鹃忙劝道："姑娘，咱们不看了。且歇一歇，可好？"黛玉却也不答，看着当日的题帕三绝，出神很久。一会，黛玉道："你再给我研墨，把笔墨纸砚拿过来。"紫鹃忙劝："姑娘如今病成这样，哪里还写得动？快别写了吧？"黛玉摇头道："趁我还写得动，再写一首。"紫鹃无奈，把笔墨纸砚拿到了黛玉的病榻边，研好墨，给黛玉在床上铺好了一块毡布，又铺上了纸笔，黛玉蘸了笔墨，略一思索，写下了几首词：

花开花落叹别离，回首又见关山月。
兰舟将渡，回首岸边，
滴滴月下泪。

质本洁来还洁去，莫叫黄土掩空泣。
桃园何处？红笺何处？
阙阙惹人痴。

前尘一炬付流水，眼空蓄泪泪空涕。
晶莹如月，梨花一地，
怎敢说相思？

潇湘深竹旧帕空，原来一梦付东篱。
桃花失色，锦帕失色，
何处百年碑？

茜窗莹莹纱如织，寒山一带伤心碧。
檀香不语，沉香不语，
脉脉故乡知。

黛玉写到这里，泪滴如雨，滴滴打在红笺纸上，字迹模糊了大半。

黛玉写完，人已伏倒在病榻上。紫鹃忙过来扶起，黛玉惨笑道："我再也不能写了。"说罢，让紫鹃拿起墨迹未干的诗稿，她又看了两遍，才点头道："是了，这就是该回去了。"又回头对紫鹃道："这稿子你收好，等宝玉回来，你连着原来的诗稿和帕子一起给他。"紫鹃哭着答应，一边让雪雁一起安顿黛玉躺下，一边又去把黛玉的这些诗稿全部放在了一个檀木的匣子中。

一会，天色已晚。正值中秋，潇湘馆内凤尾森森，茜纱窗下，月色如水。丫鬟婆子们见黛玉日间又咳得厉害，好不容易睡了，都静悄悄的，有些到外边去了，有些留在院子里的。黛玉早让紫鹃放了她们去过节去，潇湘馆内只剩了紫鹃雪雁两个。吃了晚饭，雪雁又被袭人叫去问黛玉的病情，潇湘馆内便只留下了紫鹃。紫鹃在月窗下为黛玉煎药，黛玉在病床上躺着。潇湘馆内寂静冷清，偶尔听得见秋蝉蛙鸣。静幽之中，便听得月窗下的鹦哥轻轻叹了一口气，念道："侬今葬花人笑痴，他年葬侬知是谁？"

紫鹃听了唬了一跳，对着鹦哥骂道："你作死，姑娘在里边睡觉呢，还说浑话。"那鹦哥扑棱了两下翅膀，又叫："宝玉来了！宝玉来了！"紫鹃急得骂道："你再胡说，姑娘病着呢。"鹦哥才悄然站立。这时黛玉也醒了，勉强笑道："难为它倒记得往年的这些句子。"紫鹃连忙过来，扶起黛玉道："姑娘醒了？那鹦哥胡说，不用理它。"黛玉笑着摇头道："你却不知，那鹦哥也是有情的。"便让紫鹃扶着自己，走到月窗下，看着鹦哥笑道："这几年你也会了一些句子，以后我也不能教你念了。"

黛玉在月窗边坐下，又对着鹦哥念了一句道："一朝春尽红颜老，花落人亡两不知。"黛玉念到这里有些哽塞，却没有流泪。但那鹦哥在黛玉面前站着，突然悲啼，声音越发凄然。慢慢居然扑腾翅膀，开始啼血。紫鹃大惊，忙摘下月窗下的鹦哥架捧到黛玉前面，黛玉也伤心道："好鹦哥，难为你了。"对着鹦哥流泪，然后思索片刻，便开了鹦哥架，把那只鹦哥放了。那鹦哥又围着黛玉绕了三圈，悲啼不已，方依依不舍去了。

那鹦哥既去，惊起枝叶一片。月色更深，黛玉让紫鹃拿了一块靠枕，她便斜坐在长廊上，抬头看着天上皓月。紫鹃劝道："姑娘，夜深了，我们回房吧。"黛玉摇头，笑道："今晚的月色那么好，又是中秋，让我再看一眼。去年此时，我还和云丫头在凹晶馆对诗，可惜，再也不能了。"紫鹃又劝道："等你好了，再和云姑娘对诗也不迟，又何必在一时？"黛玉摇头，只是看着那抹月色，良久不语。

便在此时，雪雁走了进来。看到黛玉在长廊上，先回了话道："刚袭人姐姐叫我去，太太姨太太和大奶奶琏二奶奶宝姑娘她们在赏月，问起姑娘的病。我回了姑娘这几日吃的什么药，太太说姑娘要保重自己。今儿是中秋，太太让我带了些瓜果糕饼来，让姑娘尝尝。"黛玉笑道："多谢她们还记得。只是我不能吃了，你们拿去和嬷嬷婆子们一起分了吧。"紫鹃点头，让雪雁拿下去。雪雁悄悄给紫鹃使了个眼色，紫鹃会意便拿了一件青缎披风出来给黛玉盖上，又对黛玉说："姑娘，风里凉。你进屋坐坐，我去一下就来。"黛玉点头，紫鹃扶着黛玉进房，让黛玉靠在榻上，方和雪雁悄悄出了潇湘馆，在门外说话。

雪雁出了门，终于忍不住哭道："我们姑娘病得这样，她们在那边还赏月。我去回了话，太太只是淡淡的，多亏宝姑娘为我们说话，太太才说明儿再找个太医来看看姑娘。"紫鹃向雪雁摆了摆手，轻声问道："那让你去催的人参养荣丸和燕窝呢？"雪雁听了冷笑道："不说这个倒也罢了，说说更见得他们冷淡。太太说人参养荣丸是老太太的特例，如今老太太没了，家道日见艰难，这一项就蠲了。如今只让配些平日调理的药。燕窝的事情，太太还没说话，那个赵不死就在那里嚼舌头，说府里有谁天天吃燕窝，就我们姑娘。老太太的家私全让姑娘吃掉了。后来又多亏宝姑娘打圆场，才混过去。如今我拿回的瓜果糕饼，是宝姑娘让我拿回来的。可气的是袭人姐姐，以前和我们说说笑笑的，现在见了我们，居然连话也不说。"紫鹃听了冷笑，很恨道："可怜老太太走了才几个月，我们姑娘就被人欺负了。"说罢暗自掉泪。雪雁一边哭一边恨道："还有更让人生气的。我出来的时候，路过赵姨娘的屋子，她们院子里的小鹊儿和老婆子，居然对着我指指点点，编排我们姑娘。"突然院内一阵剧咳，紫鹃连忙拉住雪雁摇头，叫她不可再说。

紫鹃雪雁连忙跑到院内，见黛玉剧咳不已，青色披肩已掉落在地。两人忙扶着黛玉，黛玉晕倒在紫鹃怀里，又吐了几口鲜血。

紫鹃和雪雁忙把黛玉扶至病榻。黛玉已是面色惨白，躺在床上双眼紧闭，奄奄一息。紫鹃忙让雪雁找人去了，自己在一边哭唤着黛玉："姑娘，姑娘！"

片刻，黛玉幽幽醒来。恍惚见紫鹃在哭，轻推紫鹃道："傻丫头，我哪里这么快就死了呢？"紫鹃哽塞，对黛玉道："姑娘，我们把药吃了吧？"

黛玉慢慢摇头，叹道："我是不中用的了，如今也吃不到那个了。你把窗子打开，让我再看看月色。"紫鹃便让黛玉半躺着，自己到了月窗下，把纱窗打开。月色如洗，透过银红的茜纱，又有竹影投在纱窗上，格外清幽。

黛玉点点头，望着窗外的月色，看着窗外的竹影潇潇，凝望已久。最后，望着窗外的月影，掉下最后一滴眼泪。

黛玉沉默良久不语。渐渐的，闭上眼睛。正是：

泪尽茜纱窗，冷月葬花魂。

夜色已深，那宝玉在梦中，忽然觉得自己在一灵河岸边，只见黛玉盈盈飞来，又似回到大观园中，在当日的花冢边停下。黛玉看到宝玉，笑道："宝玉，我如今要回去做花神了。当年，你在灵河岸边灌水之恩，我已用一世的眼泪还你。如今我要回去了，你多保重。"说罢，对着宝玉一笑。宝玉大惊，在梦中哭道："妹妹回来！"

黛玉正欲飞去，却见宝玉唤她，慢慢转回头来，对着宝玉又流了一阵清泪。而后终于飞去，渐渐不见踪影。

欲知后事如何，请看下回分解。

第九十回

贾宝玉寒林寄漠漠　薛宝钗还稿忆颦颦

这日正值中秋之夜，那宝玉正自泊在瓜洲渡口。月色如洗，江水如练。他自在灯烛之下小座，正觉睡眼蒙眬，忽而见黛玉飘然而至，对他笑道："宝玉，你可好？我如今已还你一世眼泪，今日我便要回去作花神了！"

那宝玉疑惑，却要拉住黛玉衣袖，黛玉却凄然一笑，飘然而去，再也不见。宝玉唬得一身冷汗，突然之间从梦中醒来，吐出一口鲜血。他便如同不知，哭道："妹妹回来！"那茗烟正在船舱之外，听得宝玉哭唤，忙转身进船，见宝玉中了魔障一般，似是将梦将醒；又见宝玉吐了血，知是不好，连忙推醒宝玉："二爷，二爷，你又是做了什么怪梦不成？"

却说宝玉醒来，见茗烟唤他，也不说梦中之事。他只哭道："林妹妹，她已经死了！"茗烟忙拿来帕子给宝玉擦去血渍，又让小丫鬟端来热茶，给宝玉喝了几口。宝玉也不喝，便痴呆地哭道："林妹妹她已经死了！"茗烟笑道："二爷许是魔障了。林姑娘如今还在园子里，二爷再过半月就可见到老太太、太太和林姑娘了。这梦里的事情，怎么做得真？"

宝玉也不理他，挣扎着起来，哪里又有半点力气。他看着茗烟哭道："你可听到林妹妹的哭声？"

却说自黛玉去后，潇湘馆内日益冷清，紫鹃、雪雁、春纤等丫鬟们念黛玉素日之情，俱白衣素缟悲伤不已。众婆子们也叹黛玉身世之悲凉，又私下说起宝黛二人幼时之事，都是摇头叹息。那王夫人近日忙于府中杂事，甚是烦心。这日她唤来宝钗道："我的儿，你林妹妹前儿死了。这孩子可怜，好歹我该去看看。只是这里宫里的娘娘、老太太的事情一件连着一件，我一刻也缓不过来。你凤姐姐病着，四丫头又是那个样子。前儿她们来回，四丫头去栊翠庵找妙玉，就说要铰了头发作姑子。我正在想怎么好。如今你代我去看看你林妹妹，也不枉我疼了她一场。"宝钗点头道："姨妈也不用烦恼，昨儿我就去过。一会再去看看。"王夫人方点头不语。

宝钗带着莺儿，辞了王夫人，正要离去。王夫人说："等等，让玉钏、袭人也跟着去吧。"宝钗点头，带着莺儿、玉钏、袭人过来，见了灵堂。众人念黛玉之孤零，不免叹息，按礼拜祭。雪雁亦在旁烧纸垂泪，紫鹃淡淡的，犹似众人不在一般。

宝钗洒了几滴眼泪，对紫鹃道："如今你们姑娘去了，你有何打算？"紫鹃冷笑道："姑娘死了，我们自然是要出去的。只是我们姑娘刚走，好歹让我们再多陪她几天。"雪雁哭道："我也陪着姑娘，陪着紫鹃姐姐。"宝钗点头道："你们放心，你们姑娘素日待你们极好。你们在这里为她守着也是应该的。只是这里丫头婆子甚多，人多了太杂，口舌是非太多，对你们姑娘倒不好。不如散了一堆让她们去太太那里，留下你们几个贴心的岂不好？"紫鹃淡淡道："姑娘说的是，婆子们都可以散了，如今就留下我和雪雁，等姑娘的灵位回苏州去了，我们也是必要跟着去的。"宝钗点头，袭人又来安慰一番，方带了众婆子们回去，不提。

这日深秋，天气日渐寒冷。王夫人正在闭目养神，房内鸦雀无声。玉钏在一侧给王夫人捶腿，袭人在一旁拿着针线做着宝玉的穗子，另外几个婆子们在外间忙着。突然听得外面叫道："宝二爷回来了！"王夫人一惊，睁开眼，只见袭人跑到外面，一会拉着宝玉回来。宝玉面有尘色，衣衫也沾风霜。他见了王夫人就拜，王夫人一把拉住，抱在怀里痛哭道："我的儿，你可回来了！"

宝玉亦是痛哭不断，袭人等人忙上来搀扶，王夫人拉着宝玉在身边坐下。王夫人哭道："宝玉，自你走后，这府里出了多少事情！你娘若不是为了见你一面，可又撑得到现在？"这时凤姐听说，也从病榻上起来，让平儿扶着到了王夫人处，听得众人都在抹泪，强打笑容说："我来迟了！太太千万要保重身子，宝兄弟刚回来，娘们应该高兴些才好。"宝玉见了凤姐道安，问道："怎么不见老太太？"凤姐眼圈一红，望着王夫人，见王夫人摇头，便道："宝兄弟，你才回来，且让袭人带你下去歇着。等换了衣服见过老爷再说不迟。"宝玉见宝钗、黛玉等都不在，便疑惑道："林妹妹呢？"凤姐连忙给袭人使了眼色，袭人便上来笑道：

“二爷，你刚回来，先歇下了，再见老爷太太也不迟。”便欲拉宝玉去碧纱橱歇下。

宝玉突然疑惑，推开袭人道：“老太太呢？”袭人望着王夫人不敢言，王夫人亦沉默不语。宝玉突然哭道：“老太太是不是有事？”王夫人见瞒不过，抹着眼泪道：“宝玉，你没有见到老太太最后一面。”宝玉听了顿时呆立，立刻滚下眼泪。众人便带着宝玉到了贾母灵堂处，宝玉换了全白素色孝服，哭跪在地上拜祭。众人也哭着拜祭，一会，王夫人擦着眼泪道：“我的儿，老太太一生的心思都在你的身上。你可要好好的，不要辜负了老太太往日对你的好才是。”宝玉点头，又哭了片刻，站起身来四下张望。一会又问道：“林妹妹呢？”袭人看了王夫人，终不敢答。宝玉突然疑惑起来，望着王夫人哭道：“林妹妹是不是已经死了？”突然放声大哭，哭得昏死过去。众人唬得一团乱麻，连忙把宝玉扶起，袭人也拉着宝玉哭。宝玉道：“我要看看林妹妹去！”王夫人在那哭道：“我的儿，你要有事，叫我怎么办？”凤姐忙劝道：“太太自己身子要保重。宝兄弟早晚要知道，他们是从小长大的，一是急了也是有的。不如便告诉他，让他去哭一场，看看林妹妹，也许就好了。”王夫人垂泪，点头道：“罢了，也就这样。你们先让宝玉好好歇一歇，再让袭人带着几个小丫头一起去。”宝玉哪里听得进，如同无人一般，也不辞众人，只是痴痴的，就往园子里去。

正是傍晚时分。宝玉进得园来，只见秋风萧瑟，乱草横斜。他自二三月离开，至此已有半年有余。那时宝玉已搬出园外，园内已现无限凄凉之意。不料傍晚进得园来，却见满目荒凉，沁芳桥边衰草枯柳，远处树林潇潇，寒塘凄凄。

一路无人，夜色渐浓。月色已经起来，宝玉沿着石子小路走来，一路甚觉寒意，不觉便到潇湘馆门口。袭人忙叫宋嬷嬷提着灯笼跟上，宝玉却回头道：“你们在外面等着吧，林妹妹爱清净，不喜外人叨扰。”袭人点头，劝道：“二爷，那你自己提着灯笼进去。晚上看不清楚，你自己提着灯笼进去，仔细地上滑。”宝玉道：“不用，我就这么进去，不要惊动了林妹妹才好。”

宝玉推门而入，只见潇湘馆内寒林漠漠，凤尾森森。一湾冷月斜挂，点苍苔寒露冷冷。宝玉不觉一阵冷风吹过，身子不禁寒颤。他想到黛玉卧病在床，却等不到他归来，不觉眼泪慢慢而下。一路走来，便见廊檐凄冷，人影却无。大门角灯微挂，两边一色戳灯，进了房内，迎面而来却是黛玉的白幔灵位，上书：姑苏林黛玉之灵。宝玉见了棺材，那眼泪恰似断线之珠，只叫了一声：“林妹妹！”便悲泣不已，眼泪滚将下来。

那紫鹃正全身白衣素缟立在一旁，见了宝玉，不禁相对而泣。宝玉见了紫鹃，拉着她的手问道："紫鹃，妹妹最后说了什么没有？她是不是又是那样地在哭？"紫鹃听了哭道："宝二爷，我们姑娘一天要哭多少次？最后看着窗外，流尽最后一滴眼泪。我们姑娘最后没有说一句话。宝玉，你来迟了！"宝玉听到这里心痛不已，跑到灵前抱着灵牌长哭不已。

紫鹃也在一旁痛哭不已。宝玉又问道："妹妹的稿子如今在哪里？"紫鹃抹着眼泪，转身走进房间，从黛玉的书柜里拿出一个绛红色的檀木匣子，交给宝玉道："这里都是姑娘的旧稿和旧时的帕子。姑娘叮嘱了多少次，要我一定要把这稿子交给你。"宝玉打开，里边都是素日黛玉的旧稿，还有当日的帕子，还有黛玉的旧泪痕。宝玉看着那些稿子，哭道："妹妹，我来迟了！"便跪在那里，看着黛玉的旧稿，眼泪汩汩而下，如痴了一般。宝玉又问道："妹妹的鹦哥呢？在哪里？"紫鹃哭道："姑娘走的前天放走了它。可姑娘走后的第二天它便飞了回来，在姑娘的灵前哀号不已，最后念着姑娘生前最喜欢的诗词，它也吐血而死了。"宝玉听了，又大哭一场。又坐了半夜，袭人宋嬷嬷进来催了几次，宝玉也不理，只是跪在那里看着黛玉的旧稿发呆。

宝玉便如此痴坐在地，捧着黛玉的旧稿，不说一字。这时天已二更，窗外寒鸦数声。紫鹃看着窗外，对宝玉道："二爷，你快回去吧。袭人在外催过多次，你晚些回去，他们又该说话了。"宝玉也不理会，只说道："妹妹走了，咱们以前说过，一起化成灰化成烟，活着一块活着，死了一起死。这些稿子，都是妹妹当年的旧稿，如今我便用它来祭拜妹妹。"说罢，便把那些旧日的诗稿，看一页，哭一回，然后投掷于火盆中。那些旧稿遇火即焚，片片化为灰烬。紫鹃静立一边，也不劝阻。宝玉又在那里继续焚烧旧稿，最后是那几块旧日的帕子，上面犹有黛玉的泪痕。宝玉看了心痛难忍，不禁又痛哭不已。

这时雪雁从外面进来，回道："二爷，太太又让人来催。袭人姐姐在外面等着。"宝玉点头，从地上站起，点头道："我也该回去了。你们在这里替我守着妹妹，便当是我在了一般。"紫鹃、雪雁听了俱是默默流泪，宝玉又对黛玉之灵深深作揖，方默默离去。

宝玉出了潇湘馆，人便如同失魂落魄一般，见了袭人和宋嬷嬷也不理，竟自走去，头也不回。袭人只恐有变，急急与宋嬷嬷跟上。宝玉却似无人一般，在园子里行若游魂。他眼中发白，心中却似明白，袭人一路和他说话也不知道，只到了当年黛玉葬花之地。月下树林漠漠，老鸦悲鸣。宝玉欲寻当年的花家，只是夜色已黑，又哪里找得到？

袭人见宝玉痴傻，恐他伤心太过引起当年旧病，连忙上去拉住宝玉道："宝玉，天太晚了，太太那边也急了，咱们先回去，明儿再来也不迟。"宝玉茫然不知袭人所言，只是痴痴地说："你们听听，你们有没有听见妹妹的哭声？"袭人恐他有事，忙使了眼色给宋嬷嬷，让她回去唤人。宋嬷嬷即去，那边宝玉又自语道："是了，那年妹妹听戏，说王十朋的戏不通得很。为什么要到江边祭人，便舀一碗水祭，也是如见到旧人一般。"便对袭人说："我要在这里祭一祭林妹妹，你去给我舀一碗水来。"袭人见宝玉痴傻，知他心痛，也不拦他，命一小丫头去紫鹃那里借了几个水碗祭器，半炷香的时分小丫头取着水碗祭器而归。宝玉拿着水碗到了沁芳桥边，掬了一碗清水，置在月下。又点上三炷沉香，宝玉便在月下，对水而祭，良久沉默不语。

至沉香燃尽，祭碗中月光摇动。不觉已近子夜时分，袭人劝了多次，宝玉浑然不觉。这时宋嬷嬷与玉钏、秋纹、麝月一起走来，玉钏走近，对宝玉道："太太和琏二奶奶都担心宝二爷呢。如今天色已晚，明儿再来也不迟。袭人，天有些冷了，你给宝玉披上这件青缎披风，早点回去吧。"说罢，袭人麝月拉着宝玉回去，不提。宝玉仍是一路呆傻，浑似不觉。

宝玉一路痴呆，回到王夫人处。也不知众人怎样回了王夫人，也不知袭人麝月等人怎样带他回房。这夜且洗漱一番安顿睡下。当夜宝玉在梦里便哭喊黛玉数次，袭人在外间忙忙赶来，亦伺候宝玉茶水。宝玉却浑然不觉，只是昏昏欲睡。如此第二天便一病不起，昏睡中只是念念黛玉。

王夫人、薛姨妈、凤姐、宝钗等众人赶来，只见宝玉面色煞白，昏然不醒。王夫人哭道："这可如何是好？我只有这一个宝玉，好容易才回来了，又是这般光景。"薛姨妈忙劝道："宝玉这孩子心底实诚。回来见老太太、林姑娘都不在了，难免急火攻心也是有的。如今只有请太医过来瞧瞧，或许吃几幅药就好了也未可知。"

王夫人忙让传太医进来。众人皆到屏风后回避，王太医望闻问切之后，转头对王夫人道："哥儿这病是心头郁积而至，亦有近期一路奔忙。现下倒是无妨，只需吃几服药，安神静心调养就好。只是不能再有伤及神思之事方保平安。"王夫人道谢，命太医开了药方，便让周瑞家的出去让小厮们配药。又让玉钏谢了太医，赏了一封银子，不提。

宝玉便在原贾母碧纱橱中静养，开始几天只昏昏欲睡，浑然不知外事。数日之后醒来，却似痴呆之状，又每每在梦中念及黛玉。袭人秋纹麝月等人彻夜不离，王夫人时时遣人察看。又过数日宝玉方缓缓回转，已不似那样痴呆，但总是默默不语。每每无人之时便落泪。多亏袭人麝月在侧，每每安慰，宝玉只是不理。

这日，宝玉躺在床上，只听宝钗从外面走来。袭人忙迎道："宝姑娘来了？"连忙让麝月端上茶来。宝钗道："宝兄弟可好些？"袭人摇头道："二爷一直不好，人一直傻傻的。"宝钗叹道："我来看看他。林妹妹曾托我给他一篇诗稿，他看了，也许便会好了。"

宝玉呆傻之中听宝钗如此之说，连忙从床上坐起，道："宝姐姐！"宝钗进来在床沿边坐下，拿出几张黛玉的旧稿。宝玉接过一看，泪渍模糊，是黛玉新作的，以前却是没有看过。宝钗叹道："这是林妹妹托我一定要交到你手上。你看了便要好起来，方不辜负林妹妹待你之心。"

宝玉一阵心痛，打开旧稿，却是黛玉的《十独吟》。

独在异乡为异客兮，望故乡而不能归。
望故乡而不归兮，路漫漫而遥叹。

独上兰舟兮，云中不见锦书来。
才下眉头兮，却上心头。

前不见故人兮，后不见来者。
念天地之悠悠兮，独怆然而涕下。

独钓寒江雪兮，千山鸟飞绝。
孤舟何处觅兮，白雪茫茫。

花间一壶酒兮，独酌无相亲。
举杯邀明月兮，对影成几人？

野径云俱黑兮，江船火独明。
江船火独明兮，何处是故人？

众鸟高飞尽兮，孤云独自闲。
孤云独自闲兮，孤云独自愁。

独坐幽篁里兮，弹琴复长啸。
深林人不知兮，明月何处兮？

梧桐更兼细雨兮，到黄昏点点滴滴。
守着窗儿兮，独自怎生得黑？

独寄重檐眷居客兮，思省见而不得。
思省见而不得兮，对明月而长叹息。

宝玉看到这里，不觉流下眼泪。

欲知后事如何，请看下回分解。

第九十一回

叹颦颦失玉丢通灵　念去去出家抛尘缘

却说宝玉见了宝钗带来的《十独吟》,如晤黛玉。他看了之后心痛不已,却也深谢宝钗。宝玉道:“多谢姐姐。只是为何林妹妹把素日的稿子托紫鹃给我,唯独这一篇却让姐姐转交?”宝钗摇头道:“我也不知。既然林妹妹托了我,我便会不负所托,替她完成心愿。”宝钗又和宝玉闲聊几句,嘱咐他需多保重,便告辞离去。

走到院子里,袭人连忙跟上,对宝钗叹道:“宝姑娘,我们二爷如今这个样子,怎么得了?”宝钗低头思忖了片刻,摇头道:“如今宝兄弟这个病,旁人是没有法子的。只盼他明白老爷太太素日疼他的心才好。”袭人见四周无人,对宝钗道:“姑娘,前儿我在太太房里,太太为着宝玉的病不知急得什么似的。后来请了那年清虚观打醮的张道士来。好像那道士说宝玉的病是急火攻心,需冲喜才是。”宝钗听了面色大变,看着四周无人说道:“这话如何说得?你自去好好照顾宝兄弟,切不可对外人说这些。”袭人自知鲁莽,忙赔笑道:“姑娘说的是正理,但是我听太太的意思,须得找个知根知底,品貌又端正的才好。”宝钗听了便不言语,低头略一思索便匆匆告辞。

宝钗辞了袭人,路过王夫人正院,却见王夫人正在午睡,便不打扰。一路走来,经过赵姨娘窗下,却听见赵姨娘正在那里洋洋得意说道:“如今我们姑娘在海疆是封了王妃的,我们哥儿也日渐进益不少,前儿大老爷又夸我们哥儿作诗做得好,说是功名前程,也未可知呢。”却听另一个婆子的声音说道:“那是自然。如今谁不知道是三姑娘去做了王妃,海疆那边才平安的?三姑娘真是了不得，环哥儿加官晋爵也快了吧？”又听赵姨娘冷笑道：“罢，我们环哥儿命贱，哪里比得上这里带玉的哥儿。只可惜老太太如今没了，可护不得他了。听说原来他和这里园子里的姐儿不清不楚的，幸好那姐儿前个月死了。若不是如此，还不知要闹出多少笑话！”那婆子连连冷笑，宝钗听得皱了眉头，连忙避开。

却说赵姨娘和马道婆在房内闲聊，赵姨娘说起探春总觉有脸，又说起贾环前程，不觉又把素日痛恨宝玉的心思增加了几分。马道婆连连向她摆手，赵姨娘冷笑道：“如今我却不怕。我们娘儿俩好容易熬到现在，还怕什么！”这时，小鹊儿进来说道：“听太太那里的姐姐们说，要给宝玉娶亲，怕是冲喜呢。”赵姨娘听了冷笑，和马道婆说道：“我看这宝玉是不中用的，那林姐儿一死，他也死了大半了，娶谁都不中用。”那马道婆只是笑，说道：“那你怎么谢我？”赵姨娘说道：“凡我所有，你尽可挑去。”马道婆念了一声“阿弥陀佛”道：“我那庵里如今要翻修一下，还望承些费用添一些香烛灯油。善哉善哉。”赵姨娘笑道：“这有何难？”便到屋内取出私房银子银票，马道婆嘻嘻而笑，接过不提。

却说宝玉看了黛玉的旧稿，心中悲痛不已。宝钗走后又大哭一场。第二天早上醒来，人便痴痴不语。袭人以为他是伤心，也不来劝他，只让他多睡一会。

到了中午，宝玉昏昏沉沉中醒来，便说要去园子里，正值王夫人叫玉钏请袭人过去，袭人便让麝月等几个小丫头伺候宝玉起床穿戴，又让麝月秋纹一起跟着宝玉到园子里去，说道：“你们陪着二爷在园子里走走，他若要去林姑娘处，你们跟着去，切不可让他太伤心。我先去太太那里。”麝月点头，先和秋纹、良儿等几个小丫头伺候宝玉穿衣，又让小丫头们端水进来侍候宝玉梳洗，宝玉浑似不觉。秋纹又端上一个托盘，放着一碗燕窝粥。宝玉喝了几口就放下了，提脚就要去园子，麝月忙拿着一件大毛披风赶来，说道：“外头冷！”说罢，便替宝玉系好披风，带着两个小丫头便跟着宝玉去了园子。

宝玉一路不语，沿着青苔小路走到潇湘馆。一路寒林，冬意萧瑟。宝玉仍叫麝月等人在外候着，自己到了潇湘馆，不见雪雁，只见紫鹃在一旁静坐。紫鹃见了宝玉，只说了一句道：“二爷，我已经求了太太，明儿就和雪雁一起送姑娘回苏州老家去。”宝玉听了也不多说，只点头道：“是了，是该回去的时候了。”说罢，又给黛玉上了一炷香，又抚棺大哭一场，也不辞紫鹃，哭完就走。

一路行来，宝玉两眼只是空空，如若无人。一路呆傻，行走飞快。麝月她们一路追赶，却怎么也追将不上。宝玉一路走到沁芳桥边，却见满湖寒塘枯藕，衰草连天。麝月好容易跟上，却见宝玉两眼发直，任她说什么，宝玉却似没有听见一般。麝月吓得没有法子，连忙让小丫鬟回去请袭人来。袭人一会赶到，拉着宝玉，宝玉仍然一语不发。袭人看到宝玉的大毛黑色披风有些散落，恐他着冷，便重新给他系上。突然惊道："二爷的玉呢？"

宝玉听了如若无闻，麝月听了连忙赶上前来，却见宝玉项上之玉无影无踪。袭人急得在宝玉身边寻了一遍，却空空如也。便转回头对小丫头们说道："二爷今儿早上是带了玉出去的，你们可有仔细跟着？这命根子若要丢了，咱们可都是活不成了！你们若是和二爷顽笑，早早拿出来才是！"小丫头们听说，忙吓得跪下，哭道："并不敢藏玉，二爷如今身子又不好，我们岂敢同二爷顽笑。"麝月也急道："这一路跟着二爷走来，只去了林姑娘那里，并没有在其他地方停留。"袭人听说，忙亲自到潇湘馆，见了紫鹃。紫鹃却也淡淡的，雪雁陪着袭人找了一会子，并无痕迹。袭人无奈，只得回来。

袭人对着宝玉急哭，宝玉看着寒塘说道："不过一块劳什子，丢了便丢了。林妹妹明日便要回苏州家去了，我跟着去岂不好？"说着便痴呆了一般，眼泪流下。袭人麝月又和他说了一番话语，宝玉浑似没有听见。

袭人无奈，只得悄悄地差人告诉了平儿，平儿便到了园里。宝玉见了也不理，犹若未见。平儿对袭人悄悄道："我家奶奶正病着，听说宝玉失了玉，急得什么似的。她让我先来看看，你们先把宝玉带回去，先不要告诉老爷太太。咱们先找找，许是人多口杂，丫头们偷盗，也未可知。"袭人见了平儿，拉着平儿走到一边，悄悄说道："我们这位爷当年为这玉砸了不是一回两回，如今这样，却没有过的事情。这可如何是好？"平儿说道："这府里近日的事情太多了。那年我的金镯子也丢过，二奶奶说了，那镯子自己出来也未可知。后来那镯子果真找到了，依二奶奶的意思，咱们先别回太太，那玉自己会出来，也未可知。"袭人听了有理，便让众人先瞒下，悄悄带了宝玉回去，一边暗暗四下寻找。

平儿回去以后，一一回禀凤姐。凤姐正躺在床上吃药，听了沉默不语，良久叹道："前些年宝玉为了林妹妹，又摔玉又砸玉的，不知闹过多少回。有一年宝玉病了，多亏来了一个癞头和尚，念了几句偈子，他的病才好。如今我瞧来，这玉失得蹊跷。若老太太还在，不知又要心疼得什么样子！"平儿说道："可不是？那一年你和宝玉前后中了魔障，多亏那癞头和尚来了，对着那玉念了什么劳什子，大家才好了。如今府里生出那么多的事，总叫人不安。"凤姐摇头道："罢了，这都是命。我总怀疑和环儿他们托不了干系。"平儿听了，连忙摇手。

凤姐冷笑道："我怕什么？失了玉大家都躲不过。平日里整天鬼鬼祟祟的，还怕别人去查了什么不成？"平儿忙道："如今三姑娘为王妃，他们自然要托大些。自老太太去后，他们见了太太也不如往日客气，我们又何苦再去结怨？"凤姐听了冷笑道："我却不知。三丫头原来就是个要强的，见了环儿他们恨得什么似的。如今那两人只拿三丫头撑腰，素不知三丫头平日里有委屈，恨得什么似的。"说罢，一阵咳嗽，平儿连忙上去擦去药渍道："奶奶又何苦如此？仔细了自己的身体。"

已是傍晚，袭人服侍宝玉汤药之后，宝玉沉沉睡下。袭人到了外间，叫来麝月秋纹一并宝玉房中丫鬟婆子。大家都知此事关系重大，不敢怠慢，背地里已经翻箱倒柜，一无所获。平儿又亲自来看，看了这里的光景说道："如今看来，断不是从前摔玉所为，你们这里没有，再托人去其他院里找找。若是三天之内找不到，这事情看来是瞒不住的。你们看看是不是去那边院里去找找。"说着指了赵姨娘的院子。袭人看了摇头道："现如今太太也不喜欢去那里，何况于我们。只是若三日内找不到，少不得拚着她们一骂了。"平儿点头，两人又商议半天，直到二更方从凤姐屋里散去。

第二天一早，宝玉却早早醒了。见袭人麝月等睡在外间未醒，匆忙换了衣服，悄悄跑到外面。小丫头看到正欲上来，宝玉悄声道："你不用管我，今天要去北静王那里，茗烟在外边等着。"那小丫头见宝玉清醒，和平日并无两样，便随他去了。宝玉从角门偷偷出去，却连茗烟也没跟在身边。一会，一辆白色轿子从角门出来，上面供着的是黛玉的灵位。紫鹃和雪雁在后面缓缓而出，贾琏骑着一匹马跟在后面。

宝玉在灵车前停下，深深一拜。贾琏知他要送别黛玉，便劝了几句，让他再给黛玉灵位送行。宝玉走到紫鹃面前，深深一拜道："紫鹃，你就要送妹妹回去了。我不能送你们到苏州，但是在路上你要照顾好妹妹。"紫鹃亦是跪地一拜，凄然笑道："二爷，你放心，我和雪雁会送姑娘到苏州自己家的。"雪雁亦上前拜别宝玉，三人含泪而泣。贾琏又在一旁劝，又催启程，宝玉木然道："是了，是该到去了的时候了！"对着灵车深深一揖，与紫鹃雪雁洒泪而别。灵车既远，宝玉又突然痛哭一场，又仰天而笑。不料却看到一道士，便随那道士飘然而去，不知何往。

欲知后事如何，请看下回分解。

第九十二回

贾宝玉参禅悟禅机　薛宝钗出闺成大礼

却说王夫人这日清晨起来，正为府中近日的事情烦恼。薛姨妈和宝钗正好过来闲聊，李纨也带了贾兰过来请安。众人说起宝玉的病，王夫人叹道："宝玉这孩子，外边走了这一遭，回来就一身的病。可让人不知怎么办才好？"薛姨妈劝道："宝玉这孩子心实，回来看到老太太、林姑娘都没了，故而心疼。"王夫人摇头道："老太太疼了他一辈子，为着老太太是应该的。可林丫头，也只有叹她自己命薄罢了。"宝钗听了，低头不语。

正在这时，突然袭人跑来哭道："太太，小厮们看到二爷在大门前送林姑娘，却不知后来疯疯癫癫的，跟着一个跛脚道士跑了！"王夫人听得大惊，险些跌了青瓷盖碗。李纨忙在一旁扶住王夫人。王夫人哭道："我这孽障，这可叫我如何是好？"

顿时房内乱做一团，王夫人急得快晕死过去，袭人麝月等哭作一团。玉钏等人忙着为王夫人捶背抹泪。这时候又不知赵姨娘从何处走来，看了其中光景，冷笑道："还有你们更不知道的呢，听说前儿哥儿就把玉给丢了，还让袭人平儿瞒着，还不让我们知道！"王夫人听到这里，突然一口气岔了过去，晕倒在李纨怀里。大家一时哭天喊地，没个主意。宝钗这时忙走到王夫人身边，与李纨一起扶住王夫人，先让玉钏拿来凝神花露，让王夫人喝下。待王夫人好转些，又给袭人使了个颜色道："悄悄地去把琏二奶奶和平姑娘请来。"

一炷香的时分，平儿小红便扶着凤姐赶来。远远的，便听得凤姐冷笑道："我说呢，这里就有人盼着不安生，好让你们得了脸。真是做梦！莫说现在老太太不在，你们便可以横行霸道了，简直失心疯了！若真要有人闹，我看老爷太太还在，你们谁敢闹？都打二十大板，撵出去！”一路走来，人人屏气静声。赵姨娘见凤姐来，忙头一缩，悄悄退到角落。平儿扶着凤姐走到王夫人面前，这时王夫人悠悠醒转，见了凤姐就哭道：“凤丫头，宝玉跟一个跛脚道士走了，这可如何是好？”凤姐忙和宝钗扶着王夫人到床上，让她安歇，宽慰道：“太太，宝兄弟是一时之急，失了心智，他不会走得太远。我们只悄悄地派了人到城里城外去找，总是能够找到的。”王夫人点头，突然之间又想起一事道：“听袭人她们说，宝玉的玉昨儿也丢了，为何不来回我？他没了这命根子，可是应了今日之事？”凤姐赔笑道：“原是要回的，只恐太太担心。所以我们想等找回了再回太太不迟。”王夫人点头道：“我知道你们原是为宝玉好，也是为了宽慰我。可是这玉实在是个命根子，一时丢了，宝玉岂不自失？你们昨儿就该来回我。”凤姐听了脸一阵红一阵白，宝钗忙劝道：“如今只商量着怎么找到宝兄弟和那块玉。凤姐姐昨日之事，也是好意。”王夫人方点头道：“罢了，现在只求找回那孽障，便是我的造化！”。

众人一起商议宝玉的去处。凤姐又让人修书一封，命旺儿去官府，让衙门帮着四处寻访宝玉。王夫人又回了贾政，贾政摇头怒喝宝玉不知体贴父母，又让李贵茗烟等人去世家公子处一一寻找。李纨凤姐等人带着袭人秋纹在各处寻找那块通灵宝玉。大约有半月的光景，忽然有一天茗烟跑回回道：“有一世家公子带着小的在城郊之外的一座破庙里看到一人，长得和我们家二爷却是一样的！”王夫人听了一阵清泪，直念阿弥陀佛。凤姐听了忙道：“你可看清？”茗烟道：“我天天和二爷在一起，哪里有假？”凤姐听了一笑，又怒道：“该打！你们怎么不把二爷带回来？”茗烟叫屈道：“我远远地看去，觉得像二爷。但我叫他，他却对我不理，转身就不见了。我只好来回太太和二奶奶。”凤姐听了，连忙让平儿去找了旺儿，让旺儿带着李贵和茗烟，又带了十来个小厮，一起去城外的庙里。

这些时日薛姨妈宝钗因宝玉出走的事情，常常过来问候王夫人。有时凤姐李纨也在，每每一并劝慰王夫人。那王夫人在厅堂上默然落泪，宝钗安慰了一会，突然莺儿走来回道：“家里大奶奶又在闹，请姑娘和太太回去一趟吧。”薛姨妈摇头道：“我那也是一个孽障。亏得有宝丫头宽慰我，不然我又有什么趣儿。”说罢，辞了王夫人，带着宝钗便回了梨香院。凤姐袭人一会也散了。王夫人看着她们的背影，突然叹道：“我那孽障，如果平安回来了，须得给他找一门好亲事，冲冲喜才好呢。”袭人略一沉思，便笑道：“太太，这有何难？二爷这半年历事太多，老太太和林姑娘的事情，他一时急了，想不开是有的。但宝姑娘也是从小一起长大的，若宝玉娶了宝姑娘，说不定也是好事一桩呢。”王夫人点头不语。袭人笑道：“只要宝玉回来，太太和姨太太说说，这事便没有不成的。”王夫人听了心里一动，暗中若有所思。

过几日，茗烟等一干人果然带回宝玉。宝玉一头散发，穿着灰色衣袍而归。王夫人见了大哭道：“我的儿！你娘今年活了五十岁，你就不管你娘去做和尚吗？”抱着宝玉大哭。宝玉却淡淡道：“太太就当我去了。”王夫人大哭。这时薛姨妈、凤姐、宝钗等人都到了。凤姐劝道：“宝兄弟，现在不是你胡闹的时候！老太太和林妹妹都刚走，她们见你这样，怎么会安心？再说太太每日都为你担心，你切不可再提出家二字。”宝玉无语，心思却如磐石，无有任何回转之意。宝钗突然说了一句偈子道：“宝玉！至宝者贵，至玉者坚。尔有何贵？尔有何坚？”宝玉一时怔住，这是当年与黛玉、宝钗、湘云顽闹时的偈子，宝玉无心而作却被黛玉所问，宝玉不能答也。

宝钗见宝玉不能答，便道：“这是当年林妹妹随意问你的话，现在你依然不能答。你又如何做得和尚？”宝玉终不能解，亦不能答，终于泪流满面。王夫人凤姐见状，知道宝玉心有回转，便让袭人麝月等人把宝玉带回房内休息，宝玉傻傻的，亦不推辞。

时值贾政近日内外忧患，琐事繁多，这日正在书房休息。王夫人走来，与贾政道：“老爷，近一年府里出了不少大事。除了探丫头外嫁封了王妃，其余都不是喜事。宫里娘娘没了，东府出事，大老爷也被放逐到边关。老太太和林姑娘又走了，前儿宝玉的玉又丢了，人也走了。前两天才在郊外的破庙里找到。如今宝玉回来了，我想给他娶一门亲事，一则冲喜，二则宝玉大了，也算了却一件心事。”贾政听了略有忧色，迟疑半晌叹道：“罢了，这孽障总要生出好多事端。如今他是该娶亲了，或者有个人在他身边管束着他，也就不胡闹了。这事你做主便可，可有看上的人家？”王夫人点头道：“老太太原来的意思就要亲上加亲的。外面的小姐怕不是一起长大的，处不惯。我看宝丫头就很好，大家都是知根知底的，模样周正，更好的是深明大义。况且他们又是一起长大的，你说可好？”贾政听了点头，放下手中的《中庸》，说道：“宝姑娘不错。宝玉娶亲，最重要的是娶个可以齐家的，模样倒是可以放在后面。”王夫人点头笑道：“可不是，宝丫头在府中，素来阖府上下没有人不夸赞的。宝玉若是娶了她，必能安心读书，没有不妥的。”贾政点头不语，突然又想起一事，问王夫人道：“我听说蟠儿娶亲后，胡闹得厉害。可有此事？”王夫人忙赔笑道：“这次倒怨不得蟠儿，是那边的大奶奶生出不少事端。幸而亏得宝丫头，处处忍让周到，劝慰着姨太太，否则连姨太太都要吃了亏。”贾政点头，便默然不语。

这边王夫人既有主张，这日下午，便带着凤姐李纨到薛姨妈处，周瑞家的、平儿、素云等跟在后面。凤姐笑着问道：“宝姑娘呢？”薛姨妈笑道：“今儿一早，湘云差人过来请了宝丫头过去，恐是要晚些才回来。怎么这么热闹，你们都来了？大家热闹热闹。”凤姐笑道：“我给姨妈道喜。”薛姨妈笑道：“你又来了，我如今哪里有什么喜？每日让我生气的事情倒是不少！”凤姐笑道：“我给大妹妹道喜来了。”说罢，在薛姨妈耳边说了一阵子。薛姨妈听了倒也并不回答，只是说道：“这可妥当？我还要问问你大妹妹的意思。再说宝玉是个心实的孩子，前些日子出了那么多事，他也未必愿意的。”王夫人忙道：“你切不可这么说。宝丫头人好，府里上下谁不说她好？宝玉这孩子，娶了宝姑娘，这是他的福气。况且他们一起长大，性格脾气都熟悉，再无不妥的。”薛姨妈便不再说话，李纨凤姐等都前来道贺。周瑞家的道喜道：“给太太姨太太道喜。我们一直听着金玉良缘，这下可不就成了一对好姻缘？”众人听了都笑，无一认为不妥。

一会众人便散了，宝钗傍晚时分回来。薛姨妈便和她说了白天的光景。宝钗沉默不语，良久说道：“妈妈糊涂，难道不知宝玉心里只有一个林妹妹？他前些日子差点出家了，如今我嫁过去，岂不委屈？”薛姨妈点头，说道：“我岂不知道你的意思？只是如今林妹妹死了，宝玉终要娶亲，这是其一。二则我总想给你求一门好亲事，原来想送你进宫入参赞才人，但如今变数太大，不如找个知根知底的。另外你哥哥找的这婆娘又搅得这里不安，我知道你受了不少气，不如就答允了这门亲事。宝玉知根知底，你们两人又有金玉之说，岂不是美事一桩？”宝钗想了半天，知道不可再辞，方无奈沉默，不再言语。

却说宝玉自从回府，便是一病不起。王夫人每日过来探视，又多派了几个婆子丫鬟上夜。袭人麝月秋纹等人几乎不离左右，宝玉也不多话，每日只是闷闷的，也不如前些时日每每哭悼黛玉。这日凤姐和平儿又过来，宝玉正在房里喝着汤药，凤姐见了宝玉笑道：“宝兄弟，大喜。”宝玉仍是发呆不语。袭人忙推宝玉，宝玉愣道：“凤姐姐，什么喜？”凤姐笑道：“宝玉，如今太太定了日子，再过几天便要给你娶亲了。”宝玉心里发呆，他自小便认黛玉为知己，若要娶亲除了黛玉再无二人。如今黛玉既去，宝玉听得浑浑噩噩，竟然此时与他无关。袭人见他发呆不语，忙给凤姐上了茶，笑着问道："二奶奶，可是定了宝姑娘？"凤姐笑道："可不是？前儿太太在姨太太那里定下了，再无不妥。"宝玉突然摇头道："早知如此，我不如在那庙里当了和尚就不回来了。你们真要白白耽误了宝姐姐。"袭人见他胡说，连忙捂住宝玉的嘴，凤姐看四下无人，劝宝玉道："宝玉，这话不好胡说。如今太太已定了，你成了亲，病才会好起来。"宝玉自是不理，走到一旁翻书，凤姐又聊了几句，跟袭人使了个眼色，袭人便跟着凤姐走到外面。

凤姐看四周无人，对袭人道："宝玉的病看来是不轻，你们得好好照看着，切不可再让他偷偷跑出去。否则你们的命都没了。"袭人赔笑道："奶奶说的是。但愿这些天平安度过，便是我们的造化。"凤姐点头道："太太实在不放心，托了我要特别留神宝兄弟。只要他们成了亲，我就阿弥陀佛了。"平儿在一旁说道："岂不知宝玉是个呆子？他的心思全在林姑娘身上。"凤姐点头道："我岂有不知的。可他要这么痴呆下去，这也要成笑话。好在姨妈和宝姑娘已经答应了，太太才放心下来。"袭人突然想起一事，对凤姐道："自从宝玉丢了那块玉后，虽然心里明白，总似不如以前。总是痴痴呆呆的，二奶奶可有法子找到那玉？"凤姐冷笑道："这里怕是有贼。这府里谁都知道那玉是命根子，若是不小心丢失了，总会有人捡起送过来。若是有人想偷盗换几个钱，怕他们还没这个胆子。我已经让旺儿和外边的古董店都打了招呼，若得了玉必来报我。如今外面也没有，可见还是在里边。看来那贼是有意冲着玉来的，只是现在他也没了主意。"袭人听了急道："难不成是我们身边的人？"凤姐冷笑道："可不是？总有一天它会自己出来。"平儿连忙笑道："奶奶就是这么急躁了些。天怪冷的，怕是要下雪了，奶奶再到房里喝点热茶暖暖身子才是。"凤姐点头笑道："倒是你这丫头体贴我。不喝茶了，我们回去吧！你琏二爷托人来信了，再过四五日他便到家，我们也要回去准备一下。"说罢，带着平儿便回去了。

那宝玉在房内，窗外的话语听得既真切又糊涂。他听得贾琏将回，知道紫鹃她们必已护送黛玉回到苏州。心中不禁大痛，又无语凝噎。他在书桌边坐下，正好翻阅到当年读过的《南华经》。见南华经有云：故绝圣弃智，大盗乃止；擿玉毁珠，小盗不起。又见自己题字若干，旧文如下：焚花散麝，而闺阁始人含其劝矣；戕宝钗之仙姿，灰黛玉之灵窍，丧减情意，而闺阁之美恶始相类矣。宝玉见自己旧日文字，不禁又是心头一痛。

不觉便到晚饭时分,袭人叫小丫鬟们端上晚饭。宝玉闷闷地不饿,自在窗前看书。再过一会,月华四起,袭人在案前点上蜡烛。宝玉依然在窗前看着旧作,不言一语。这日宝玉便伏案而睡,袭人知他心事重重,亦不来催他。第二日,袭人恐他为娶亲之事烦恼,便劝他数语,宝玉道:“袭人姐姐,我想通了。若不是林妹妹,娶不娶亲都是一样的。只是这样便要误了宝姐姐。”袭人心里石头一放,又心里一惊,连连劝他道:“宝玉,你不要发呆。如今大家都盼望着你早点和宝姑娘成亲了,你的病才会好起来。”

过了半月正是黄道吉日。是日大雪,便是荣国府世子贾宝玉娶亲之日。那贾府因为老太太与宫中娘娘大丧之因,只是冲喜,并无在京城大办。只是开了大门迎了宝钗进来。贾母在世之时给宝玉留了许多体己,王夫人亦把一生的积蓄给了宝玉。那薛姨妈嫁女,唯恐不能尽其心意,薛蟠又只有一个妹妹,竟然拿出薛家一半珍藏给了宝钗。宝薛二人大婚,阖府上下无不喜欢。只是宝玉后来居然不喜不恼亦不说话,只在婚礼上木然而无一语。

大婚之日热闹,一切均按礼制而行。贾政拨了一处院落给宝玉,却在离原来贾母院落处不远。宝玉亦无话,亦无欢喜,只是痴痴呆呆,任其自便。倒是王夫人不放心,亲自让凤姐帮着布置,又暗中问宝钗意愿。宝钗总是推让,说如今是在孝期,只求简单而无一不可。众人皆叹宝钗明理。

是日大婚,宝玉宝钗拜了天地后回到房间。宝玉这边跟着袭人等几人,宝钗这边跟着莺儿等几人。袭人和莺儿为两人端上合卺美酒,便相视一笑,拜过两位小心退下。宝玉在房内徘徊片刻,看了一会窗外的大雪,回头揭开了宝钗的盖头。只见宝钗脸若银盆,眉若弯月,眼如秋波,但却似有隐隐愁意。宝玉见了宝钗便深深一拜道:“姐姐!”

宝钗见了宝玉,并不多话,只是点头。宝玉含泪对宝钗道:“宝姐姐,你我虽然成亲,但我不能忘了林妹妹。所以要委屈姐姐,请姐姐不要见怪才是。”宝钗听了,落下泪来。她点头道:“我知道你和林妹妹是一起长大的。既然如此,你只依你的心便是,我并不怪你。”宝玉听了,深敬宝钗。又对宝钗深深一拜。正是:

空对着山中高士晶莹雪,终不忘世外仙姝寂寞林。

欲知后事如何,请看下回分解。

第九十三回

王熙凤知命强英雄　薛宝钗借词含讽谏

宝玉大婚，心中却对黛玉念念不忘。宝钗淡然，仍难掩饰心中遗憾。那宝玉对宝钗心中敬重，每日夜间仍去书房休息。袭人跟到书房，难免劝说宝玉。宝玉却不理会。倒是宝钗淡然，莺儿每有微词，要报与王夫人，却被宝钗拦下了。

两人如此相敬如宾，宝玉越发沉默不语。倒是宝钗大度，每日一早去王夫人处请安，回来自与莺儿作伴。宝玉却日渐冷清，每日只在房内读些闲书，有时便悄然昏睡，亦不见外客。

那王夫人见宝钗温柔贤惠，又识大体。阖府上下无人不赞，也甚为欣喜。这日，正值凤姐病着，王夫人便带了宝钗去凤姐处看望，凤姐要起来，王夫人忙按下了。她让玉钏儿给平儿带去宫中的人参，笑道："这是宫里上好的人参，有钱也没处买去。是蟠儿给宫里办了五十支，又留了五支给宝丫头。宝丫头实在，都拿来孝敬我了。我见你身子不好，特意拿来两支给你。前年老太太过生日前后，有人问老太太要人参，也没有这么好的。如今你身子不好，每天吃一些，岂不是很好？也不辜负宝丫头对你的心。"凤姐连忙道谢，笑道："亏得太太心疼我。"王夫人笑道："这又何必谢，现在只要身子好了，比什么都强。"平儿这时端上茶，递与王夫人与宝钗。

王夫人接过，见茶色红润而又有色醇，点头笑道："如今你们还有这样的好茶？我却都喝不到了。"平儿忙笑道："也不是每天都喝的茶。如今的日子可比不得往年，这些都是前几年攒下的，只是太太来了，我们才拿出来的。"王夫人便微笑不语。宝钗笑道："前几年你们送来的暹罗国的茶也好喝的，只是比不得这茶温润。"凤姐笑道："可不是，茶也是有脾气的，比如太太便爱喝着温润的，可老太太爱喝的是老君眉，林姑娘偏偏喜欢的是暹罗国进贡的女儿茶。哎，只可惜老太太和林妹妹走得早。素日里这些茶也多，可偏偏这半年来却不得见似的，一天比一天少。"说罢一阵咳嗽。平儿忙过来拍着凤姐，王夫人叹道："你的身子这么不好，不如歇着吧。让宝丫头替你先管着，你安心养病，如何？"凤姐见势，脸一阵通红又一阵白，又咳了一阵。心里伤心，又觉得没意思，便道："早有此意。如今宝玉成亲，妹妹也该当家理事了，我也图个清闲。"宝钗忙推道："这家中的大事件件少不了凤姐姐的，我岂是能管那么多事的？"王夫人笑道："我的儿，你凤姐姐病着，你帮她便也是帮我。有不懂的便来问你凤姐姐，你凤姐姐断断不会不帮你。"凤姐不语，平儿笑道："我们奶奶这两年身子一直不好，如今宝二奶奶接了去，也是疼我们奶奶。"

王夫人和宝钗又劝凤姐要安心养病，凤姐勉强承应。一时间两人去了，凤姐才躺在床上，一言不语。平儿知她心中不受用，劝道："奶奶何苦为这些烦恼？前些年咱们就说了，这府里的人都恨不得你吃了我，我吃了你？斗得跟乌眼鸡似的？平素里我们也得罪了不少人，不如趁宝二奶奶来了，咱们早日有个退路。"凤姐冷笑道："我岂有不知这个道理的？只如今这来得太快些。这几年若不是为了太太的事，我又何曾得罪那么多人？"平儿又劝道："我们岂不知奶奶为了老太太和太太的事情操碎了心，这些年咱们东挪西挪的，每日里不是几百个银子在转？咱们都当了多少金项圈了？再这么下去，只怕赔光了。不如早退步，咱们好好保养身子才是。"凤姐听了，点头道："你说的是。宝丫头新婚，早晚是要当家的。如今她那里嫁妆自然不少，说不定她也得陪上不少，这府里的亏空才过得去，也未可知。"凤姐说着，又咳了几声，平儿忙过来扶住道："奶奶也别管别人了，咱们过好自己的日子才是。如今这府里乱哄哄的，不如就让宝二奶奶当家了，那些婆子丫头们岂有不刁钻的，咱们正好可以抽身。"凤姐听了，方觉安慰。也不再说，吃了些药便歇下了。

平儿见凤姐睡下，便拿着剪刀针线到外间给巧姐缝制绢袋。不觉便到晌午，忽见旺儿在外边鬼鬼祟祟探头探脑。平儿心疑，便放下针线走到廊下，对旺儿招手道："旺儿，你在做什么？"旺儿见状，知道逃不掉，便走到平儿面前笑道："平姑娘，琏二爷前些日子刚送了林姑娘的灵位从苏州回来，有些东西要拿进来。"平儿点头道："这是自然，放到屋子里边就好了。"旺儿笑道："二爷说了，有些东西须他自己亲自点过了才好，我便进来瞧二爷在不在。”平儿奇道：“有什么好东西？什么好东西我们没见过？拿进来便是。”

旺儿见状，给平儿使了颜色。平儿会意，便笑道：“你们先把东西放到外间吧，奶奶一会醒来，自然会看的。”旺儿便不再言语，让小厮们把十来箱衣物以及苏州古玩特产一并送入房内。平儿一一查点。忽见一个暗红色的小匣子，心下生疑，便打开一看，却是那年贾琏在大姐出喜时带回的那缕头发。平儿大惊，连忙合上匣子。旺儿见了也吓得大惊，不敢说话。

平儿连忙把匣子收起，便听里边凤姐说道：“平儿，可查出什么东西来了？”平儿忙笑道：“怎么奶奶的心思和我一样。我仔细地查了，却是什么也没有。”凤姐笑道：“你琏二爷怕是有了什么东西，也不会让我们知道。”平儿忙笑道：“正是说呢。我把东西放在外面，一会再让奶奶看看。”凤姐又冷笑一声，便不再言语。

这时贾琏不知什么时候进来，看了匣子面色亦大变。见平儿看他，便拱手道谢。平儿连忙向他摇手，走到院中，贾琏跟着出来。平儿悄声说道：“你怎么又把这头发带进来了？她若知道，又要生气，也累得我们不干净。”贾琏忙笑道：“好姑娘，这次又要劳你帮我打发这些事情。旧年二姐那墓地，还是多亏了你，这次你再帮我藏好，千万不要让她知道。”平儿啐道：“你总是这样。那二姐是可怜，可那些混账老婆又是什么？什么灯姑娘多姑娘的，谁再替你受那些气！”贾琏见状就作揖道：“为了二姐的事情，还是要多谢姑娘。”贾琏越发觉得平儿温柔，倒把凤姐比了下去。又想多说几句求欢之语，平儿啐了他一口，就到房间里去了。

平儿在里间做着针线，也不理他。突然秋桐走到院子里，冷笑道：“也不知哪里又勾搭上了混账女人，倒叫别人给她保管赃物。奶奶身边的人都是贼吧。”贾琏见她如此，不禁生气，说道：“就你这小蹄子多嘴。”秋桐亦不怕贾琏，总觉得自己是大老爷给的，自然比别人有脸些。如今凤姐又病着，平儿又不与她争，便越发得意了去。她抱着手臂在院子里冷笑道：“如今二爷在外面，见什么混账女人都不让我们知道。只管悄悄地去，也别私下带点什么东西回来。只怕大家还好些！若让人帮你瞒赃，却是不能！”贾琏气得骂道：“你又胡说什么？”秋桐便哭道：“别以为我们不知道。小厮们都告诉我了。你又去会那个多浑虫的婆娘，倒不让我们知道。”平儿听了，忙关上门。那秋桐却不依不饶，到窗下大哭大骂。

凤姐在房内听得真切，不禁火上心头。她在房内冷笑道："平儿呢?"平儿忙进屋道："奶奶，你别听她胡说。她就是要让奶奶不痛快呢。"凤姐冷笑道："她岂是一盏省油的灯？你琏二爷倒也不是一盏省油的灯。都当我们是傻子呢。来，扶我起来看看。"平儿无奈，连忙伺候凤姐穿了衣服，扶着到了外间。凤姐先让打开了房门，见秋桐在院子里哭闹，贾琏在旁着恼，便冷笑道："这演的是哪一出？秋桐，你若要闹，大老爷现在也不在，我回了大太太就好。"秋桐方不敢再闹，只说了一句："听小厮们说二爷这些日子常和灯姑娘在一起，说的话太不好听了，还瞒着不让我们知道。"说罢就跑出院子。

凤姐听了气得发抖，她扶着平儿咳了一阵，点头道："不错，当我们是死人那。"说罢，让平儿扶着回到房内，看着贾琏从外带回的箱子，一一检查，并无异样。贾琏走到房内，冷笑道："并没有什么不到之处。"凤姐冷笑道："怕是多了也未可知。平儿，你是不是给他藏起来了?"平儿连忙跪下摇头。凤姐冷笑道："这么多年，你给琏二爷藏了多少东西，也别打量我不知道。连尤二姐的墓地银子你都敢从我这里偷，你又有什么不敢藏的?"平儿听了只是哭，不敢言语。贾琏突然怒道："你不用逼她，却来问我。"说着便从怀内掏出多姑娘的青丝，掷于桌上。原来那缕发丝贾琏在平儿进房的时候已悄悄取出，他见凤姐如此刻薄，不免大怒。

凤姐见贾琏从来不曾对她如此，不禁心寒，哭道："你在外边勾引了混账女人，回来倒和我们置气。"说罢便哭，又要和贾琏拼命，又是一阵剧咳。平儿忙在旁边扶着，一边伤心落泪。那贾琏见她二人如此，也觉无语，只是气得摔了青丝，掉头就走。

这边凤姐又恼又气，实为平生未受之辱。原贾母尚在时，自有人为她做主。然而如今贾母既去，邢夫人本就对她有气，巴不得凤姐出错看笑话。王夫人又不能太过纵容，倒显得亲于自家侄女。那婆子丫鬟们自来受凤姐怨气太久，巴不得看笑话。贾琏自二姐之事后，早对凤姐心生嫌隙，恨不得替二姐报仇，便借着此事闹开了去，倒是像狠了心一般。只有平儿知道凤姐委屈，每每安慰，送茶端水，一如平常周到体贴。宝钗在府中当家理事不久，各项事情事无大小却也样样周到，倒比凤姐在时还好些。凤姐之事也有婆子丫鬟们偶有闲谈，宝钗只装不知，只是悄悄让莺儿给凤姐送去几次枸杞当归天麻等安神之药，让她好生安养。凤姐看到，又是一阵唏嘘。平儿又劝，凤姐苦笑道："如今我也要别人的周济才能过日子了。"不免伤心。平儿忙劝道："奶奶又想多了。

宝二奶奶是念着二奶奶平日的好，她断不会存着周济的心思。”凤姐这才宽慰不少。

再说宝钗自当家之后，深知府中内务繁杂。宝钗有时去对旧日账本，暗暗吃惊。她已不动声色，平日里还维持凤姐旧日的用度。只是悄悄地平了几处漏洞，减了几处没来由的支出。又与王夫人商议，裁减了一些园子里看门的闲人，如今园子里大门紧锁，只留下拢翠庵。李纨仍然搬出住回原处。惜春不愿搬出，只说愿意清静，不出园子打扰大家，不如在拢翠庵与妙玉作伴。王夫人不放心，与宝钗李纨等人一起来劝，惜春只道：“这里清净，我搬到太太那里自然是好的。只是若真搬去那里，我家大嫂子又让我回去。我就不如在这里与妙玉作伴，又可看看经文，也清净些。太太就当疼我了。”王夫人等人见不能劝说，便也不强加于她，又多派了几个小丫头跟着，每日必须回来禀报，这才放心。

宝钗料理荣国府不出一月，府中用度比往日精简几分，然又温和和气，众人皆赞宝钗理家在凤姐之上。宝钗浑然不知，每日只在清晨到王夫人处与之商议理家之事，必在宝玉午饭之前回去，陪他读书写字。又命袭人麝月为宝玉准备读书之茶点，宝玉所读之书必亲自准备，放于书房。有时袭人见了宝钗问道：“二奶奶这么辛苦，何必每日亲自为宝玉准备这些？”宝钗道：“你岂不知，宝玉不喜欢读这些四书五经。他爱看的书无非是那些老爷见了又不喜欢的，只恐那些书会误了他。所以我亲自给他准备一些，他到了书房便可读，岂不好？”袭人点头，深赞宝钗有心。

这日宝钗为宝玉准备好了《论语》，回来后见宝玉正在书房用功，不禁安慰。让袭人沏了一壶上好的沁雪寒梅茶。宝玉见宝钗回来，也不说话，继续看手中的书。宝钗一看，《论语》还在桌上，只是宝玉手中拿着的是一本《庄子》。宝钗见了，不禁摇头，说道：“宝玉，如今你也不能再看这些了。如今老爷在外，也希望你将来可以蟾宫折桂，方不负他对你的期望。孔子曰：学而时习之，不亦说乎？你也该看看这些上进的书。若一味沉迷庄子无为，以后可怎么好？”宝玉听了冷笑道：“姐姐好说。如今老太太不在，你也没人顽骨牌，你到太太那里去说说话吧。”宝钗听了，一时怔住。袭人连忙过来递茶道：“这可是怎么说的？那年云姑娘也说过差不多的话，宝玉也是让云姑娘这般没脸。只不过云姑娘不计较罢了，二奶奶你千万别放在心上。”

宝钗听了摇头道：“我岂能为这些着恼。但你总要听人一两句吧。”宝玉冷笑,一言不发拿着书就往外走。袭人忙劝宝钗,宝钗只淡然一笑。宝玉只怔怔地走到大观园前,却见大门紧锁。不禁呆立不语,落下泪来。

袭人远远跟在后面,见了宝玉如此,怕他又犯了呆病,忙拉着他回去。这日晚上,宝玉便在书房安歇,只见黛玉向他走来。宝玉道:“妹妹,你可来了。我刚到园子里找你呢,可是你不在。”黛玉笑道:“所以我来看看你。宝玉,你如今看什么书?”宝玉叹道“不过是《论语》《中庸》罢了。”黛玉看着宝玉的书轻轻一笑,摇了摇头,便不见了。

欲知后事如何,请看下回分解。

第九十四回

贤宝钗理家明大义　王熙凤病重牵红线

却说那宝玉在大观园外徘徊良久，只见大门紧锁。宝玉终不能入，不禁凄凉，念及旧日与黛玉种种，黯然泪下。一会袭人匆匆赶来，见宝玉要发痴的样子，恐他胡思乱想犯了呆病，连忙拉着他回到房里。宝玉在书房呆了一夜，梦到黛玉。醒来一看，却是南柯一梦。更觉孤单冷清，不觉泪如雨下。

次日王夫人过来，问起宝钗一些平常起居之事。恰好宝玉也在，只是沉默。还是宝钗回答周全。王夫人心知宝玉之一直不能开怀，却也无可奈何，只是嘱咐宝钗多照顾宝玉。宝钗无不一一答应。

却说凤姐与贾琏那日口角后，贾琏便不常回来。秋桐却时时哭闹，在院中抱怨贾琏在外又寻花问柳。那凤姐正在病中，又是个要强的，如何受得住这样的气？每每发恨，要从床上挣起，却被平儿拦下道："奶奶的身子要紧，如今又如何与她争这个？等明儿好了再理她不迟。"凤姐躺在床上，气得脸色发红，对平儿道："也就是你劝我。那窗外的娼妇，换了平时，可哪有她说话的份儿。"不禁气苦，脸色恨得发红发紫。平儿忙好生安慰，凤姐才略感好些，一会又说："往日里你琏二爷与我拌嘴，何曾这么明地里夜不归宿？那年老太太在，你琏二爷要杀我，老太太也不是让他替我跪下了？如今却落得这样？我还有什么趣儿？"说罢便低头抹了几滴眼泪，平儿忙好生安慰，忙道："奶奶千万别为这个生气。老太太一直疼你，她若还在，见你这样，岂不心疼？再说二爷，也许就是一时赌气也未可知。说不定明儿就回来了，奶奶又何必与自己过不去？快把药喝了，等病好了，再论理不迟。"凤姐知道平儿真心待她，略感安慰，拼着力气喝了点药，方沉沉睡去。

这边平儿端着凤姐的药碗出来，却见秋桐仍在院子里哭骂。小红在院子里冷笑道："这里二奶奶病着，大姐正在屋里中觉。你若让姑娘着恼，哭到太太那里去，我们可管不了你。太太问话，你去回。"秋桐这略收敛，片刻又冷笑道："便拿大姐压我。她有多大？她好去太太那里哭，我还去大太太那里哭呢。"小红刚要回击，却听得房间里茶杯砸碎的声音，便听得凤姐冷笑道："我还没死呢！"平儿连忙道："小红，你把大姐带到太太、宝二奶奶那边去，姑娘听不得这个。再叫旺儿去把二爷找回来，说这里了不得。"小红听了点头道："平儿姐姐说的是，这里可了不得，我们姑娘都呆不下去了。"说着，便回房稍稍为巧姐穿戴了一下，便带着巧姐匆匆离开。秋桐见如此，心下凉了半截，又不知如何收场，仍是哭闹。平儿见她如此，摇头道："我劝你安生些吧。一会二爷回来，你自去和二爷闹。若不好，你闹到大太太那里去，没人拦着你。"说罢，便丢下秋桐，自去服侍凤姐。

这边冬日正紧，日日朔风不断。这日宝钗早早起来，到王夫人这边请安。王夫人正在食用早饭，见宝钗来，便道："我的儿，你也不用回去吃了，就在这里吃一点吧。"宝钗笑着坐下，见桌上只有一青瓷碗白粥，一碟小菜，便道："我也来一碗白粥。只是太太吃得过于清简了。昨儿我让小厮们送来的胭脂米，太太可让她们早上熬粥，是再好不过的。老太太在的时候，喝粥还喜欢吃腌过的果子狸，太太虽不爱那个，也别太轻减了才是。"王夫人笑道："我的儿，我岂不知道你的孝心。只是近日家中，连每日的胭脂米都快接不上了，我也知道你和宝玉那边、你凤姐姐那边也不能日日都有，你大老爷那边更艰难，如今只落得大太太一人，也不好太委屈她。亏的你前些日子拿来一些，昨儿又拿来一些。可如今的日子，也不用天天吃那个。我年纪大了，吃胭脂米也无益。想着只要宝玉能天天吃上，他的病能早日好起来，我便放心了。"宝钗听了眼圈一红，笑道："如今也愁不到那个。我哥哥那边还可以到外边弄一些，太太千万别委屈了自己。"

玉钏又捧来一青瓷碗白粥，加一碟腌制梅菜、一碟赤金凤爪，又有一碟素色水晶包子。宝钗忙道："就留下腌制梅菜吧。剩下的留着给宝玉，岂不好？"王夫人叹道："我的儿，如今家中艰难，亏的有你。"便不说话。宝钗忙劝道："太太千万别这么说。如今府中确是大不如前，但前阵子也散了一些婆子丫鬟。如今开销再紧一点，大家只要不说太辛苦，日子总是过得去的。"王夫人点头，说道："我岂不知多亏有你？你妈妈给你那么多嫁妆，我知道你往里贴了不少。那些旧日的嬷嬷们走了不少，我知道除了例银，你自己又给了她们许多盘缠，让她们添个小本生意。她们走了，还念着你的好，我又岂有不知的？"宝钗笑道："太太快别这么说。我刚来，也不知做得如何。凤姐姐素日当家是极好的，就等她病好了，还是她来当家，我只陪着太太聊天就好。"王夫人眉头一皱，摇头道："凤丫头最近身子不好。她理家的时候我总听到有人抱怨，说银子又晚了几天。如今你当家，却听不到有人抱怨。我的儿，你才让我放心很多。"宝钗便不回答。

这边王夫人又叹道："你凤姐姐和琏二哥哥最近又闹得厉害。凤丫头病着，琏儿又不争气。我又不是他们正经老子娘，这事怎么管？只是昨儿下午，小红带了巧姐来哭，我见着实在可怜，就把巧姑娘留下了。"宝钗听了摇头道："这事我们不好管，须得大太太出面。只是我们悄悄得去看凤姐姐，常常给她送点东西去，也不至于太委屈，只有如此。"王夫人听了点头，不语。

这边王夫人和宝钗正在堂前吃饭闲聊，一会林之孝家的来回道："众婆子丫鬟们在外边等候多时了。宝二奶奶是回去呢，还是在这里？"宝钗笑道："就在这里吧。太太也在，正好便宜了我。我们吃完早饭就让她们进来。"王夫人点头。一会，玉钏带着小丫鬟们进来，撤去桌上饭菜，又端来茶水漱口，再端上热热的茶水，方是喝的。又休息片刻，宝钗才让众婆子媳妇们一一回话。

林之孝家的说："如今园子里一大项已省去不少，园子里的婆子丫鬟们如今已经打发了大半。还有一些没有去处的，如何是好？"宝钗笑道："前些日子给一些嬷嬷们盘缠，她们愿意回老家的可以去做一些小买卖。每人三十两，大概有三十个。年满十七岁的丫鬟们愿意配小厮的配小厮，他们可以自己过活，每人十五两，这样又去了三十个。只是还有十几个，他们不愿去的，我想她们在我们家呆了几十年，她们不愿去，我们也不能让她们委屈，便把她们送到祖茔和家塾那边，好生奉养。一则她们年纪大了，对老主子忠心，可在那里安享天年。只是没有月例散钱，我们一直安养她们。二则祖茔和家塾那边这些年日渐人稀，她们回去也好看着那些田地，也是好的。"王夫人听了点头，林之孝家的听了忙忙磕头。有一婆子说道："如此是太太和宝二奶奶疼我们，愿意去的给盘缠做小本买卖，愿意留的可以养家，老了的可以安心养老，我们天天给太太和二奶奶念佛磕头。"宝钗笑道："只是家中艰难你们也知道，不比往日，只是月例，却是不比往日了。"那些婆子们说："奶奶快别说这些，奶奶都管到我们身后之事了，我们还有什么好说的。”众人无一不拜，深觉宝钗可敬。

正在这时，赵姨娘进来便哭道：“我们姑娘都做了娘娘了，为什么上个月的银子还短着我们？就是我们环儿好欺负？”宝钗忙站起来笑道：“姨娘的银子我从上月开始接的，并不曾短一天。”赵姨娘马上对宝钗笑道：“我说的并不是宝二奶奶，是琏二奶奶。前个月还扣了我们环儿的银子。”

王夫人奇道：“凤丫头能扣环儿什么银子？环儿一个月能有多少银子？凤丫头不会如此吧？”赵姨娘冷笑道：“琏二奶奶什么时候把我们环儿看在眼里？只不过我们环儿近来进益了。娘娘也有信来要环儿好好读书，可偏偏有人就把他读书的银子给扣了，据说还到外面放了钱，倒让我们找谁说去？”王夫人听得大惊，怒道：“有这样的事情？”

这边说着，邢夫人也怒气冲冲地进来了。她看了一眼赵姨娘，点头说道：“我刚才在外面听得一些。可不只姨奶奶的，连我这做婆婆的也未得到她一点好。不知今天谁嚷起来，这些年她放了多少银子，又和死了的鸳鸯一起，算计了老太太多少银子，倒不教我们知道。”宝钗见势便辞了众人道：“大太太和太太有话说。我刚来，还不太清楚这些。宝玉那边还有些事情，我便先去了。姨奶奶和环兄弟那里的账，一会我让莺儿去请了平姑娘对一下就知道了。若是你们短了什么只管告诉莺儿。我若可以做主的，我便让丫头们送去，若不能做主的，我就请教太太和凤姐姐。大太太和太太想必有话要说，我们就先告退了。”王夫人点头，宝钗便带了莺儿出来，赵姨娘跟着也出来，和莺儿说了一些所缺之物，宝钗只在前面微笑不语。回到房中，见宝玉在书房看书，便也甚是放心。她让袭人自在书房为宝玉端茶送水，让莺儿在房中陪着自己做些针线。

却说凤姐这一病又添病症，天气一日日大冷，凤姐原来就气血甚亏，再加新近咳血，又添一些风寒之症，一日日的病重起来。邢夫人本来见她就不顺，贾琏因为二姐之事恨毒了她，只念着毕竟多年夫妻，总有恩爱之时；又念着王夫人、王子腾、薛姨妈等京中老亲，一时也不能怎样。只是自凤姐病后，家中大事只与平儿商议，竟视凤姐如无人一般。好在平儿对凤姐一如既往，端茶送药无一不周。有时秋桐在外谩骂，平儿有时不理，有时便正言以对，秋桐竟没有任何上风。凤姐气苦，有时对着平儿和小红默默流泪。平儿与小红每每安慰，有时还带大姐过来给凤姐解闷。凤姐有时气恼，多亏平儿小红几番安慰。王夫人也知贾琏凤姐不睦，只是可怜巧姐太小，有时便接巧姐过来小住。倒是宝钗，常常命莺儿送些人参当归补血之物，让凤姐好生调理。

这些时日凤姐便一直卧床，身边不能离人，故平儿与小红便轮番在这边伺候。这日宝钗命袭人来请了平儿过去，小红便留在屋里与凤姐煎药，凤姐歪在榻上小睡。突然旺儿媳妇从外面进来，说道："廊上的芸二爷来了，要见奶奶。"小红见凤姐歇着，冲着旺儿媳妇摆了摆手，正要回绝，凤姐睁开眼睛道："小红，你出去，让芸儿在外间候着。"小红便让外面的小丫头进来煎药，自己便掀开大红软帘走到屋外。只见贾芸站在院子里，见了小红出来，连忙笑道："有劳姐姐了，奶奶的身体好些吗？"小红见了贾芸细细看她，倒是一双俏脸通红起来。那年小红在园子里丢了一块手帕，便是贾芸捡起，却惹得小红害起了相思。两人之后一个有情一个有意，只是没有说破罢了。自从贾芸在凤姐那里领了园子里草木的差事，也常常会到凤姐处回禀事情。他与小红也有时相见，每每见时，贾芸总是眉目传情，小红又是个伶俐的女孩子，如何不知贾芸的意思？只是两人都没说破，小红见了他，有时只是笑笑，有时死死看他一眼便又离去。倒是凤姐有时偶然看到，便也猜出了几分，一直没有说破罢了。

贾芸见小红出来，一阵朔风，小红出来便打了个寒颤。贾芸见小红穿了件绛红色的袄子，下面一条石榴色棉裙，又比往日俏丽几分。小红见贾芸站在院子，外面天寒地冻的，便笑着回道："奶奶今儿精神略好些，正在房中歇着。芸二爷先到外屋坐着，我去禀明了奶奶。"贾芸连连向小红作揖，小红一笑，便把帘子打开，让贾芸进来。贾芸进屋后，小红让小丫头上了茶，便道："芸二爷有什么事，我去回了奶奶。"贾芸笑道："前两年园子里的事情已经减了很多，自从园子关了，园子里那一项就蠲了。如今宝二婶子管着，她依然让我管着府中的花草树木，我原想着我的差事该丢了，不想还是保全的。后来袭人姐姐告诉我都是婶子和平姐姐在宝二奶奶面前替我说了话，我怎能不感激呢。侄儿就想过来谢谢婶娘。前两天侄儿又得了一些冰片，还有上好的人参，特意拿来孝敬奶奶。"说罢，门外的小厮捧了两三个匣子到了门口，旺儿媳妇接了送进来，小红见了笑道："多谢芸二爷，只怕现在有许多人见了我们就要躲，你倒送了这些东西过来。东西是小，可见你对我们是雪中送炭。"便接过旺儿媳妇的匣子，拿到里屋。凤姐正躺在榻上吃药，看到小红拿来的匣子，点头道："放下吧，扶我起来。"

小红扶着凤姐起来，又给凤姐披了件素色披风。凤姐略觉神清气爽些，便让小红扶着到了外间。看着贾芸笑道："你这芸哥儿倒也有情有义，没有像他们一般一撒腿就跑。以为我这里失了势，一个个都不来了，攀了高枝去了。"贾芸忙站起，笑道："婶子怎么如此说？侄儿是不敢的。"凤姐笑着让贾芸坐下，自己也在上座坐了，小红忙送上一个炭火手炉。凤姐捧着手炉笑道："如今我一直病着，也不得空和你们说话。如今你母亲可好？"贾芸忙笑道："我母亲好着呢，她一直说婶娘对我们母子照顾，有空便要来看婶子呢。"凤姐点头笑道："五嫂子也该给你娶媳妇了，你如今定了人家没有？"

贾芸正和凤姐说着家常，却听得凤姐如此一说，连忙摇头，又偷偷地看了小红一眼。小红在凤姐身后，看到贾芸如此看他，不免脸一红，就转过了头。凤姐也不回头，只微微一笑，说道："如此，便让我做个媒吧，保你母亲满意。"贾芸心里早就有了小红，见凤姐这么一说，却又怕凤姐定的不是小红，连忙急道："婶子不要顽笑，如今我又没有家业，只怕配不上人家好姑娘。"

凤姐看着贾芸，愣了半晌，突然冷笑道："别和我扯什么谎！以为我看不出来，我说的是小红，你娶也不娶？"小红突然听得凤姐说她的名字，已经把脸羞得飞红。连忙说道："奶奶也不能拿我们取乐！我去看看药有没有好。"说罢，就跑进了里间。旺儿媳妇在外面看着笑道："这可是天大的好事。芸二爷，你还不谢过二奶奶。"贾芸与小红一个有意一个有情，只待有人说破。不想凤姐几年来看得他们两人的神色，早明白了五六分。如今一说便是保媒，怎能不让贾芸开怀。他连忙站起，对凤姐作了长揖，谢道："多谢婶子，婶子如此对我，便是我的再生父母了。还请婶子对我母亲说才是。"凤姐笑道："这有何难。我如今落魄，也只有你们几个对我才是真心，我也没有白疼了你们。我明儿就差人和你母亲说去，小红又是我的女儿，我另外给小红备下一份嫁妆，断断不会让你母亲觉得委屈。"贾芸多年心愿已了，凤姐又如此照应，岂不感激？当下跪下叩头谢了凤姐，千恩万谢地告辞而去。

欲知后事如何，请看下回分解。

第九十五回

水月庵宝玉祭空尘　金陵地霸王惹风波

却说宝玉自大婚后终是闷闷不乐，当年从大观园怡红院中搬出，晴雯已死，又散去芳官、碧痕、四儿等小丫鬟若干，外面的五儿还没进园就被栽赃，因玫瑰露一案险些被怨，幸而平儿周正，还她清白，但终究惹了一身不平。她原是个好强的，因这事染了旧疾，不久之后又犯了女儿痨，郁郁而死。那王夫人只恐丫鬟们都如晴雯芳官一般，把宝玉带坏了，便在宝玉出园之时散去大半，只留了袭人、麝月、秋纹等几人。自宝玉婚后，宝钗又带了莺儿等几个丫鬟过来。这日宝钗与王夫人说起用度，笑道："如今家里开销用度都紧，我和宝玉都带了一些丫头，如今不比往日，也不用那么多，我看再遣散一些，一则可以裁减些费用，二则我们这边的丫鬟们若比太太都多，这让我们怎么过得去？"

王夫人听了甚是喜欢，笑道："我的儿，你说的是。宝玉那边留着两个便好，袭人这孩子从小跟了他，事事周到，与你也有益。其他的小丫头你自己做主就好。"宝钗笑道："可不是，袭人姐姐自是离不开的，我看麝月也宽厚，也可帮着袭人。我那里的丫头们也不能太多，有些已经打发回到妈妈身边去了。我只带着莺儿便好。"王夫人听了觉得甚好，便放心交于宝钗。宝钗回去，把自己的几个小丫头送回薛姨妈处，宝玉那边的丫头们或放出去嫁人，或让老子娘领回，又送了一些银子。最后只留下袭人和麝月两个作伴。宝玉浑似不觉。

这一日下午宝玉正在看书，宝钗也早早从王夫人处回来，在外间针线。莺儿在一边帮着打璎珞，两人正说笑，袭人端着茶过来，给宝钗递上了。宝钗笑道："我这里不用，有莺儿。你给宝玉送过去吧。"袭人点头道："这位爷近些日子一直把自己关在书房，也不与我们说话，让人很是不放心。奶奶进去瞧瞧，二爷许是愿意和奶奶说说，也未可知。”宝钗想了想，便放下针线，从袭人处接了茶盘。只见黑色陶泥茶盘上盖碗的青瓷，一阵清香扑鼻，似有梅花之味，又有雪水之意。宝钗笑道：“不知什么茶？”袭人笑道：“是五年的梅花雪水茶，我们这里哪里会有这么好的茶？还是前年妙玉给林姑娘尝了，林姑娘觉得好，妙玉给了林姑娘一些，林姑娘再给二爷的。”宝钗笑道：“我也和他们一起喝过的，如此甚好。”

宝钗便接了茶，到了宝玉书房。宝玉正在案前发愣。宝钗上去放下茶盘，只见宝玉手捧一卷金刚经，似有呆意。宝钗见此，恐他又迷了性情，便道：“宝玉，先喝点茶，岂不好？”宝玉也不在意，只接过茶，还未打开便芳香沁人。再打开，只见茶色如雪。宝玉仍是痴傻沉默不语，打开后便喝了一口。突然之间便知是那年与黛玉一起在妙玉处喝过的雪水茶，不禁泪如雨下。

宝钗见了，知是终不能劝。但她知若不劝，宝玉终会耽误自己，又不得不劝。宝钗在宝玉身旁坐下，沉吟道：“我知是你是为林妹妹哭。但不知道的人却会说你为着一杯茶水也哭，为着一本书也哭，终究不妥。这让老爷太太见了，怎么放心得下？”宝玉也不回答，只是看书。宝钗摇头道：“你若一直如此，我也没有法子。只是你这样，若林妹妹在，你又让她如何过得去？”

宝玉听了，终于大哭。半刻道：“姐姐，你还记得那年老太太让你点戏，你点了一曲《寄生草》。其中有一句：谢慈悲剃度在莲台下。没缘法转眼分离乍，赤条条来去无牵挂。却怎么便如同应在了我身上。”宝钗沉默呆立，良久说道：“你若再如此，可是要误入歧途，让多少人伤心！”

第二日便是冬至。宝玉先到贾母灵堂祭拜了贾母，就闷闷而出。他也不让袭人麝月跟着，自己走出门去。袭人连忙悄悄跟着，又命人找来茗烟，悄悄说道：“你只好好地跟着二爷，千万仔细点。”茗烟点头，一路跟着宝玉出门而去。茗烟连忙跑上说道：“二爷，我们这是去哪里？”宝玉蓦然，不知去往何处。想了片刻道：“你悄悄地牵两匹马出来，我们还是去北门逛逛。”

一路快马，行至荒野萧条处。茗烟突然道：“二爷，咱们当年祭那位姐姐的时候便在这里。前面不远处又是水月庵了。”宝玉点头道：“如此甚好，咱们便还在原来的地方祭拜一下。你去找些香来，再去找些水来。”

茗烟便把宝玉带到当年的去处，只见一个破井之前，荒草丛生。茗烟又让宝玉等着，他去水月庵借些炉火，一会跑回来，旁边还跟着一位穿着僧袍的尼姑。茗烟手中捧着一些香炉,那旁边的尼姑端着一碗水。到了近处,那尼姑便转回头去,不与宝玉照面。宝玉正在伤心之处,也不多想,茗烟把香炉放在宝玉面前,又点了香,宝玉郑重跪拜,口中念念有词,一行清泪慢慢而下。

茗烟知他思念哪位姑娘,也不敢相劝。只听宝玉说道:“林妹妹,你曾经说过:若要祭奠一个人,不拘着哪里的水,舀一碗遥遥拜祭便可,便是心到。只是,我却到哪里找你?金钏姐姐走了,晴雯姐姐走了,你也走了。我不知你们去了哪里?那日晴雯姐姐托梦,说她去天上做芙蓉花神去了。妹妹,不知你又做了什么神仙?”说罢,泪如雨下。茗烟忙劝道:“二爷可是为林姑娘伤心?这里是供着洛神,林姑娘做了洛神也未可知。”宝玉点头道:“是了,洛神是曹子建笔下最美的神仙。她翩若惊鸿,游若蛟龙,只是曹子建梦中所遇,终不能在一起。我与妹妹一起自小长大,妹妹为我用尽一生眼泪。用洛神也当得,只是妹妹与我也只能在梦中相见,怎能不让人心痛?”说罢,又大哭一场,香火阵阵,宝玉又把水倒了祭拜,口中念念有词道:

天上有洛神兮
宛若甄妃之韵
偏若惊鸿兮
宛若游龙
若轻云之蔽月
若流风之回雪
若芙蕖出绿波兮
若太阳升而朝霞

奈何洛神之远离兮
若湘妃之泪而斑斑
离人之泪而远兮
独怅然而涕下

念去去葬花兮
风刀霜剑严相逼
天尽头兮

何处有香丘
一抔黄土兮
不见白骨
花落人亡兮
红颜不见兮!

念罢,又痛哭一场。茗烟知他与黛玉情深意重,竟也不劝,只在一旁陪着跪拜,不住磕头。

宝玉沉默良久,眼中含泪。直到香炉灰烬,方站起身。茗烟赶紧跟在身边,劝道:“二爷,我们还是早点回去,不然太太、二奶奶她们又要急了。花大姐姐也要骂我。”宝玉点头,正欲回去,忽见站在远处的尼姑甚是眼熟,便和茗烟一起过去。到了近处,却见那尼姑只有十五六岁的光景,一身灰袍,头发全部剃去,见宝玉茗烟过来连忙转身,似要回避。

宝玉奇怪,却听茗烟叫道:“芳官,二爷来了,你怎又回避不见?”那年轻的尼姑却不转身,只是一旁哭泣。宝玉连忙走近,只见那女尼眉目清秀,便是芳官当年的模样。芳官眼中含泪,见了宝玉却无限幽恨,转身不见。宝玉见了亦流泪道:“芳官,当年都是我误了你们。太太把你们几个送到这里来,可是受了多少委屈?”芳官只是哭泣,也不回头,寥寥之语:“这地方哪里是二爷可以来的?快回去吧。我们自有我们的造化,如今在这里,也算被人诓去了一般,每日也被人打骂。只是比太太那里干净许多!”说罢便哭。宝玉听了也哭,说道:“你们如今可有打算?”芳官仍不回头,哭道:“如今哪里有什么打算,在一天便算活一天。如此而已。二爷保重!”说罢,也不回头,竟自远去。宝玉站立很久,直至芳官渐行渐远,身影消失。

天色已过正午,茗烟忙催宝玉回府。宝玉也有些痴傻,跟着茗烟一路回来。到了边上的角门,却见看门的小厮说道:“二爷怎么才来?家里正在等着呢。已经找了个人仰马翻了。”宝玉也不答,一路走来,到了王夫人那里,只见王夫人、薛姨妈、宝钗坐在上座,李纨、尤氏,坐在另一桌。宝钗还是家常衣服,人还是淡淡的。王夫人见了宝玉道:“你这又去了哪里?”宝玉并不答,只说了一句道:“去了外面走了走。”王夫人也不多问,只说道:“今儿是冬至,你大哥哥不在,我把你姨妈也接来聚聚一起过冬至节。我们今儿祭了老太太,又摆了几桌酒水,大家只聚聚就好。你去给你岳母和媳妇敬杯酒。”宝玉接了酒杯,先到了薛姨妈面前拱手敬了一杯酒，薛姨妈点头喝下了。宝玉又走到宝钗身边，替她斟酒道："我刚出去了，姐姐不要怪我才是。"宝钗一笑接过，也不多话。

宝玉看了四周，见凤姐不在，奇道："为什么不请凤姐姐来？"王夫人笑道："你凤姐姐如今病着，我就叫她不必过来了。你媳妇刚让人给凤丫头送了一些东西过去。"宝玉听了便低下头，坐在桌前。

众人正在说着凤姐的病情，突然薛家来了一位老嬷嬷，来了便哭倒道："太太，跟着大爷出去的小厮回来了。回来便哭着说，大爷上个月到了金陵，和当地的一群少爷们又混在了一起。前些日子又不知看上了哪家的姑娘，不知被谁挑唆着又闹起来，又不知和哪家的公子冲撞上了。如今又打死了人，大爷这次却被人抓走了。我们找了当地的衙门老爷求情都没用。刚跟着的小厮回来传信，大奶奶听了，就在家哭天哭地的，直骂大爷拖累了她。如今要闹着回家去。"薛姨妈听了顿时打翻了酒杯，哭道："那不中用的东西，如今如何是好？"宝钗连忙上去扶着，王夫人忙命丫鬟们扶住薛姨妈，让丫鬟们倒来茶水给薛姨妈压惊。

宝钗扶住薛姨妈，忙劝慰道："妈妈不要太伤心了。哥哥的事情，可让舅舅和老爷再去托人看看。他一直胡闹，也须得有个惩戒。大奶奶要回去就让她回去吧，我们也不用留她。"薛姨妈点头道："只有如此，我那孽障，也只有这样了。"王夫人忙叫人送薛姨妈回去，又写一封书信差人送于驻外王子腾，一边又让人报于贾政。

是夜，贾府乱成一团。宝钗回薛姨妈处陪着薛姨妈，又帮着打理家中大小事务，托人打理衙门之事。贾政听到薛蟠之事摇头叹道："如今不比前几年，蟠儿怎么还是这么胡闹？虽然雨村还在应天府，可如今，也不知他能否再出力？"当夜又书信一封命人送于贾雨村。雨村接了书信自云：定当力办，不负政老所托云云。贾政方略感宽慰，说与王夫人，王夫人便转告薛姨妈，让她放心。

这边又因薛蟠之事，薛家倾其家产，却救不出人。五日之后便革了薛家皇商之职，薛蟠数罪并罚，在牢狱之中却不能救出。薛姨妈急得又是病倒，幸好宝钗在身边端茶送水，尽心伺候。王子腾在外述职，收到薛姨妈书信便修书一封给金陵同僚，意欲救人，不想数天后王子腾却被革职查问。这一来贾史王薛一下败了两家，政老至此沉默不语，每日大门紧闭，亦不见门客。

欲知后事如何，请看下回分解。

第九十六回

焚花散月宝琴流离　泣泪含恨凤姐扫雪

话说薛蟠因在金陵府又因一女子闹出人命，薛家又倾其银两四处打点。贾王两府亦尽心拜托金陵及京城各处衙门。怎奈这次惹了众怒，又牵连了几位三朝老臣，故薛家并未救出薛蟠，贾政已受斥责，王子腾却因此而罢官。薛姨妈听得如此几次哭死过去，一边大骂薛蟠不孝，一边又痛哭自己累着自己兄长以及姊妹一家。幸有宝钗在旁时时安慰，一边又叫来薛蝌在家主事。

薛姨妈为着薛蟠之事一气病倒，宝钗急着到家陪了几天母亲。薛姨妈躺在床上流泪，宝钗劝道："妈妈，如今哥哥这样，断然救不出。妈妈不能太悲伤，恐影响了身体。我又不能常常回来，不如让二弟先在家主事，狱中之事可先让他打探，如何？"薛姨妈听了点头道："你哥哥这样，薛家岂有不败的？如今只求他保着性命，也是他的造化了。你先让你二弟过来，我有话说。"

薛蝌从外面进来，见了薛姨妈便道："刚从外面打探消息回来，如今大哥哥只在金陵牢里押着，外面的人却不能进去看他。我们使了几千两银子，只见了一面，如今大哥哥在里边落魄得很，人已经瘦了一圈了。"薛姨妈听了又心疼又心气，不觉又掉了一阵眼泪。宝钗忙劝了一阵，转回头对薛蝌道："如今家里有难，哥哥在牢里不能回，大奶奶也闹着回家去了。只是妈妈在这里又没人照顾，她又不愿随我去太太那里住，要在家里等哥哥的消息。如今家里只有你了，妈妈只有拜托你了。"薛蝌作揖道："姐姐放心，我会照顾好太太的。"薛姨妈突然想起一事道："近些日子多事，你和岫烟的婚事早日定了才好。岫烟在大太太那里毕竟不是长久之计，你们早日完婚，一则为你大哥哥冲喜，二则你们早日成亲，我这边才放心。”薛蝌一直深喜岫烟，见薛姨妈如此之说，不禁成全自己心愿，他生性腼腆，一时之间又不知说什么，只是低头而笑。宝钗看了笑道：“二弟必是很欢喜，岫烟早该进咱们家了，你不可辜负了她。依我看来，岫烟是个贫贱不能移的好女子，她嫁过来，也是薛家的福气。你们两个一定要好好孝敬妈妈才是。只因家中现在多事，娶亲也不宜张扬，我们和大太太商量一下，过几天就悄悄娶来就好。”薛蝌听了，跪谢了薛姨妈，薛姨妈在病床之上也深感安慰。

过了几天薛家便挑了一个好日子，抬了一乘小娇娶了邢岫烟过府。因薛蟠之故，一切从简，只是设了几桌家宴。邢夫人、王夫人、宝钗、尤氏等都来道贺。薛姨妈打着精神在上位坐了，两位新人拜了薛姨妈，薛姨妈想到薛蟠，又看着两位新人，不禁掉下泪来。

宝钗忙劝道：“妈妈，如今是好事，以后二弟和岫烟孝敬你，也是好的。”薛姨妈落泪道：“我岂有不知你弟弟竟然强过你大哥哥的，岫烟又不知比你大奶奶好了多少倍。如今他们成婚，我竟然觉得以后靠着他们，倒比靠着你哥哥要好多少倍，只是我想起那个孽障，又让我心疼。”薛姨妈又是感慨，掉了一阵眼泪，薛蝌忙道：“我们以后孝敬太太，也会打探大哥哥消息的。”薛姨妈这才收了眼泪，对众人笑道：“你们看我，这么大喜的日子也为那个孽障掉泪。”

这说着，一个小厮进来回道：“琴姑娘回来了。”只见跟着几个婆子丫鬟簇拥着宝琴进来，宝琴披着一件猩猩毡大红的披风，周边一圈白狐狸镶边，衬得肤色如雪。她见了薛姨妈就拜，薛姨妈连忙拉起，笑道：“你回来就好。”宝琴又拜见了王夫人、邢夫人、尤氏等，才和宝钗拉手道：“姐姐，我来晚了。”说罢，眼圈一红。宝钗忙拉起。众人又贺了新人，席间又见了李玟、李琦姐妹。王夫人笑道：“好久没这么热闹了，只是为你大哥哥冲喜，若你大哥哥也在，多好。”

薛姨妈身体尚在病中，便用一屏风隔开众人，只叫了王夫人、宝钗、宝琴进来，聊起近日状况。宝琴笑道：“还要恭喜姐姐大喜，有空再去看看宝哥哥。”又问园中姐妹，宝钗摇头道：“如今园子里只有你四姐姐了。另外大嫂子的两个妹子，李家两位姐姐，过些日子也要嫁到外省去了。”

宝琴听了一阵忧虑。原来宝琴也将与梅翰林之子婚配，她父亲自小带她走遍南北，连海外也曾去过，故她一直心意开阔，天真烂漫，与别人不同。那年从和宝钗一起搬出大观园，在薛姨妈之处又小住了一段时间，后被薛老爷接回又去各处游历了一番。只是婚期将近，薛老爷又将她送回京中，只待过几日便嫁与梅翰林之子。哪知刚到了还未到薛姨妈处,便知薛蟠之事。宝琴见了薛姨妈,安慰了一番。薛姨妈听了点头,脸色又沉重起来。宝钗说道:“妹妹如今也快嫁人了,只是近日家中变故太多,恐有许多不测,你嫁到别人家中,一定要多加小心才是。”宝琴点头道:“我岂有不知的。连父亲前些日子都差点被革职了,他怕我跟着他有变故,才遣人送到这里来。”王夫人听了,也搂着宝琴道:“我的儿,老太太在的时候最疼你。可是现在家里有变,你们几个女孩子再过几天,就要各自嫁人,以后可要好好照顾自己。不知道你们几个女孩子,再见面时何时了。”宝琴听了,点头强笑。宝钗又拉着宝琴嘱咐了好多话,宝琴一一含泪答应。众人又聚了一天,方散去。

过了三天,薛家变卖大半家产,薛蝌拜别薛姨妈,买舟而下金陵为薛蟠奔走。宝琴也与众人洒泪而别,嫁于梅翰林家。宝琴出嫁后,宝钗只恐母亲独自在家无人照顾,遂接了母亲、岫烟和几个小丫头来到府中照顾,不提。

却说凤姐,自与贾琏吵闹后两人便一直不睦。凤姐卧床数日,只有平儿小红尽心照顾。凤姐又恐众人委屈了巧姐,便让小红跟着巧姐。这一日下起大雪,凤姐稍觉好些,平儿扶起凤姐在房内喝了药。不想王夫人让玉钏过来,请了平儿过去对一下往年的旧账,宝钗又让莺儿接了巧姐过去吃饭。又过了一会后廊上的五嫂又让小丫头过来,请小红过去做一些针线。小红意欲不去,凤姐笑道:“怎么不去?你和芸哥儿的事我做主了,先去孝敬了你婆婆也好。”小红脸一红,笑道:“就怕这里没人伺候。”凤姐笑道:“你平姐姐一会就回来,怕什么。”

小红见家里没人,又担心凤姐。凤姐一再催她过去,她方去了。凤姐睡了片刻,却听外面秋桐带着善姐回来。故意说道:“如今我们这里的奶奶还像往年那么神气,可不知如今京中的王子腾大人也被革了职了,明儿还不知怎样呢。”善姐连忙摆手,秋桐又冷笑道:“我怕什么?我又不是尤二姐!”

凤姐气恼,摔了被子在床上骂道:“你这娼妇!等我好了再和你算账!”秋铜见凤姐真的生气了,也不敢发作,便先忍了一口气再做打算。凤姐看着外面天下大雪,又恐巧姐回来时不小心失脚摔倒,听得外面有善姐的声音,便在房内说道:“善姐,今儿雪太大,你把门前那条路的雪扫一扫,一会巧姑娘回来,不致失了脚摔跤。”

那善姐忙从秋桐屋里出来,到了凤姐床边那里低头对凤姐笑道:“奶奶的话原该听的。只是二爷现在让我跟了秋桐姨奶奶,我也不敢让姨奶奶生气。”

凤姐听得气晕,正想一巴掌打到善姐脸上,善姐忙避开了,笑道:“奶奶如今打人也要看主人了。如今太太和宝二奶奶都管不到我们,况且于你?二爷也说了,平姑娘的话我们听得,只是奶奶的话,我们可以不听。奶奶要扫雪,何不自己扫去?”说罢就跑了。

凤姐听得气苦,秋桐在窗边看着热闹,只是冷笑。凤姐无奈,只得自己披着一件披风出来,院中却无人可找。凤姐略一思索,便拿着一把扫帚出了院门,慢慢地开始扫雪。此时,门外依旧大雪不断,凤姐一边扫雪一边眼泪不断,慢慢地扫穿堂之处,后面便是王夫人的院落。突然凤姐在雪地里扫到一块硬物,不觉诧异,又扫了几下,却觉得似曾相识。凤姐连忙蹲下,又扫了几下,却是一块晶莹剔透的美玉。

欲知后事如何,请看下回分解。

第九十七回

断窃玉宝钗明事理　逢因果凤姐强被休

话说凤姐扫雪，在王夫人的穿堂前边的雪地中见得莹莹一物，有薄雪覆在其上。凤姐眼间好得熟悉，便俯身细扫，却见一宝物灿然生光，大小如雀巢。凤姐心中大喜，忙拾起细细擦拭，果然是宝玉前些日子丢失的那块浊物。凤姐也不顾大雪，径直走到王夫人处，王夫人见了，果然是宝玉原来的那块，不禁喜极掉泪，口中连连念佛。

王夫人先安慰凤姐数语："我的儿，亏的有你。这是宝玉的造化，还能见到他的命根子。"又玉钏把凤姐送回去，道："传我的话，见了你平姐姐，让她好生照顾凤丫头。琏儿不懂事，难道丫头们也是没眼见的？我先去瞧瞧宝玉，完了再去瞧你们奶奶。"玉钏忙答应了，送凤姐回去不提。

且说凤姐回去，王夫人便让几个小丫头陪着来到宝玉房中。正值大雪，袭人在外面的暖阁中做一些针线，宝钗在里间的书桌前看着府中近日的账本，宝玉便躺在床上昏昏欲睡。袭人见了王大人忙起来倒茶，王夫人忙把她按住了，道："你看看，这可是宝玉的那块玉？"袭人见了直念佛，连忙把王夫人迎进屋内。宝钗见了王夫人，忙笑着迎出来。王夫人拉着宝钗的手落泪道；"我的儿，宝玉有救了。"

话说宝玉近些日子一直病着，时好时坏。有时清醒便哭一阵，糊涂了便睡觉。宝钗时时暗自担心，又不好说什么。今见王夫人送玉回来，宛然便是宝玉失落的那一块，不禁点头道："可是了。若不是这玉，宝玉又怎能病了这么久？原来这玉上嵌着几个字，便是去病除邪的。那年宝玉病了几个月，因为那个癞头和尚和跛脚道士对着玉念了几句咒才好的。如今玉都失了好几个月，宝玉的病才时时不见好的。”王夫人点头道：“这就是了，赶紧替他带上吧。”宝钗便唤醒宝玉，宝玉看了自己的玉也不说话，只是无语。宝钗忙命袭人等小丫鬟打了水替他梳洗，宝玉方才清醒一二，看了那块玉恍然如旧友，心下明白却说不出话。宝钗便又把玉交给袭人，袭人便像旧日那样替他带好。宝玉又睡了一会，晚上醒来便要喝粥，脑子却似又清醒不少。王夫人一直在床边坐着，见宝玉开始清醒，终于一块石头落地，不断念佛。

这几日宝玉一直睡着，人却一天比一天清醒。王夫人每天带了丫头们来看望，宝钗和袭人麝月等一直在身边尽心照顾。王夫人见宝玉一日日好起来，也放心了很多，坐了一会便要回去。宝钗送到外面，王夫人点头道：“宝玉的玉找到了，他也好一些，我也放心不少。如今你琏二嫂子也病着。她要短了什么，你派人过去瞧瞧。”宝钗笑道：“正是呢，昨儿我让袭人送了几两人参过去，凤姐姐也一直病在床上。平儿照顾得还是周到，我让袭人说，要短了什么就派人过来要。”王夫人方点头不语。

这宝玉的玉丢得奇怪，回来得也奇怪。阖府上下无人不奇，这日宝钗在房中整理宝玉的旧书，只听得袭人和麝月在外间私语。走近了一听，便听得麝月气道：“我刚从赵姨娘那边经过，听得她们那边有人在传：宝玉的玉准是让没脸的小丫头偷去的，后来见闹大了不好说便丢在雪地里。也不知谁在传是咱们这里的良儿。”袭人连连低声道：“可快别乱说了。最近那么多事，还嫌不够乱吗？”麝月冷笑道：“她们自然是嫌不够乱，宝二爷但凡不好了，才称了她们的心。”麝月气得便出去了，宝钗走出房外，见袭人在那里生气，便笑道：“袭人姐姐，我想给宝玉重新打个璎珞，你来和我一起挑个颜色。”袭人便找来各色彩线，让宝钗挑了一色墨绿的，又挑了一色暗红的，点头道：“就这个颜色罢。往年墨绿配金色的好看，如今大了，配暗红的更稳重些。”袭人点头笑道：“当年是和莺儿姐姐一起挑选的，奶奶还记得。”宝钗笑道：“可是呢，前两年的事情，如今想来，可不是刚过去的一般。”

宝钗又问刚才良儿的事情，袭人笑着回了，便说要撵出去。宝钗笑道：“为了宝玉的玉撵人，断然不好。她虽然糊涂，我们断不糊涂。”袭人听了连连点头，问道：“那奶奶明日在点卯时说去？”宝钗道：“也不用。你悄悄地叫了良儿来，咱们悄悄地问，岂不好？”袭人心下明白，便暗中叫来良儿。良儿自知理亏，哭道：“前几月宝二爷刚回来，那天就急着起来就去园子里祭奠林姑娘。袭人姐姐和麝月姐姐都不在，我就在宝二爷房里整理被褥。那被褥下有一块包着东西的帕子掉在地上，我也不知里边是袭人姐姐包好的玉。我妈妈又在门外唤我，我只想把帕子捡起来，洗好了再拿进来。结果第二天便有人嚷着二爷的玉不见了。我后来才见帕子中包着的原是玉，便想拿来还了。但这里闹得太厉害，有人说要见官。我心下害怕，藏了几个月也不敢说。前儿见大雪天，我便把玉丢在太太院前的穿堂里，想着总有人捡到会交给太太。说我窃玉，那是宝二爷的命根子，我再也不敢的。”宝钗听了点头道：“我原说你也不是生事的，这样吧，我也不和人说去，我就让你妈妈来悄悄地带了你去，再给你几两银子，可好？”良儿听了，千恩万谢地磕头。宝玉在里边听着，摇头道：“她原是好意，不知里边是玉。你们打发了她去，可让她怎么见人？”宝钗笑道：“你却不知，你留着她，这边太太、琏二嫂子要问，赵姨娘那边又有多少是要生事的？不如去了，我给她二十两银子，或配人，或与老子娘做个小买卖，岂不好？”宝玉叹道：“罢罢，又是我误了她。”

这边良儿的娘已到，宝钗命袭人带她进来，良儿的娘见了宝钗便唬得跪下。宝钗笑道：“良儿年纪大了，现在出去也好。一则她可以有个婚配，二则也可有个正经事。”良儿的娘自然千恩万谢，拉着与良儿一起给宝钗磕头，自去不提。

却说凤姐因那日扫雪拾玉，王夫人差遣玉钏等两个小丫鬟送她回去，与平儿交代了须得好生照看。她也素知凤姐这里因秋桐性子刁钻，凤姐这些天身子不太好，邢夫人又每每来取笑一番，贾琏又不常在家，所以每日生些闲气。王夫人便打发了周瑞家的到了凤姐处，给凤姐送来了红枣当归燕窝粥。平儿正在房内给凤姐端药，见周瑞家的进来，连忙起身让了一回。周瑞家的忙道：“平姑娘伺候奶奶吃药吧。太太特意让厨子送了滋补的粥来，又把给宝玉留着的野鸭子汤端了一碗过来。奶奶好生养着。”平儿忙道：“可让太太费心了。前儿是我的不是，一时没在奶奶身边，倒让奶奶扫雪去了。这可怎么了得！”周瑞家的连连摇头道：“这可怎么说？想必一些小丫头们顽去了，这屋里竟然没有一个人。要是奶奶素日里霸王一样的人，她们当日也敢这样？太太说了，奶奶如今病着，要好好养着。要是小丫头们偷懒，一并去回了宝二奶奶，打发了一些人出去才好。”平儿笑道：“正是这么说。宝二奶奶昨儿也让袭人来了一次，送了一些人参来。也和我们奶奶说了好一阵子话才去。那些丫头们，我也和她们说了，横竖有算账的一天。”

凤姐躺在病床上听得她们如此这般，也不说什么，只和周瑞家的说道："回去替我谢谢太太罢。"周瑞家的又坐了一会，见凤姐脸色灰白，脸上没有一丝血色，头发随意绾着，着实唬了一下。又不好说什么，只好劝慰了凤姐一番方才去了。这边一出门，便见秋桐在院子里的窗户下站着，周瑞家的只当没有看见。正巧小红拉着巧姐进来，周瑞家的笑道："姐儿又长高了不少。"小红见了周瑞家的冷笑道："周姐姐好。只是这院子里有些人的心坏透了，就想姐儿和我们奶奶有事。"说罢，便让巧姐进屋，自己送了周瑞家的出去。秋桐见众人视她如无人一般，顿时又羞又气，等周瑞家的走后，在窗子底下骂道："这太太派来的人又如何？我还是大老爷那里过来的呢。"说罢就到屋里大哭，在屋里大摔大闹，一直到贾琏回来。贾琏近日在外忙碌，前些日子隐隐听了尤二姐的一些旧官司，本来心情就不好，又见秋桐撒泼，不免怒道："将来有你们散的一天。"

秋桐见贾琏突然动怒，便也不依不饶，哭着要回邢夫人，贾琏也不劝她，由她出门哭闹去了。贾琏在房中生气，一时善姐端了一碗茶进来，贾琏一见又动了怒气道："你们奶奶让你做的好事，当我不知道呢。"说罢，就把茶碗砸了。这边善姐吓得直哭，凤姐在房内听见，在床上气得发抖，对着平儿道："你可听听，你们爷要杀我呢。"平儿忙劝道："奶奶千万保重自己，千万别为那些人生了气。我去看看。"便叫来小红照看凤姐，自己便到秋桐那屋子里去。平儿见善姐吓得跪在地上，这边贾琏骂道："当初你们尤二奶奶在的时候，你们奶奶把你拨来伺候，你都是怎么对她的？别打量着我不知道呢。"善姐吓得脸色煞白，分辩道："原是我们奶奶让我这么做的，只说不要给好脸色给二奶奶看，到后来也没什么好吃的。若不是平姑娘悄悄拿了银子给二奶奶从园子里弄些吃的，二奶奶受的委屈还怕多些。"贾琏听了冷笑道："这便是你们的好奶奶。"平儿在旁听了，冷笑道："我说这是怎么了，原来为二姐的事。她如今病着，你这样要逼死她吗？依我说，等她病好了，又有多少事说不得的，偏偏这个时候。"善姐见平儿并不接她的话，这才讪讪地低了头。贾琏见此又恼了，挥手让善姐出去，回头才叹了口气道："我知道你是好的，当日若不是你对二姐好，只怕连她落葬的银子都不知在哪里呢。"平儿道："你如今也不要放在心上。我只求你对我们奶奶好些。也要让她好好养着才是。"贾琏方不言语，那夜也并未到房中看望凤姐，只在外屋同巧姐说了会子话，自去秋桐房中独自歇了。

第二日早上，王夫人又命人来请贾琏。贾琏心知必是为凤姐一事，也难推脱不去。到了堂前,见王夫人和宝钗并一些丫头婆子在那里。贾琏见了礼,王夫人让众人退下,道:“叫你来是为了凤丫头的事情。如今你媳妇也病着,你好好地差人伺候着。我也知道最近那孩子多灾多病的,外面的事情又搅得她不清净。不看我的面,看老太太素日疼她的面份上罢。”贾琏见王夫人如此说,便只能一一应承。王夫人见此便点头,贾琏忽然想起一事,问道:“甄家前些日子没了,如今他们家在金陵老家死的死,散的散,前儿又有两三个他们府上的老亲来,我回过老爷的。如今怎么打发才是?”王夫人点头道:“有几个女人,我让宝丫头吩咐了林之孝家的,把她们都安顿在府中了。我们原是老亲,该互相帮衬,只是这一年来太多的事。我们也只能远着点,只暗暗地给些银子,就是尽了往日的情分了。还有一事,他们家还有几个箱子是一直在我们家的,这事你媳妇最清楚。所以你悄悄地回去,和凤丫头一起把往年与老亲的账做好了才是。”贾琏笑道:“这事原也清楚,甄家原有几万两银子在我们这,是为的宫里的事情有些来去。只是这事情原来是老太太太太亲自管的,连老爷都不知详情。如今凤丫头病着,只怕要太太亲自过问才是。”王夫人听了点头,便不言语,片刻说道:“你先回去,吃了饭以后我去看看凤丫头。”贾琏便告辞而去。

饭后王夫人歇了半个时辰,又到宝玉房中看了一会宝玉,与宝钗说了一会话,方带着周瑞家的和几个小丫头到凤姐院中。贾琏还未回来,凤姐在床上躺着,平儿坐在一边煎药。平儿见了王夫人忙让站起来,王夫人道:“怎么如今倒在屋里煎药了?那些丫头们呢?”平儿忙道:“如今这里人少,小红带着巧姑娘,有时也来帮着。其他的便在二爷那里当差,有时便不见人的。我在这里煎药,一则可以方便些,二则奶奶离不开人,如今天气又冷,外面的雪还没化,奶奶身边若是一时叫不到人,可如何是好?”王夫人点头道:“我的儿,亏的有你。”再看凤姐,确是昏昏沉沉双眼紧闭脸色灰白,王夫人吓了一跳,转回头道:“怎么就成这样了?”平儿道:“太太是不知道,奶奶近日受了一些闲气,性子又好强,昨儿又生了会子气,晚上又吹了风盗了汗,早上起来又发热,今儿大半天又没吃东西,便成这个光景了。”王夫人摇头连连叹息。凤姐躺在床上,梦中隐约听得有人在说话,勉强睁开眼,便见王夫人在那念佛,心中不禁一酸,唤道:“太太!”说罢便止不住地掉眼泪。那凤姐是脂粉队的英雄,如何受得这样的委屈?素日里是她给别人委屈惯了的,如今她突然失了势,众人便慢慢怠慢了她。贾琏又常常提起当年尤二姐的事情,秋桐又唯恐天下不乱,在旁煽风点火,每日尖酸刻薄之语不断,凤姐常恨得怒目金睛,每要回驳,贾琏又不与她做主。邢夫人往日又素恨凤姐，见此心头暗暗解气，每每贾琏有回转余地，又把贾琏召回去训斥一番。贾琏与凤姐到了后来竟成了路人，没有一句言语。凤姐若恼，贾琏必用言语尖酸讽刺凤姐，比起往日已经没有半点情分。

凤姐院中的丫头婆子们素日势利见风使舵惯了的，平日深恨凤姐，如今见凤姐如此心里暗乐，一个一个不把凤姐放在眼中。原来凤姐这里的心腹又一个一个转成了贾琏的心腹，便巴结不到贾琏的自去孝敬秋桐。只有平儿和小红对凤姐始终如一。凤姐又怕巧姐受委屈，暗中嘱咐小红道："你且好好伺候着巧姑娘，别让她受委屈，就如同好好伺候我了。"小红哭道："奶奶受委屈了。若在前面几年，哪里有这些蹄子们说话的地方。"凤姐倒似不以为意，只是对着平儿小红巧姐落泪。

凤姐自冷遇后，除了宝钗看过一两次，门前已慢慢清冷，再过了半月连人都不见。如今王夫人来瞧她，凤姐心中略感安慰，只是她躺在病床上已久，连说话的力气都没有，只是掉泪。王夫人正安慰他，突然贾琏带着邢夫人匆匆进来，贾琏只对王夫人跪下道："太太，你要为我做主。"邢夫人只冷冷地看了凤姐一眼，便不说话。

王夫人忙让贾琏起来，贾琏道："我原来只道尤二姐是病死的，哪里知道却是我们这里的奶奶给逼死的。太太要为我做主。"王夫人唬了一跳，连连念佛道："这可是怎么说？"贾琏从怀中掏出一封文书道："这是张华写的一份口供，他原是与尤二姐订的亲，结果尤老娘用二十两银子退了亲我才敢娶的。但我们奶奶偏偏叫张华到衙门里告我，说国孝家孝期间我偷娶二姐便是要衙门来拿我。"王夫人气得发抖说道："竟然有此事？"邢夫人冷笑道："还有你更不知道的，她还要杀人灭口呢。"王夫人不信，转头看着凤姐。凤姐躺在床上，脸一会泛红一会转白，竟然也不辩解，只是眼睛紧闭。贾琏道："张华不敢告，她又命旺儿去逼他告。张华告了以后，她又命旺儿去追杀张华。幸而旺儿扯了谎，在外面放了张华只说张华死了。如今我让旺儿把张华找回来了，张华和旺儿的口供都在。旺儿就在外面，太太若要问，就让他进来。"王夫人的脸色发白，便不再说话。

邢夫人冷笑道："我只说像我们这样的人家，保全颜面是最重要的，哪里知道竟让官府来抓人的。大老爷如今不在，但二老爷在，想必也是要问问的。"王夫人便不答话。贾琏又道："这还罢了，那尤二姐死的才冤。当年凤姐把她接回府中，又让她受尽凌辱，连丫头们都作贱二姐。我一向无子，当年二姐吃了胡太医的药，竟打下了一个成型的男胎。二姐当天晚上和我哭了一会，半夜就吞金自尽了。”王夫人越听越不成体统，半晌道：“这可是真的？”贾琏到：“胡太医、张华、旺儿都在外面，太太可以问问他们。”王夫人摇头，看了凤姐一眼，只见凤姐气若游丝，王夫人心一冷便再也不看凤姐。她原是过来看望凤姐，不想凤姐往日胡作非为至此。王夫人便站起身道：“我不问了。人命大事，你们自己做主，问大太太才是。”贾琏点头，邢夫人又冷笑道：“我所知道的竟然不只这些。又听说几年前你们家奶奶竟然收了铁槛寺姑子的三千两银子，逼着一位小姐退了亲。结果死了一位守备的儿子，那位小姐也死了，这才是真真地作孽。”凤姐越听脸色越是发白，听到后来竟然昏死过去。平儿连忙摇醒凤姐道：“奶奶醒来！奶奶醒来！”

凤姐凄然醒来，平儿连忙扶着凤姐，凤姐靠在平儿身上凄然叫道：“太太救我。”王夫人恨道：“你做出这样的事，叫我如何救你？听你婆婆的吧。”便带着周瑞家的和几个丫鬟出去了。凤姐见哭求没用，便让平儿把自己从床上扶下，给邢夫人磕头。邢夫人冷笑道：“你如今不用来跪我，我没福消受。如今你也指望不上你们王家了，王家前几天也抄了官，你舅舅王子腾现在也不知在何处。你便回王家去，又如何？”凤姐不知邢夫人会说出这样的话，知道求也没用，就转回头向贾琏哭道：“琏二爷救我。咱们一夜夫妻百日恩，我知道你恨我，便看往日老太太疼我的份吧。”平儿也跪下了，哭道：“求大太太和二爷看在巧姑娘的份上吧。”贾琏见凤姐哭得可怜，他恨毒了凤姐但终有不忍，刚想求邢夫人，邢夫人怒道：“现在府中这么乱，连杀人买通官府的事情都做出来了。她手上有几条人命，你若饶了断然不依。便是老太太在，也没这样的道理。我看你就写一张休书，让她回金陵老家吧。”凤姐心头一凉，似冷水从头而降，一时似在冰里水里，连平儿哭着求情的话也听不见了。邢夫人什么时候去的，她都无视一般，只是怔怔地发愣，手脚冰凉。直到晚间，凤姐悠悠醒来，只见平儿跪在床边。凤姐强笑道：“哭什么？我是不怕因果官司报应的，如今还死不了呢。”平儿只是哭，端来药碗，凤姐推开平儿，自是头偏向一边只管昏睡。

一时，贾琏进来。看着凤姐如此，原本为尤二姐报仇的心也短了几分。他见凤姐如此，平儿连连摆手，贾琏却道：“你把你们奶奶叫起来，我有话说。”平儿正待说话，却见凤姐转过身来，对平儿道：“你扶着我坐起来。”贾琏见凤姐已是脸色发黑，虽不忍心，却也强言道：“你自己做的事情，如今我也保不住你。这是一纸休书，你且拿着。也不必马上回王家，再过几天等病好一些，我让人送你回去。”凤姐并无羞愧之心，只眼睛直勾勾地瞪着贾琏，道：“很好，很好！”贾琏见凤姐如此，心有不忍，便道：“你我夫妻一场，如今缘分已尽。你早知道今日如此，何必当初！”凤姐冷笑道：“当初怎样？今日又怎样？当初我们王家好的时候，你们赔了多少笑脸。如今这样，我却不服。”说罢，留下两行清泪。贾琏又心生恨意，说道：“你手上的人命官司，带累了我不说，还要带累整个贾府。这里断断容不得你，我只答应你将巧姐好好养大。”凤姐听得贾琏如此之说，突然伤心不已。那巧姐是她心头之肉，如何马上就要没了娘亲扶持？一时间凤姐与贾琏再也没有可说之话，贾琏便也无趣，转头就走。凤姐让平儿把休书给她，又让平儿叫来彩明，让他念道：

休　书

今有贾门王熙凤，因犯七出之罪，一则无子嗣以承业，二则妒心深重不容妾室惨失人命，三则又因失德致人命数条。故立此休书，任其改嫁，永无争执。恐后无凭，以此为据。

立约人：贾琏

凤姐听得冷一阵子又热一阵子，顿时昏死过去。任平儿如何呼叫，她亦无法醒转。这边平儿见凤姐不好，忙叫彩明出去找了小红和巧姐进来，平儿嘱咐了小红几句道：“你先好好瞧着奶奶，我先出去看看，偷偷地去求宝二奶奶请个大夫来看看。”小红连连答应，巧姐吓得直哭叫娘。平儿安慰了几句方罢，这便转身出来。

平儿一出屋外，顿时旺儿家的便跑过来笑道：“平姑娘大喜。”平儿奇道：“我有什么可喜的？这里乱成这个样子，那一个如今这样，我还得去找人来看看。我说你们也别太势利了，她原来好的时候你们一个个来巴结，如今人都找不到了。”旺儿家的笑道：“这是哪里的话。如今这里的二奶奶不是原来的二奶奶了，听大太太那里传的，要扶平姑娘为正呢。”平儿立马脸色变了，怒道：“我把你们这些烂了舌头的！她如今快要死了，你们还胡说这个！”旺儿家的又赔笑道：“不是我们混说的，我们刚刚听秋桐在和爷闹，这才知道二爷有意扶你为正呢。”平儿见四下无人，忙道：“快别胡说，再这么说，又要逼死一条人命。”旺儿媳妇方不言语。

平儿便走到宝钗这里，只见宝钗正在房里和袭人做针线。平儿看到宝钗就跪下，哭道："求宝二奶奶找个好大夫来看看我们奶奶吧，如今她都快断气了！"宝钗忙把平儿扶起来，叹道："凤姐姐的事情我们都知道了，哪里知道她这样呢？只是如今她不好了，我们也不能不管她，偏偏你这丫头是好的，以后的福气只怕更好些。"平儿便不说话。宝钗转头对袭人道："你去让宋嬷嬷悄悄地请王太医来看看，只悄悄地进来便好。"袭人点头便出去了，宝钗又回头对平儿道："凤姐姐这样，我们看着心里也不好受。她如今病着，我们也须尽尽亲戚的情分才好。"袭人一一答应了，平儿千恩万谢的。一会，平儿辞了宝钗出来，看见袭人在远处招手唤她。平儿便上得前去，袭人笑道："恭喜平姑娘，刚听太太她们的丫头说起，琏二爷要扶你为正呢。"

平儿唬了一跳，也不知真假。

欲知后事如何，请看下回分解。

第九十八回

刘姥姥三进荣国府　贾惜春独避栊翠庵

且说平儿听得大家窃窃私语，心下狐疑，也并不信以为真。只是心中暗暗担心凤姐，便求着宝钗请来太医。回到院中，已是掌灯时分，凤姐依然躺在床上，小红带着巧姐在一边坐着。一会，宋嬷嬷带了一位太医进来，小红忙带着巧姐回避了，平儿放下幔帐，只露出一只手，让太医把脉。

这太医原是王太医的门生，与贾府也颇有渊源。平儿用一块帕子遮在凤姐手上，太医便开始诊脉。过了片刻，太医又问道："可否请奶奶略露面容，我好看看面相？"平儿便把帐幔掀开，凤姐露出一边脸，只见脸色泛白，如死一般，只吓得太医魂飞魄散。

过了片刻，太医作揖出来，双手擦了擦汗。平儿跟着出来问道："太医，这可是什么病？可吃什么药会好些？"太医连连作揖道："小人不好混说。但奶奶这病非一日之久，从病根上起已有三四年的光景了。原来是血气甚亏，后来渐渐有血崩之势。如今已经肝郁气滞，怕是不好了。"宋嬷嬷连忙在一边道："你这昏医，可不好胡说。若治不好，我们可要砸了你的招牌。"太医连连叫苦道："这可怎么说？只是这位奶奶病得来势汹汹，恐怕过不了这几日。若小人医道不精，只管请别人来看便是。"平儿心知这太医所说非虚，连忙请太医开方子，太医道："如今也不用什么方子了，左不过是一些吊命的药吧。"便开了一些方子，平儿赶紧收了。又拿出自己的一两银子给太医，宋嬷嬷方带太医出去了。

平儿又悄悄找来兴儿，让兴儿出去给凤姐抓药。兴儿见四下无人，悄悄地对平儿道："平姑娘，如今她不是奶奶了，爷也不管她，你又管她作什么？"平儿骂道："我把你这个没良心的小厮！她如今这么病着，你还这么说岂不是咒她？"兴儿忙赔笑道："平姑娘别急，我去还不成？只是我悄悄地听外面说起，要扶平姐姐为正呢。"平儿连忙道："呸！这时候还说这个？你们还嫌不多事的？看我不撕烂你的嘴。"兴儿方不再说，一溜烟拿着方子去了。

平儿回到屋中，见凤姐昏昏睡着，才放下心来。哪知凤姐并未睡着，只是在梦中迷糊听得把平儿扶正。心中又愧又气，又恼又恨，又深知平儿并无这个念头，又不知谁在外面嚼舌头。旧恨未去又添新病，不禁胡思乱想一气，只是紧闭双眼，只求速死。

凤姐在病中略知平儿扶正之事，心中暗暗灰心，暗求速死以完此债。贾琏亦不再到房中看她，只有平儿和小红，还是日夜陪在她身边。凤姐见了平儿，也不说话，也不气恼，只是默默流泪。平儿便跪下发誓道："我若有心负了奶奶，便一头撞死在奶奶面前。"凤姐素知平儿为人，点头道："如今怪不得你，只怪我自己受了因果报应。我只求你好好善待巧姐，别让人欺负了她。"平儿含泪跪着答应，小红便也拉着巧姐跪下了。

原来邢夫人逼着贾琏休妻，贾琏略一犹豫便写了休书。只是贾琏休妻之后需要再娶，邢夫人只说到外面聘去。贾琏却别有一番心思，原来他深爱尤二姐，那尤二姐在世时受尽凤姐秋桐欺辱，幸亏平儿从中周旋才方得保全一二。那二姐入葬之时又缺银两，又是平儿暗暗偷出二百两银子替他周旋，所以贾琏深敬平儿。这时邢夫人意欲给贾琏再娶一房，贾琏说道："这又何如到外边聘去？只在眼前的人想起就好。"邢夫人想着是谁，秋桐冷笑道："可不是平姑娘么？她倒是有造化的。"邢夫人想想道："我再与那府中太太商议一下，免得又是是非。"

邢夫人当即带着几个丫鬟到了王夫人院中，正巧李纨宝钗都在。王夫人这几日身子原也不好，为着凤姐被休的事情她自是心中不快，但亦无可奈何。如今听说平儿要扶正，一时间倒不知说什么。这时李纨笑道："平姑娘为人处世都很妥帖，她要扶正了，总比外面聘起来的人好些。"宝钗也点头道："她原是凤姐姐的丫头，现在凤姐姐有难，她若扶正了自然不会委屈了凤姐姐。"王夫人想想，便也只得让她们去了。只是说道："凤丫头如今身上不好，且等她身子好些，就送她回金陵家去，方是正理。"李纨宝钗一一答应，邢夫人便冷笑着去了。

即将正月时节。那荣宁二府因为连年官司，又值盗匪四起，连年祖上的田租收成俱是短缺，故过年的祭祖减免了许多虚礼。到了腊八，王夫人又让宝钗请来邢夫人、薛姨妈，又让尤氏婆媳、李纨、宝钗等女眷，在原贾母处摆了一桌酒菜，道："爷们如今大都不在京城，就我们娘儿几个聚聚，也算热闹一下吧。"众人俱是不语，宝钗强笑道："往年老太太在，大家都一起过节。若如今我们像小家子那样分开，倒不有趣；大家凑在一起，倒还好些。"众人点头不语，王夫人看下去，原来的丫头们原本是乌压压的一片，如今每房也只留了三四个，不禁心下凄然。

再说刘姥姥，只因这一年年光景甚好，故拉了一车蔬菜、鸡鸭、果酒，又雇着一辆马车进城给贾府请安。还是从贾府偏门处找到周瑞家的，细细说明来意，并说要先给凤姐请安，再去府中问候王夫人等众人。周瑞家的笑道："这几年你不知府中又生了多少事？别说这次你难见老太太，就是原来的琏二奶奶，你也只怕不能见了。"刘姥姥连连疑道："这可怎么说？"周瑞家的道："如今当家的是宝二奶奶，太太还在。我先带你进去见见她们吧。"周瑞家的便带着刘姥姥进了荣府，路上又和刘姥姥略说了几句这几年的变故。刘姥姥一边听着，一边念佛，感叹不已。

只见王夫人宝钗等人正在喝茶，忽然周瑞家的进来，笑道："太太，刘姥姥带着板儿来了。"王夫人笑道："这么冷的天，又是过节，亏得她还想着我们，快请进来吧。"一会，便看着刘姥姥穿着半新的衣服，拉着板儿的手，进来就磕头道："太太们好，奶奶们好，姑娘们好。"王夫人忙笑道："姥姥好。亏得你还想着我们，来看看我们。"刘姥姥起来，玉钏忙拿着一张椅子给刘姥姥坐了，刘姥姥连忙道谢，又对王夫人道："今年我们村收成好，挑了一些上好的新鲜菜蔬、大米、酒酿、鸡鸭，还腌制了一些果子酒给太太奶奶们，不要嫌弃我们，就是尝尝鲜罢了。"王夫人点头道："你真是个有心的，亏得老太太在世时念念不忘你。今年我们自家庄中的收成都短了不少，亏得你送来这么多。东西是小，可见你对我们的心真。"刘姥姥连连念佛道："这可怎么说？亏得那年老太太给了一百两银子，我拿去做了小本生意，现在日子略好些，可不就是托太太奶奶们的福吗？"说得大家都笑了。

玉钏给刘姥姥端上了茶，又给板儿端来了一盆果子。刘姥姥赶忙接了，环顾四周并没有见凤姐，于是悄悄问道："我来给二奶奶请安，二奶奶呢？"玉钏头一低便走开了。正巧平儿穿着一身半新的银红狐皮雪袄，披着一件石刻披风，带着巧姐进来，刘姥姥见了大喜，说道："平姑娘，我来给你们奶奶磕头了！"平儿头略一低，眼圈略一红，道："多谢姥姥。"周瑞家的便在一旁笑道："刘姥姥，你又弄错了。平姑娘如今可是平奶奶了，你得给她磕头。”刘姥姥听着糊涂，便先磕了头，平儿连忙扶起道：“快别这样，姥姥这样可不是折杀了我？”刘姥姥见众人话中有话，便说道：“我来瞧瞧姑奶奶，如今她可好？”众人都不答话，巧姐突然哭道：“姥姥，我妈妈病在床上好多天了，如今喝水都难了。姥姥可去看看我妈妈。”王夫人吃了一惊，宝钗忙回道：“原不该瞒太太，凤姐姐这两日不太好，我们悄悄地让太医瞧着，又配了些药，终不见好。因为大节下的，我们怕太太着急犯了旧病，就想再过几天回太太。”王夫人忙道：“即是这么说，快派几个人去瞧瞧吧。”宝钗连忙答应，刘姥姥听了便给王夫人磕头道：“太太，让我去看看姑奶奶吧。”王夫人想了片刻，便让周瑞家的带着刘姥姥去见凤姐，平儿笑道：“我正好也要回去了，姥姥和我一起去吧。”

平儿牵着巧姐，周瑞家的带着刘姥姥和板儿来到凤姐处。平儿扶正后，贾琏命平儿在凤姐正房住下，平儿道：“这好端端的，换什么房间？她如今病着，你这不是要她的命？”便在原来尤二姐住的东厢房内住下，贾琏让丫鬟婆子们送来一些妆奁以及几箱锦缎并大毛衣服。平儿只恐凤姐见了新衣生气，便不穿这些，每日仍穿着往日的旧衣去服侍凤姐。

平儿让板儿和周瑞家的在外间候着，自己带着刘姥姥进了凤姐房间，只见凤姐蓬头垢面，身穿素衣，脸上已无半丝血色，形如枯槁一般。凤姐房中满是药味儿，窗户紧闭，风过处呼呼作响。凤姐冷得蜷在床上，一直咳嗽不已。刘姥姥见得凤姐如此，便哭着跪下道：“姑奶奶，我来晚了！你怎么这样了？”凤姐悠悠醒来，见了刘姥姥，一时竟不知从何说起。只是拉着姥姥的手，对她流了半天泪。半晌才说道：“姥姥，你来了！”

小红忙扶着凤姐，平儿问外面的小丫头道：“你们怎么连炭火也没有生？”小丫头在外面道：“早袭人姐姐来，宝二奶奶让送了炭火来，被秋桐姑娘拿去了。”平儿正要恼，凤姐冷笑道：“她这样又不是一次两次了，理她做什么？”平儿方不言语。刘姥姥见凤姐如此，已和以前是天渊之别，原来那样霸王一般的人物落得如此，突然悲从中来，放声大哭。凤姐也红了眼睛，拉着姥姥的手道：“姥姥，我还死不了呢，如今也不用这样哭着。”刘姥姥方慢慢止住哭声，笑道：“可不是呢？我见着奶奶，又是高兴，又是伤心，竟然管不住自己了。”凤姐点头道：“如今我可不是这里的正经奶奶了，平儿才是。”说得平儿立刻跪下，凤姐连忙让她起来，笑道：“这又是我的不是了，平儿别放在心上。只是姥姥才来，这些事情不能不告诉她。”平儿才抹着眼泪站起来。

刘姥姥来了半天光景，听了一些众人的言语，已经知道了七八分。这里凤姐和平儿又说了几句，她便明白了八九分。凤姐强笑道："姥姥，谢谢你还来看我。我如今已是快死的人，也不是这里的奶奶。好在二爷还念着往日的情分，没有让我立刻就回金陵老家去。只是我不知道过几天走了，再也不知能不能见姥姥了。"说罢自己也忍不住哭起来。姥姥一边又哭，又忙着劝慰凤姐道："姑奶奶命大福大，就像我们庄稼人说的：船到桥头自会直。没有什么过不去的坎。我回去以后天天到庙里念佛，菩萨一定会保佑姑奶奶的。"凤姐慢慢止住哭，谢了刘姥姥。又转回头让小红带着巧姐走到身边。巧姐如今已长到八九岁的光景，见了母亲这个样子，知道不好，便抱着凤姐大哭。凤姐搂着巧姐在怀中哭了一会，笑道："来，给姥姥磕头。"巧姐便给刘姥姥磕头，凤姐拉着刘姥姥，流泪道："姥姥，我是不中用了。我把巧姐托付给你了。如今这府中大乱，万一以后有难，你看在我的面上，要保巧姐周全。"刘姥姥连忙扶起巧姐，又给凤姐磕了头，哭道："姑奶奶放心，有我姥姥一日，便有巧哥儿一日。"凤姐心头一块大石落地，哭着谢了刘姥姥，又道："如今我便没有什么不放心的了。巧姐的名字也是你取的，想必她日后定能托你老的福，这便是她的造化了。"两人又相对而哭。凤姐又笑道："板儿呢？"刘姥姥忙让板儿进来，对着凤姐磕了几个响头，凤姐笑道："也没有什么可以给板儿的，这里还有个柚子，就给板儿带回去吧。"刘姥姥连忙让板儿再磕头道谢。

一时间到了午后，平儿让丫头们传了客饭，自己亲自陪着刘姥姥去外间。刘姥姥推辞，平儿说道："姥姥这次来，我们虽已大不如前，但怎能让姥姥饿着回去？姥姥不嫌弃便好。"刘姥姥方才不推辞，平儿亲自让座。只见进来了一两个丫鬟，摆好两碗米饭，一碗热汤，并两三样小菜。平儿强笑道："姥姥，不要嫌弃，如今已经不比从前，这些就是过节的饭菜了，不要笑话才好。"刘姥姥一看便知贾府已经艰难，也强笑道："姑娘这样对我们，也是我们的造化了。我们乡下人见了这些，也是好的。"便低头含泪，和板儿一起吃了饭菜。

饭后回来，刘姥姥哭着拜别凤姐，凤姐拉着刘姥姥的手，两行清泪，却说不出一字。刘姥姥又对凤姐磕了三个头，便抹着眼泪带着板儿辞了众人。周瑞家的和平儿送到门口，平儿递给刘姥姥一包银子，强笑道："姥姥，这是太太和二奶奶让我给你的。还有一些布匹绸缎，并几包包好的衣服，你拿回去过年吧。"刘姥姥听了老泪纵横道："平姑娘，这银子我已经不能收了，你留着给二奶奶治病吧。如今你们也艰难，布匹绸缎你们也用得上，我就带几包衣服回去吧，也就算见了你们一样。”平儿眼圈红了，依着刘姥姥，看着刘姥姥和板儿套了一辆马车离开。

且说周瑞家的送走了刘姥姥，便到王夫人那里复命。正巧宝钗也在王夫人那里坐着。王夫人见了周瑞家的问道：“你在那院子里看着，凤丫头可好？”周瑞家的回道：“我看了觉得不太好，凤姑娘和刘姥姥说话的时候，眼睛都直了。”王夫人叹道：“也可怜她了，只是她在这里终是不成体统，琏儿又不管她。我看悄悄地差几个小厮送她回王家，也不至于在这里受气。”宝钗点头道：“这样甚好，要不然大太太那里不太好说话，就是亲戚们看起来，终是不好。只是现在王家也不太好，凤姐姐回去，又找谁呢？”王夫人念了半天佛，终是不语。

王夫人正在发愁，这边尤氏带着银蝶过来请安。王夫人让座，尤氏道：“如今有一件事情，我做不得主，要请太太示下。”王夫人忙问什么事，尤氏道：“四姑娘不知看了什么书着魔了，混说要绞了头发作姑子去。这可如何是好？”王夫人听了大惊，掉泪道：“这几个姑娘，如今只有四丫头还在，只说要给她找个好人家，她这样又是什么缘故？”宝钗听了亦是大惊，然她姊妹几个从小到大一起长大，她也知道惜春素日是个有主见的，便有这样的想法也不足为奇。尤氏又道：“我如何得知我们姑娘有这样的念头？只是那年抄了园子以后，她便不大与我们来往，我们搬出园子，她却要一直住在妙玉那里，我们劝不住她，便只得答应了。只是派了几个丫头在那里伺候。后来听丫头们说她在妙玉那里常看一些经书，又和妙玉一起说些我们听不懂的话。前儿不知着了什么魔，只说要出家去。今儿又让人送来一封书信，太太看看。”

王夫人接过书信一看，只有几个字：

本来无一物，何处染尘埃。

惜春拜别

宝钗看得心惊道：“不好，她是看空了。”只见彩屏哭着进来跪下道：“四姑娘已经在栊翠庵剃度了。”众人大乱，宝钗忙劝王夫人道：“太太先回房吧，我和大嫂子先去看看。”当下与李纨带着几个丫头走到栊翠庵，只见栊翠庵大门紧闭，暮色深深。宝钗让丫头们远远地在远处候着，自己亲自敲门，片刻，大门打开，开门的正是妙玉。

宝钗李纨说明来意，妙玉道："已经来不及了。你们自己去看看吧。"宝钗李纨到了庵里，只见一位缁衣的女尼坐在青灯古佛边，背对着她们，双手合十，可正是惜春。宝钗惊道："四妹妹，你可真皈依了？"惜春转过身来，看到宝钗，只低低一揖。李纨见了亦是大惊，忙拉着她的手道："你这姑娘有什么想不开的，至于这样？快跟我们回去罢。"惜春只往后一退，念佛道："佛家六祖禅宗有云：本来无一物，何处染尘埃。看着我们家的姊妹们，无一跳不出六界。我想着果然是因为不能断了红尘的缘故。到如今各人因果未定，我却不知自己如何结果，也不知以后咱们家要遭怎样的劫难。我只求这样自保便是了结。如今这样最好，万事已空，不再回头。大嫂子和宝姐姐不必劝我，只当我去了。以后再见，便是跳出六界之外，我再也不是你们的四妹妹，我们也不便再以姊妹姑嫂相称。从此以后便斩断前缘，我也跳出六界，从此与尘世再无瓜葛。施主请回吧。"

说罢又是低头作揖，进入里间，再也不出来相见。这正是：

三春去后诸芳尽，各人须寻各自门。

欲知后事如何，请听下回分解。

第九十九回

王熙凤哭向金陵府　贾宝玉冷遁绛云轩

话说惜春在栊翠庵出家，尤氏、李纨、宝钗等人终是不能相劝。众人禀过王夫人，王夫人终是摇头叹息。宝钗劝道："四妹妹终是有主见的，况她如今在栊翠庵随同妙玉。我们平日里可以悄悄差了丫鬟去瞧瞧，彼此也是可以有个照应的。等过些日子再劝她回心转意也未可知。"王夫人只能作罢。

再过几日又是正月，凤姐的病却一天重似一日。头几天还可与平儿说几句话，这几天竟是水米未沾，连说话的力气都没有了。贾琏自写了休书以后，便再也不见凤姐。有时便在平儿处歇着，平儿常恐凤姐伤心，便一直在凤姐处照料，并不经常回房，贾琏便只得在秋桐处歇着。那秋桐岂是省油的灯，常常在贾琏身边说道："她以为自己还是奶奶呢，你趁早打发了她去，也别叫人看了笑话。平姑娘也是，既然扶了正，却还是丫头的样，我们看了也好笑。"贾琏到底对凤姐还有一丝旧情，况平儿大义，他心中自是感激。便对秋桐道："你只管你自己的，见了平姑娘，自然要好生敬着。"秋桐方不说话。

平儿扶正后，贾琏院中大小事情俱到平儿这里应承。平儿素日扶持凤姐处理家中之事，便也依着素日的定例。只是该省的省，该添的便问贾琏，或请宝钗示下。她对人又宽厚，丫头婆子们不到的地方她便暗中提醒，该罚的便点到即止。一时上下俱夸平儿理家有度，平儿也不自恃有功，每日仍是尽心照顾凤姐。秋桐每每冷笑，平儿自不理她。赵姨娘有一日得了闲带着过来看平儿，笑道："我说姑娘是有造化的，如今可不是攀高枝儿了？"

平儿连忙起来让座，让小丫头们给赵姨娘上茶，笑道："姨娘夸奖了。我这也是未料到的，哪里及姨娘和三姑娘的造化？”赵姨娘心里暗自得意，自探春远嫁后，她便成了府中第一得意之人。见平儿扶正，她便带着小鹊儿过来，故意要羞辱凤姐一番，便道：“我来看看凤奶奶？如今她也不是奶奶了，可看在咱们亲戚一场，总是要尽尽亲戚的情分。”平儿忙道：“她如今身子不好，还睡着呢。太太早上刚打发人来看过，姨娘下次再看吧。”赵姨娘听得平儿如此说，也不死心，便走到院中凤姐窗下，故意说道：“看不到也没关系。我昨儿听说王家被抄了，环儿还着急，说要看看舅舅王子腾去。我气得骂道：他如今是你哪门子舅舅？如今你姐姐做了王妃，赵国基才是你舅舅呢！”只听得房中嘭的一响，平儿连忙走进房内，只见凤姐欲要起来，又没有力气，顿时倒在床上昏死过去。

再悠悠醒来，赵姨娘不知何时已去。凤姐见平儿抱着自己大哭，反不难过。只问道：“王家怎样了？”平儿哭道：“奶奶还是好好保养自己吧。”凤姐咳了一会，摇头道：“如今哪里还有什么奶奶？你才是奶奶呢。”平儿知道凤姐心中不安，忙跪下道：“我若有这心，叫我立刻死了。”凤姐躺在床上，看了平儿半天，眼泪缓缓地流了出来，枕边湿了一片。她拉着平儿让她缓缓起来，说道：“平儿，我知道你是好的。如今我这样子，身边也只有你。你琏二爷心里赌咒要休我，也不是一天两天的事，如今你扶了正，我自是不恼。总比外头聘的好，也比秋桐那娼妇作怪得好。只有一样我放心不下，你要答应我一件事情。”平儿忙问什么事，凤姐指着巧姐的房间道：“只有巧姐，我放心不下。我死之后，你要好好待她，别让别人欺负了她去，便是不负了我。”平儿连连点头，抱着凤姐大哭。凤姐一边流泪，一边又拉着平儿的手，反而劝慰道：“哭什么？我一时半会还死不了呢。”说罢又沉沉睡去。

凤姐在睡梦中，恍惚听到一阵哭声，又听见一些笑声。正待起来看是谁混闹，忽见一个恍若神仙的妃子走来，对她笑道：“婶子让我好等，如今你也快到这太虚幻境来归案了。”凤姐一看，正是可卿。凤姐一见可卿，正欲诉苦，可卿道：“婶子这几年过的可是鲜花着锦烈火烹油的日子。我原和婶子说过，‘月满则亏，水满则溢’，没有常保的。婶娘若是依了我当日之言，在祖茔附近置地，又在此设置家塾，若有一天有难，总还可以过去。如今婶子大难已到，恐是再也不能回头的了。”凤姐听了大哭道：“如今我该如何？”可卿叹了口气，便忽然不见了。

一时之间，凤姐吓出一身冷汗。又突然见尤三姐拿着一柄冷飕飕明晃晃的宝剑进来，对她怒目而视道：“你害我姐姐死得不明不白，如今要你的命来还。”凤姐欲躲而躲不过，突然尤二姐又进来，笑着对她说：“姐姐，你怎么也有今天？”尤三姐冷笑道：“同她多说什么？趁早把命还了。”说罢就是一剑。凤姐一惊，心道：“我素来不相信因果报应的，如今却死在了因果报应上。”突然脚下一绊，在梦中醒来。

凤姐觉得胸中一热，嘴里觉得腥腥的，便吐了几口血出来。她也知道大限快到，反而不惊，见房内无人，也不叫丫头，只管自己挣扎着起来，想去巧姐房中看看。可哪里又有半分力气，刚坐起来又跌倒在床上。突然听到外面有人在悄悄说话，正是贾琏和平儿。平儿小声说：“大太太也太狠心了些，如今休也休了，她身子这么不好，如何走得长路？你们不是要活活逼死她？”贾琏冷笑道：“我又不是这样打算？到底她也和我那么多年的夫妻。可大太太今天让我过去，说这么在家终是不像。又不是正经奶奶，趁早打发了回去。”平儿问道：“那太太怎么说？”贾琏小声说：“如今太太因为王家的事情也病着，所以不能管。又加上赵姨奶奶在大太太身边聒噪，大太太说，三日之内必让人打发了送回金陵。如今我只想着让谁送她回去。”平儿冷笑道：“你们就不怕逼死人吗？”突然秋桐甩帘子进来，笑道：“当初尤二姐死的时候，她不也是逼着？”凤姐在里边听着，又是灰心又是伤心，要出去理论又不好出去，要骂回秋桐又不好骂。只待和贾琏说情，让他看在往日的情分，又深知贾琏深恨自己。一时间竟觉得自己不如去了，倒不受这样的闲气。

平儿听到凤姐房里有动静，忙进来看凤姐。只见凤姐又吐了几口血，衣衫俱红。凤姐已是面如死灰，形容枯槁，平儿忙扶着她躺下，为她擦尽鲜血，又端来一碗汤药。凤姐眼睛直直地盯在外面，平儿心中不忍，安慰道：“别理他们，奶奶只管好好保养。就算回去，养好了身子再走。”凤姐摇头笑道：“我是要回金陵家里去的，可是早早走了的才好。”说罢，又同平儿说：“好平儿，真是多亏了你。”说罢，眼圈便红了，再也说不下去。

当晚，平儿一直陪在身边。凤姐让小红带着巧姐来看了看，又对着巧姐哭了一会，抱着巧姐道：“可怜你了。”又对着平儿和小红说：“巧姑娘就托付给你们了。”平儿和小红拉着巧姐给凤姐磕了头，小红方带着巧姐去了。凤姐见巧姐去了以后，倒也平静下来，便让平儿下去歇了。平儿不放心，要陪凤姐，凤姐笑道：“我哪里一下子就能够死的？这几天你为了我一直没有闭眼，先去歇歇，明儿再来陪我。”

平儿去后，凤姐知道自己大限已近。窗外风声正紧，阴风怒号，凤姐流着眼泪想着种种往事。她知道金陵家中已经被抄,如何回去?她原先以为贾府中人终须看着王夫人之面让她三分,如今王夫人自己也在病中,宝钗虽是亲戚的情分,终究也不能多管她。她原是霸王一般的人物,这些年在贾府当家,曾经风光无限,如今却落得如此下场。凤姐一边想着,一边哀哭,直着脖子向着金陵哭了大半夜,喊着爹娘。未到寅时,便气绝身亡,可怜身边空无一人。正是:

一从二令三人木,哭向金陵事更哀。

话说凤姐既没,王夫人在病中,便让宝钗过来看了一下。贾琏过几日便要去平安洲办事,况凤姐已不是府里的奶奶,便悄悄地禀告了王夫人商议,该如何处置后事。王夫人知道金陵家中也被查抄,便是回去也找不到人,便找来宝钗商议。宝钗也知如今凤姐回去也无处可托,便对王夫人说道:“自从王子腾舅舅卸任后,前些日子听说王家也被抄了。凤姐姐如今回去也是没人可寻,不如让他们悄悄地把凤姐姐埋了,也不至于死后也没有着落。”王夫人拿着一块帕子,抹着眼泪道:“也只有如此了。”王夫人便只有依着贾琏自去处置凤姐后事。贾琏便让旺儿到城外十里的荒郊之外找了一处坟地胡乱埋了。贾琏既休凤姐,也不让凤姐依贾门之礼出殡,只是给了旺儿五十两银子以完后事。哪知旺儿素日深恨凤姐,又知贾琏不会再去凤姐坟上祭拜。他又恼凤姐平日待他苛刻,便只说赊了几十两棺材钱。出殡那天,平儿、小红带着巧姐远远地拜了一下凤姐,旺儿带着几个小厮用一卷草席裹了凤姐,只说到城外去才有棺材掩埋。到了城外,哪里有什么棺材,旺儿带着几个小厮草草地将凤姐埋在乱坟石岗之中,便回来告知凤姐后事已了。正是:

世末偏有雌凤出,烈火烹油叹才情。
机关算尽太聪明,反害了卿卿性命。
一从二令三人木,哭向金陵枯油灯。
身死不知何处去,乱石岗中哀平生。

且说凤姐死后,宝玉闷闷不乐。这日在书房看书,想着这半年遭遇,眼见着一个个姐妹们死的死,走的走,出家的出家,自己不如一走了之不再回来。

这时便见一僧一道向他走来，只见癞头和尚拿着他的那块美玉对他喝道："你这蠢物，如今已下凡一十八载。你既已在繁华温柔之乡历劫，原也该和我们回去。只是了则了矣，如今你在人间尚有一些冤债未了。若只是为了一些闺阁女子便与我们走了，还不知本来无一物的玄机，何不再回去，等彻底了悟后再舍了红尘，岂不好？"那宝玉心下迷糊，只道："弟子如今还有何事未了？我只求化作风化成烟随姊妹们去了。"那癞头和尚见宝玉如此，哈哈一笑，却道："此儿还没舍断红尘，你回去罢。"说罢就推了宝玉一把，和空空道人绝尘而去。

宝玉突然觉得脚下一绊，便从梦中惊醒。低头一看，那块晶莹剔透的宝玉尚在怀中，不禁回头低思梦中所见。可他在蒙胧之间，梦中之景便倏然而逝了。袭人见宝玉醒来，自然端了茶水给他漱口，笑道："这会子你睡了两个时辰，宝二奶奶去太太那里了。"宝玉也不答话，只说道："你知道凤姐姐葬在哪里？我得了空便去瞧瞧。"袭人听得唬了一跳，见四下无人，忙劝宝玉道："二爷，可再别说这个。这些日子不知道有多少人在嚼舌头，太太为这不知生了多少气，添了多少病。"宝玉冷笑道："凤姐姐当日好的时候，有多少人巴结她的；只是她如今落难了，反倒人人可欺了。我又怕什么？只不过多少尽尽素日的情义了。"袭人见劝不得，只好作罢。

过了片刻，宝钗带着莺儿回来，见宝玉又好了几分，心下不觉安慰。她见宝玉不快，知是为凤姐之事，宝钗也不劝他，只对宝玉说道："如今家里是多事之时，还未过完年，就是许多事情。如今凤姐姐去了，王家也被抄了，太太又病着，你不可再像往日那般胡闹，总也要早作打算，哪怕求个功名，若来日有变，也不至于乱了方寸。"宝玉冷笑道："你也知道我素日厌恶功名，恐怕要让姐姐失望了。"宝钗脸略一红，也不分辩，只让宝玉自己在旁发呆了。宝玉与宝钗每每相对之时，总觉无话可说，便常常在书桌前，翻起老庄禅宗之书，宝钗看了终叹口气，自与莺儿到东厢房去了。

袭人见宝玉如此，正待劝他，突然见麝月在窗外同她招手，她便悄悄地出来。麝月见四下无人，对袭人道："我刚去太太那里，听人说忠顺王府又来人了，老爷又到前厅去了，还不知怎么样呢。"袭人听了倒吸一口凉气，说道："那一年忠顺王府来了人，家里已经闹得天翻地覆，宝玉也被打得那样。如今可别又生什么事。"麝月恨道："可不是。刚才茗烟悄悄地告诉我，那贾雨村便跟在后面。他原是老爷的门客，如今却不知怎样。"袭人也不答话，忽然觉得心口跳得厉害，她定了定神，对麝月说道："你还听见谁说了什么没有？"麝月摇头道：

“这下便没有了。只是经过赵姨奶奶那里的时候，又见三爷在那里冷笑，我却不知为何。”袭人想了想便道：“既这样，你先不要声张，也别让二爷知道。你且好生留下照顾宝玉，我去太太那边看看。”

且说政老近一年来一直忧心焦虑，只因府中先后遭遇巨变。先是贾妃仙逝，皇家恩宠不再；后赦老又因石呆子一案闹出人命官司，贾母又受惊归西。自后府中大小事情不断。这日在荣禧堂前闲坐，又偶然听得闲言碎语：贾府在外放着银子。政老如何不惊，便找来贾琏一问才知如今府中银子已经亏空，已经寅年吃到卯粮。政老私下与王夫人埋冤不该让凤姐当家，只是凤姐已逝亦不好再说。这日正烦闷间，突然见门子来报：“忠顺王府有人拜访。”贾政忙换了官服，打开大门迎至荣禧堂。

只见来的又是忠顺王府的长史官，贾政见了忙行礼。长史官冷笑道：“下官前两年来老先生这里，为的是王爷府中的一位伶官。此次前来，为的却是一个外面传说的丫头，还是要问你们公子。”贾政听了大惊，连忙作揖道：“自小儿那年被打后，一直在府中静养。只因他身体不好，一直不太出去，何故又有外面的丫头？”长史官冷笑道：“你们府中带玉的哥儿满腹才华，京中公子哥儿谁人不晓？前年中秋他写了一首姽婳词，却是一首反诗。有人都告到王爷那儿去了，只怕皇上也知道了。别说外面的丫头，便与盗贼有来往也未可知，如今却说什么不知道，岂不可笑？”贾政连忙跪下，冷汗直流。他一边擦去汗珠一边道：“外面不知谁在诽谤，只求老先生与王爷禀明了，当日中秋诗只是家宴所作，小儿几句诗歌只是引了一些前朝的典故，并无反意。请大人如实禀告王爷，小人感激涕零。”长史官喝了一口清茶，冷笑道：“这便罢了，这事王爷如何处置再另说。如今外面在传，我们府里的琪官，用的汗巾子确是贵府的一个丫头的。这事在外面传的蹊跷，最近琪官又出走了。我想贵公子的官司不在今天，再过几日发落也不迟。只是今天王爷命我来带你们府中的丫头回去审案，还望老先生不要为难才是。”

贾政听到如此，又惊又气又怒又觉斯文扫地。连忙让小厮去传宝玉。只见门房的小厮们早偷偷传信到王夫人处了，王夫人见此大惊道：“这可如何是好？”便带着丫头们来到宝玉房中。这边茗烟也偷偷进来告诉了宝玉，只见宝玉冷笑道：“堂堂一介王爷，前些年为了一个琪官；现在又为一条汗巾，却和一个丫头过不去。”便让袭人逃走。宝钗劝道：“如今府外都是王爷的人，你让袭人又往哪里逃？”宝玉又说要去见贾政。宝钗连忙拉着道：“你可糊涂了。如今王爷就是为几年前的往事，就算没有的事，他都要编排你。况且你是用了袭人的汗巾子去换了那戏子的，这又如何说？”宝玉听了不言语，袭人在旁听见，知道这事必和她相干，连忙给宝钗和王夫人跪下了，哭道：“太太救我，宝二奶奶救我。我是死也不去的。”说罢，便哭着磕头。

宝钗连忙扶起袭人，替她抹着眼泪道：“我怎么不知你是好的？只是二爷做事不合规矩，终究害了你。你若不去，可王府如今来人在外候着，这便如何是好？”袭人心下凉了半截，她知今天的光景凶多吉少，十有八九是要去的了。只见她心如刀割，对着王夫人哭道：“太太！”王夫人对着她掉泪，口中念佛道：“我的儿！我知道你是好的。今天你若不去，宝玉就要去了！你便是为了宝玉罢。”说罢，就对着袭人抹眼泪。袭人愣了半晌，方慢慢地回味，如今她已为刀俎，刀已经架在脖子上，不得不走。她知道已无可挽回，便对王夫人、宝钗跪下了，哭道：“太太，二奶奶！我这是非去不可了？只求你们好歹留着麝月！”王夫人、宝钗连连把她扶起，袭人哭得泪人一般，想起以前种种，竟觉往日之事若过眼云烟，如今都灰飞烟灭。

袭人又过来给宝玉磕了头，竟无语凝噎，一个字也说不出。宝玉也拉着袭人的手，泣不成声，只道：“我原来只求你们守着我，如今一个个都去了。我只求你们用眼泪葬我，让我化成烟化成灰。如今你们都走了，就留下我，我却怎么办？”袭人哭着说不出话，最后转头对麝月强笑道：“你好歹留下，好好照顾二爷。”麝月也拉着袭人泣不成声。

又过了一盏茶的时分，袭人哭着拜别了众人。也没有再说很多，只是拜别之时，又沉痛地哭了一句道：“好歹留着麝月！”说罢，竟然不带任何东西，两手空空，便跟着外面等着的小厮，到外面长史官那里复命去了。

宝玉又是一阵心痛，众人都不能劝。晚间他独自一人留在绛云轩，想起过去种种，不禁泪如雨下。

袭人既去，宝玉终日闷闷不乐。宝钗知他心情不好，遂命麝月伴在左右照顾起居。宝玉对着麝月常常嗟叹，又渐渐透出下世的光景。宝钗常常与他宽心，宝玉却是痴痴不语。

欲知后事如何，请看下回分解。

第一百回

大厦倾百年付一炬　遭不测抄捡宁荣府

这日又到元宵，且又下了一夜的大雪。宁国荣国府中俱是银装素裹，白茫茫一片。贾府因近年遇事不断，也不似往年热闹。至晚间，并未开宴听戏，只是府中众人摆了两桌家宴，一桌王夫人、邢夫人、薛姨妈、宝玉、李纨、宝钗、尤氏婆媳等人，另一桌便是贾政、贾琏、贾环等人，只是中间用屏风隔开。王夫人看着叹道："可怜老太太就快一年了。"众人不语，宝钗强笑道："难得一家子团圆，老太太若是看到，也是高兴的。"众人因在家孝期间，不能宴乐，只是在此聚着，这时小丫头们便端上了绿玉青瓷盛着的元宵，那元宵一个个圆润细白，倒是清爽香甜。宝钗又命小丫头们端来一些灯谜。众人便笑道："元宵原是应该有灯谜，方是有趣。"正说笑间，突然狂风呼啸，一阵风吹过，打得窗户咯吱作响。又是一阵朔风，却把窗户吹开，吹灭了几盏灯火。

突然间有人来报道："不好了，忠顺王爷带了一队人马围住了咱们府里，现在命老爷出去接旨。"众人只唬得不知所以然，贾政忙换了官服出去接旨。只见天色已晚，忠顺王爷亲自带一队官兵冲进贾府，贾雨村低头紧跟在身后。贾政、贾赦等人连忙迎进荣禧堂。忠顺王爷一路进来阴沉着脸，贾政欲问雨村，却见雨村冷冷一笑，把头避过一边。只听得忠顺王爷一声喝道："贾政接旨！"

贾政、贾赦、贾琏等人连忙跪下，只听忠顺王爷念道：

> 奉天承运，皇帝召曰：
>
> 今革去贾政、贾赦、贾珍等一切职务，抄检宁荣二府。所有财产

抄没，所有人口先入狱神庙，经审问后，所有男丁发配北疆，女眷卖为官家奴役。

钦此。

贾政等吓得瘫跪在地上，不禁老泪纵横，只还是跪谢过皇恩。贾琏磕头辩道："放高利贷害人命的事都是先妻王熙凤所为，如今她已被休，已经死在路上。还望王爷明鉴。"忠顺王爷冷笑一声道："我却不知。人死了，难道罪名可免吗？你们且和皇上说去。"这边贾政看到雨村在，连连作揖道："只希望先生看在往日的情分上，在王爷和皇上面前为下官分辨一下。"贾雨村却冷笑道："老先生这又如何说起？想当初我去应天府，第一桩案子便是贵府的至亲薛家，当年他打死了人命却要我放手，这又怎么说呢？当年我还收到一张护官符，却是你们贾史王薛官官相护，如今他们也全抄了，老先生还要我护着你们？这不是公堂上念旧？老先生可为难下官了。"贾政没料想贾雨村会如此无情无义，心下料想贾雨村必已恩将仇报，落井下石，在天子和忠顺王爷前不知说了贾府多少坏话。

那贾雨村原是世间奸雄，见风使舵惯了的，眼见那几家一一查抄，便想自己原是贾家的门生，认了亲戚攀的宗族，若是贾家一旦事发，他岂有保全的道理？便见风使舵地投靠了忠顺王府，把历年贾府让他做的没让他做的事情，都一一禀告给忠顺王府。那忠顺王爷早就视贾家为眼中钉，岂有不喜之理？便在年下上奏了天子，连正月十五也等不及过完，就连夜带人赶来查抄。

贾政知道大势已去，已无回天之力，叹道："罢了，罢了！"瘫坐在地上无尽悲凉。这边大批官兵分为几列已冲进宁荣二府各院，慢慢便听见各种哭喊声抢砸声，不时蔓延到府中每一个角落。只见各院的媳妇丫头们哭天喊地的，她们见惯了锦衣玉食，何时看到过这种阵势？那些官兵只乐得查抄之中赚些银两，所到之处或抢或砸，翻箱倒柜，见了金银首饰簪环银子宝物地契便抢，见了古董诗书或砸或推。可怜贾府诗礼簪缨诗书之乡，一时之间沦为强盗出入之地。

那各院的主子丫鬟们哪里见过这个，还不待反抗便被一一押到院中。有些奴仆们跑得快的，便跑到大门，却最终又被门外的官兵拦了回来。

已是深夜，空中漫是大雪，远处突然放起了社火烟花。突然之间不知有谁哭道："南院走水了。"不知哪里的社火烧到了贾府，只一顿饭的功夫荣国府南院连着宁国府烧成了一片。众人哭喊要救人，可怜府中全是官兵，又有谁来救？突然之间有人在雪中怒号道："我要到祖庙哭太爷去！如今这些忘八羔子，只知道偷鸡摸狗，如今祖宗九死一生挣下的家业，都让这帮忘八羔子赔尽了！"那些官兵连忙骂道："哪里来的老头？"后面有人道："他是这里的焦大，说话没遮拦的，给他塞点马粪就好了。"众官兵就要来抓他，焦大怒喝道："谁敢来绑你焦大爷爷！咱们白刀子进去，红刀子出来！"说罢，又是一顿乱骂。哪知那些官兵哪曾把焦大放在眼里，只是一顿乱打。开始的时候焦大有骂声，可渐渐的，便没有声音了。

众人当场傻了，有小厮哭着跑到贾政贾珍处回禀。贾政听了也不禁悲伤，突然又有小丫头跑到贾政处哭道："太太，太太！"原来王夫人近年来一直忧思过度，前些日子王家又抄，凤姐被休，她终究不免有兔死狐悲，物伤其类之感。今儿正是元宵，却惨遭灭族之灾。又见官兵闯入内院，在她面前又抢又砸，不免惊吓过度，气上心头，吐了几口血，顿时昏厥过去。

宝钗等人连忙扶着，众人哭天喊地的叫着："太太，太太！"只是进来的官兵哪里顾得这个，只是冷笑道："我们可不管你们是哪里的太太！快把她弄醒了，跟着我们出去吧，也叫我们可以交差！"

一群人乱哄哄地忙了半个晚上。近天明时分，荣宁二府已经烧了大半，可怜昔时繁华胜柳之地，如今已是瓦砾片片。贾府上下一百多人，分男丁和女眷两列，一列自贾政、贾赦、贾珍、贾琏、贾宝玉、贾蓉、贾兰等；另一列便是女眷：自邢夫人、王夫人、尤氏婆媳、李纨、宝钗、平儿等。后面便是两府奴仆，浩浩荡荡，竟长长地占了宁荣整条街。

正是：

陋室空堂，当年笏满床。
衰草枯杨，曾为歌舞场。
一朝烟火尽，回首叹悲凉。

却说贾府被抄，从上至下一百多号人口便被关押至京城菜市口附近狱神庙。那狱神庙原是关押重犯之地，只因贾府人口俱多，那庙中居然快人满为患。那雨村便向忠顺王爷参了一本，大致云云：即日从贾府搜出一些官家来往银两，并有贪赃枉法之地契、银两、珍宝无数。并搜出一些与甄家、薛家、王家、史家之结党营私来往书信。又拿出一纸奏折递圣上，正是传遍金陵的护官符，为首的便是贾史王薛四家。圣上龙颜震怒，下旨严惩贾史王薛一众上下。那四家原是一荣俱荣，一损俱损，如今惨遭变故，朝廷上下竟无人敢与之说情。那忠顺王爷素日视贾府为心头大患，如今雨村为他打了头阵，岂有不喜之理？遂认雨村为王府心腹，在圣上面前奏了一本，那雨村却又升了一级，此时便更对忠顺王爷尽心尽力，不在话下。雨村回府后，又修书一封，荐了原来的门子当了应天府之官职。原来雨村近些年飞黄腾达，多亏原来的门子在他身边指点。那门子便是原来寺庙中的小沙弥，后来变成了他的门子。前些年原来的薛家官司，他让雨村乱判葫芦案，便草草了结官司。这次他却让雨村把护官符递交给圣上。雨村原有犹豫，门子却冷笑道："大人倒是好心，却不知你若不遂了王爷的心，自己的乌纱帽却也不得保呢。"雨村听了一阵冷汗，遂参了贾府一本，终得王爷欢心。

那雨村升至三品员外郎，替了原来贾政之职。他却也有结党羽翼之心，便也奏了一本，荐了那门子为五品京官。按下不提。

却说贾家奴仆众多，狱神庙中每天都吵吵嚷嚷，哭天喊地。那雨村便参了一本，把一些无关紧要的奴仆丫鬟每日清晨在宁荣街叫卖。那贾家原是权倾一方，原是只有买人的份儿，哪里成想自己在高台上受人买卖？每日贾家众管家奴仆丫鬟婆子在台上哭哭啼啼，有些尽有悲戚之色。京中侯府中许多人家有与之交好的，却不愿意买卖；也有惧他贾家原来权贵的，却不敢买他们。只有一些外省的富甲商人，原不知他们的底细，或并不怕事的，便开始陆陆续续买卖贾府众仆。这样便过了十几天，狱神庙中只有贾府原主子与重要奴仆还在其间，其他众人已经三三两两离去，不胜悲哀。

却说那牢中冰冷刺骨，地上只铺了一些稻草，那狱神庙的屋檐连夜漏着风雪，那雪花便顺着月光飘进狱中。那宝玉自小锦衣玉食，哪里经历过这等艰难？每日冷得簌簌发抖。只是他有情毒之症，自贾府查抄那天开始便似心死一般，既不哭闹，也不说话，仿佛外界之事与他无关。那些官兵知他是带玉的贾府公子，看到他胸前的玉坠，便抢了他的宝物。那宝玉也不反抗，任他们自便。

又过了几日，贾政、贾赦、贾珍等一一提出审问，为首审判的便是贾雨村。那雨村唯恐在忠顺王爷跟前不尽心，便对众人一一用刑。忽然有一天北静王爷从海外归来，拿着圣旨到雨村处。雨村忙跪下接旨，北静王也不多话，道：

“皇上体恤贾妃旧情，又念在贾门五世忠烈，现在贾家三小姐又是爪哇国之王妃，于社稷有功。古人云：刑不上大夫，不可对政老等用刑。”贾雨村连忙跪下应旨。北静王便把圣旨递于雨村，冷笑道：“我知道你素日不留情面，但你若用刑太过，只怕哪一天，你且过不了本王这一关。”贾雨村连连作揖，笑道：“下官岂是忘恩负义之人？下官定当尽力，不负王爷所托。”北静王爷冷笑一声，便甩手而去。

欲知后事如何，请看下回分解。

第一百零一回

狱神庙茜雪慰宝玉　宁荣街贾芸遇金刚

话说贾雨村接了北静王圣旨后，自然不敢对贾政等用刑。只是结案时加上朋党勾结、贪赃枉法、私放高利等罪责，贾府涉罪之人俱已签字伏法。贾政、贾珍等人俱已判罪，过了正月即将流放北方苦寒之地。另有宝玉等人尚未审案，只因北静王等人暗中周旋，贾雨村知不好得罪，便也糊涂行事。只是单独关着宝玉，在狱中派了几位凶神恶煞般的衙役，动辄破口辱骂。宝玉又何曾经历如此委屈，便充耳不闻，只当自己死了一般。

贾府抄家之后，贾府众人都进了狱神庙。那女眷们便安排在狱神庙后面一排牢房。狱神庙乃牢狱之地，贾府太太奶奶小姐们自幼锦衣玉食惯了的，哪里受得这样的苦楚？便是贾府的丫头们，见识也在普通人家的小姐之上。如今到了这阴森地狱之门，一时间众人哭的哭，闹的闹，有的只求速死，有的盼望早日离开这暗无天日的去处。宝钗和李纨日夜守着王夫人，然暮年之人经此大难，本来就一病不起，后来强撑着在牢中呆了几天，终是难以支持。这些天在狱神庙又冷又饿又气，又加上邢夫人和赵姨娘在旁冷嘲热讽，不出几天王夫人便含恨而终。宝钗和李纨伤心落泪，平儿亦带着巧姐在另一个囚室哭着拜别王夫人。那邢夫人和赵姨娘却暗中冷笑。

却说宝玉在狱中不言不语，却常常听见女眷那边传来的声音。那日便听得宝钗和李纨哭道："太太，太太！"玉钏、麝月等几个丫鬟哭声一片。那王夫人临死前只哭道："宝玉，宝玉！"宝钗、李纨等人无不痛哭悲泣。宝玉远远地听见，不禁泪流满面，远远地跪下，哭道："太太！"便磕头不起。贾兰在一边也跪下痛哭，贾环却在一边偷偷冷笑，斜着眼睛看着宝玉。宝玉因连日抄家、失母之痛，一时神思恍惚，昏迷不醒。

却说这狱神庙实为破旧阴暗牢房，破瓦陋室，且屋顶几处已破，风雨隔着几处漏洞可以飘进屋里。宝玉这几日受了风寒，又无棉絮可盖，只有一堆茅草暂且御寒。宝玉在狱中昏昏沉沉，便欲向狱卒讨几口水喝。那些狱卒都是势利之人，见他讨水便骂道："你如今又不是公子哥了，还让我们来伺候你不成？要好的，拿银子来换恐怕也没有。"宝玉如何见过这个，只是又病又气，只待说理，又知这牢狱之处哪里是说理之处？便强忍口渴，双眼紧闭，都整个身子却烧得滚烫，嗓子便像火烧一般。

贾兰在一旁看到宝玉昏昏病重，便求狱卒道："几位大哥，看在我家叔叔病重的份上，求各位大哥给他一碗热水，也是你们积德了！"那贾环在一旁看了冷笑道："你们都把他当宝贝，如今进了牢狱也这样，我却不信，他不喝水就会死呢。或者如此诓骗各位大哥，也未可知。"贾兰听了对他怒目而视。倒是有一个狱头，名唤王短腿，原是贩马的，后来使了银子，求了狱头一职，平日性子却是仗义爱不平的，这下却看不下去了，骂道："他如今病着，你却要他的命。老子偏偏看不得这个。"便倒了一碗水递在宝玉睡着的茅草床边。

宝玉在半梦半醒之间，隐约听到贾兰为他求水，贾环却暗中与狱卒闲话，尽是挑拨语。只听到一位狱卒好心给了他一碗水，抬眼看时，却是一只积满灰尘的破碗，里边只有半盏积了灰尘泥土的浑水。宝玉也顾不得那么多，只当是救命甘霖一般，一口气喝下了。那浑水也说不清是什么滋味，冰冷刺骨又半含尘土，宝玉喝了便呛住，一直咳个不停。

宝玉喝水之后便昏昏睡去，半梦半醒之间忽见晴雯和黛玉携手而来冲他微笑。只见还是在当年的绛芸轩，下着大雪。晴雯同他笑道："宝玉，你让我好好地等了一天，却自己和林姑娘到姨太太那里喝酒去了！我却在这里挂着这幅斗匾！"黛玉只在雪地里笑，一会便不见了。忽得又听见晴雯在她哥哥嫂子的屋里奄奄一息，哭着要宝玉给他水喝。宝玉正欲给她水喝，又觉得到了园子里，看到黛玉冲他笑道："宝玉，你怎么连茶都没有喝？"

宝玉正欲和黛玉说话，突然便听得有人推他道："二爷，二爷，你醒醒！"宝玉昏昏沉沉便又醒来，只见一个荆钗素衣的妇人对他垂泪道："二爷，你快醒醒！"宝玉挣扎着醒来，却见这位素衣妇人，穿着粗布衣服，头上一色饰品全无。宝玉看她似曾相识，眉眼之间似有不忍之色，眼中带泪，却是当年走了的茜雪。

原来当年茜雪在绛芸轩伺奉宝玉，只因为宝玉那天在薛姨妈处多喝了几杯，回来大醉。茜雪当天端上枫露茶，可巧让李嬷嬷先尝了一下，宝玉借着醉意摔了杯子。当天晚上贾母问下来，袭人并没有回，但不知第二天哪个丫鬟婆子走漏风声。贾母生气，本想严惩李嬷嬷，又恐严惩一个老嬷嬷到底脸上不好看，便小惩大戒，过了几天寻了一个缘由给茜雪配了小厮。那李嬷嬷心里知道事情终究因她而起，便慢慢有所收敛。这些都是陈年旧事，现今提起，却如同过眼云烟。

宝玉见了茜雪，自是百感交集，躺在茅草上看着茜雪不住流泪。茜雪边替宝玉擦拭泪水边跪下，宝玉连忙把她拉起。茜雪忙扶着宝玉，只见他脸上烧得发红，额头上直冒冷汗，茜雪连忙拿着帕子替他擦拭干净。过了片刻，又打开带来的双层竹木屉笼，上面一层有一壶好酒、一壶好茶和几包上好的茶叶，下面一层是几道小菜。另外还有一个包袱，里边是换洗的衣服并一些银两。茜雪流泪替宝玉换了干净的衣服，又见宝玉病着，便把酒放在一边，斟了茶水给宝玉喝。原来茜雪自那年离开贾府后，便出去配了小厮。后来贾府又放了几次人，她当家的得了些银两，便在外面做了一个茶叶的小本买卖。那当家的原也是忠厚之人，茜雪也会帮衬过日子，做事又尽心尽力，几年下来日子却也过得殷实丰厚。突然有一天听到贾府被抄，便与当家的商议了，使了些银子托了狱中之人，又说了不少好话，方同意进来看望宝玉。只是进来之时狱卒接着银子便说道："你们要看钦犯便快些，可别连累了我们！"茜雪她二人自是感激不尽，她当家的便与狱卒们在外边吃酒，那茜雪便独自进来探望宝玉。

茜雪见宝玉病得厉害，忙倒了烫得温热的香茶来给宝玉喝。宝玉一口气喝下了，如同甘露琼浆。茜雪又倒了一杯，宝玉看着杯中，只见这茶的颜色俨然红色，如同当年的枫露茶一般。茜雪抹泪说道："我知二爷爱吃这个枫露茶，便特意带来给二爷喝。"宝玉也叹道："也是为这茶我连累了你，当日若不是我掷了茶杯，你断然不会被撵出去。"茜雪忙道："二爷快别这么说。只求二爷在这里少遭点罪，我不能救二爷出去，也只有到这里来看二爷一眼，便是我的造化了。"宝玉又咳了一阵，也不能多说话，便拉着茜雪的手道："当年你们几个，晴雯死了，袭人也走了。你们一个一个，死的死了，走的走了。我竟不知，你还能到这里看我。"说罢，便与茜雪抱头痛哭。茜雪哭了一会，外面狱头便来催着茜雪快走。茜雪才道："我先去了。现在二爷病着，我出去以后再去找些药让人带进来。二爷千万保重。"两人又相对落泪，狱卒又来催了两三次，茜雪方跪着磕了头去了。她当家的知道宝玉在里边日子不好过，又悄悄地给外面的几位狱卒们塞了些银子,好让狱卒们不至太为难宝玉。那些狱卒见了银子便是好的,也就偷偷地给宝玉一些凉水,对宝玉不似过往那么严苛。

宝玉一生锦衣玉食,从未受过牢狱之灾。这些天的遭遇竟然是从天上到地下,尝尽人间冷暖。他哪里知道经年未见的茜雪会来狱神庙看他,但是素日里结交的亲贵好友们却一个不见踪迹。那茜雪果然是好的,又来过两三次,每次过来都带一些热茶热饭并煎好的药汤。宝玉常常哽咽而不思茶饭,茜雪亦每每好言宽慰。是时冬日,窗外漫天大雪,宝玉有感,心中念道:

一日北风呼啸起,漫卷狂风漫卷沙。
大厦已倾蓬屋飞,转眼天地无人家。
狱神庙中病骨寒,铁索枷里旧人茶。
一揞泪痕慰旧主,不觉窗外泣寒鸦。

却说贾芸自荣宁二府被抄后,日日为贾府悬心。一日他在路上行走,正低头间,迎面便撞到了一个身影。贾芸一看,心中大喜,原来此人正是醉金刚倪二。那倪二原是侠义之人,爱打抱不平,又结交甚广,三教九流无所不全。贾芸当日受醉金刚赠银,两人便惺惺相惜。贾芸见是此人,心中大快,便拖了巷中的倪二打探狱中消息。那倪二为人豪爽,极重义气。既是贾芸所托,焉有不答应之理?倪二与狱神庙中牢头王短腿私交甚好,一来二去便有了打探出宁荣二府不少消息。贾芸自是不胜感激,要拿银子谢倪二。倪二却道:“贾二爷这些银子自己留着,我如今也用不上,但牢里上下都需打点,你还是留着到那里去使。”贾芸心里不胜感激,又问狱中情况,倪二道:“听说几位老爷过几天就要流放北疆。那带玉的哥儿却不知如何。那些女眷每过几天就要到外面去买卖一次,如今京城里的人们谁敢买她们?有些卖于外省人家,有些竟要落到烟花巷中去了。”贾芸听了如何不急,连忙让倪二打听一个人的下落,却正是小红。原来当日贾芸与小红私下皆有情意,只待凤姐做主便有婚嫁之说。凤姐死后,平儿日日带着巧姐,又恐巧姐在府中委屈,便私下命小红悄悄带着几个人出去找寻王家的舅爷。那小红出去了不到三五日,荣宁二府便被查抄。那贾芸便也没有小红下落,便托倪二打听。

那倪二便托了几拨道上的人物,一则打听宝玉在狱中的消息,二则打听贾府小红,三则打听那些女眷卖去了哪里。几日后到后廊找贾芸,坐下便说道:

“如今可有一些眉目了，你家宝二爷如今关在里面，一时没有性命之忧。只是他是钦定的案子，要救恐怕救不得，只有悄悄地去看一下还过得去。另外一些女眷有的卖去了瓜洲一些人家，有些却落入了烟花巷。”贾芸听了连连顿足，又问道：“有没有小红姑娘的下落？”倪二便道：“我们不知道小红姑娘的模样，只按芸二爷的吩咐去找。前儿有个人在渡口看到了一个姑娘，和芸二爷说的那个姑娘身型长相倒有些近。只是这姑娘好像几天没吃东西了，又没钱渡船，在江边徘徊了数日。那天便晕倒了，我们便把她抬了回来。如今就在我家后院，我派了我家娘子照看。芸二爷要不要去看看？”贾芸当场跟了倪二就走，到了倪二后院，果然见小红躲在一边哭泣。小红见了贾芸几乎不能相信，扑倒贾芸怀中痛哭。贾芸忙安慰不已，问起如何落得如此境地，小红说道：“我们奶奶临死前嘱托，要平姑娘和我要找到巧姑娘的舅舅。奶奶生前怕姐儿在府里受委屈，便让我们把巧姑娘送到金陵王家。王家又被抄了，所以平姐姐便让我悄悄地先去打听一下他们的下落，不想我才走了两三日，贾府就被抄了。我在外面听说怕巧姑娘有事，便赶了回来，只求再见主子们一眼。不想路上遭了劫，又困又饿，差一点遇上了盗匪。好不容易到了贾府门前，却见那里都烧成了一片！后来我无处可去又到江边，哪里知道几日没吃饭，便晕了过去！”说罢便哭，贾芸听罢，转头对倪二和倪家娘子作揖道：“幸亏倪二哥哥和嫂子相助，兄弟无以为报。只有叩谢。”倪二一笑道：“这又说什么谢字？芸二爷现今有什么难处，只与我们说便好。”

贾芸和小红再三感谢，又听说宝玉在狱中，便托倪二想法子与他们一见。过了两三天，倪二便与狱中的王短腿商议了，悄悄地弄了两套狱卒的衣服出来，贾芸和小红又悄悄地换上，临近寅时便悄悄地进入狱神庙中。到了宝玉的狱房，只见一张破旧的木几上只有半盏破碗，里边点着半根蜡烛。宝玉席地而坐，也并未睡着。只听得铁门被打开，进来两个狱卒。

宝玉也不在意，以为狱卒例行公事。忽见两人朝他跪下，只听那狱卒说道：“叔叔不认得我了么？”宝玉一看，却是贾芸。另一个却是女子的声音，哭道：“二爷，我来晚了。”宝玉朝她看去，却是面熟，疑惑间那女子哭道：“二爷，我是小红。”原来二人正是贾芸与小红，宝玉连忙扶起二人。小红哭道：“我原是宝二爷屋里当差的，二爷当日对我们都好，只是一些姐姐们容不下我，这才去了二奶奶那里。如今二爷落到如此地步，我却愿意进来重新伺候二爷。”宝玉听得亦是热泪盈眶，擦了眼泪与二人相见。宝玉叹道：“当年种种，如今想来却如同隔世。这会子你们却到这里看我了。”贾芸忙扶着宝玉坐下，又给宝玉端了一些酒菜，那宝玉饿了几天，看到酒菜却没有一点胃口。贾芸斟了一杯刚温过的水酒，敬与宝玉，宝玉含着眼泪一饮而尽。贾芸又斟了一杯，又给宝玉夹了一些酒菜，安慰宝玉道：“叔叔放心，如今大老爷、老爷并无性命之忧，只是几位老爷过些日子都要流放。二爷罪名并没有定下，前儿我碰到冯紫英公子，他说和一位王爷筹谋一番，商议出计策才好救二爷。侄儿也会再去求人，早日救二叔出去。”宝玉并不管自己安危，只说道：“如今看来，一切都是空。我在这里，只是一具空皮囊罢了。”贾芸答道：“如今太太没了，叔叔千万要保重。”宝玉流了一会眼泪，半晌便不出声。小红忙递上帕子，宝玉也不接，只用手擦了一把眼泪。贾芸忙劝宝玉，宝玉却道：“太太去了也好，到底还干净些。”

宝玉突然想起一事道：“凤姐姐在时，一直不放心大妞妞。前些日子抄家的时候，巧姑娘也被他们带到这里来了。她年纪尚小，你们先想法子把她救出去。凤姐姐地下有知，也会感恩于你们的。”小红便说了这几天的事情，又道：“二爷放心，巧姑娘是一定要救回的，否则以后我到了地下，难见二奶奶。”贾芸忙道：“宝二叔放心，我一定会尽力。婶子对我不薄，我定当尽心尽力以报她当年之恩。”宝玉方才放下心来。

又过了一盏茶的时分，外面狱卒头儿王短腿来催。贾芸和小红方又拜了宝玉。小红自愿留下服侍宝玉，却被宝玉劝道：“如今在这里恐是不妥，反连累了你。”小红再留，宝玉坚决不受，小红与贾芸方拜别而去。

当晚贾芸送小红回倪二娘子处暂歇。众人在堂屋说话，倪二娘子见他二人神色，知他二人有情，只说道：“如今世道很乱，小红姑娘在外也多有不便。不如你二人成亲了，也是美事一桩。”贾芸小红脸色均红，心中之事被人说破。他二人当年便有情，只是一直没有挑破，凤姐当日看出了也欲成好事，只是多事之秋自顾不暇，便耽搁下来。今日却被倪二娘子说破，正好倪二听到，便接话道：“这有何难？明日我便给他二人摆几桌酒席，他们两位成了好事，岂不好？”倪二娘子点头，小红红了脸，贾芸却是大喜。过了两三天便是黄道吉日，倪二便为贾芸小红主婚，贾芸请他母亲上座，两人行了跪拜之礼便成大婚。

正是：

义探狱神庙，金刚醉里侠。
患难寒霜夜，挑灯共月华。

两人成亲之后，便在宁荣街后廊住着，与贾芸之母一起过活。只是非常时期，两人亦常去狱神庙探视宝玉。宝玉感激二人之义，深觉安慰。这日问起小红父母林之孝家夫妇，小红垂泪道："听说前儿他们被卖到外省的一户官府，我如今却也打听不到。"

欲知后事如何，请看下回分解。

第一百零二回

贾宝玉雪夜悟山门　刘姥姥报恩救孤女

话说贾芸和小红在狱神庙探视宝玉，说起小红爹娘林之孝夫妇，众人只知道卖于外省人家，却不知落于何处。宝玉叹道："覆巢之下，安有完卵？"众人俱不说话。宝玉正欲问巧姐下落，忽见狱头戴着几个狱卒进来，打开宝玉旁边的一个牢房，对着贾环说道："有人保你出去，因为爪哇王妃的缘故。皇上体恤王妃，让你先出去。"贾环喜不自胜，忙对着狱头说道："还是娘娘体恤我这做兄弟的。万岁爷也要看我姐姐的面儿吧。"众人都不理他。那贾环走到宝玉门前，冷笑一声道："如今你也落到如此，现在的娘娘才是我的姐姐，可顾不到你了。"宝玉转头并不理他，小红在旁冷笑道："三爷别说得太早了，现在谁也离得开谁？谁守谁一辈子？当年三姑娘为了你们不知道生了多少气？若她不知道这事便罢了，她若知道，必定不会不管二爷。如今你不过仗着三姑娘的势头来欺负我们二爷罢了，又是充什么英雄好汉？"贾环冷笑一下，拍了拍身上的尘土，白了小红一眼道："我知道你们都向着宝玉。只是如今，各自凭各自的造化吧。"说完，又回头瞥了贾兰一眼。贾兰自不去看他，贾环哈哈一笑，撇了众人扬长而去。

贾兰在一旁的囚室安慰宝玉道："宝叔，不要和他一般见识。"宝玉淡淡一笑道："他离开这里，倒是我们的造化，从此耳根清净了。"贾芸和小红又安慰一番宝玉，方告辞去了。

却说巧姐自贾府抄家后便和女眷们一起进了狱神庙。那些女眷关在侧室，常常哭声一片。自王夫人死后，由几个衙役匆匆抬出草草葬了事。众人不兔兔死狐悲，无不一一落泪。那邢夫人也在暮年，自王夫人没了之后她也染病不起，众人暗自恼她刻薄寡义，亦无人照顾。过了几天也一命呜呼。那赵姨娘因王夫人之死幸灾乐祸引起众怒，在牢内无人理她。邢夫人即死，她便转过来讨好宝钗、平儿等众人。众人也不理她，只是淡淡的。赵姨娘正无趣，突然有一天有人让她出去，原来因探春嫁于外藩之故，上面下令放了贾环母子，赵姨娘喜不自胜，冷笑着嘲笑了一番众人出去了。

且说宁荣二府一百多人关进狱神庙，只因狱房太少关不下这么多人，便有旨而下：除重要案犯，其他众人男丁流放，女眷和家奴皆可买卖为奴。狱神庙每隔几天便放出一批主子和奴仆在宁荣街，以供各家官府与市井之人随意买卖。那些年轻的丫头们日日啼哭，连宝钗、李纨、尤氏等人也日日暗自悬心。那巧姐最是年幼，每天靠在平儿身上啼哭。平儿自然好言相慰，然而第二天早上，众女眷又被推到人贩市集买卖。众人皆是蓬头垢面，只盼别人相不中自己才好。那平儿把巧姐搂在怀中，低着头站在人群中，暗自保佑自己和巧姐不要被人看去才是。

只是有一户来自瓜州的客商，听说近日在买卖昔日贾府女眷。不觉好奇心起，便到了人贩集市。只见黑压压一片女眷，或清俊或善目，或高或矮。只是在狱中久了，自然不辨原来的颜色。那客商正想离去，忽听人群中有人哭泣，远远看去，却是一个身量不足的女童。女童身边有一女子，身形苗条，脸上黑黑的，看不清容颜，只是一双眼睛灵动可亲。那女子抱着那女童轻声安慰，此二人正是平儿和巧姐。这客商突然兴起，心中暗道："此女子在这样的场合也如此温柔可亲，眼睛又极美，一定是个美人坯子。"便指着平儿道："便是这位姑娘了。"平儿一惊，低头装作不知。却见牢头从人群中把她拉出，对着客商笑道："这位爷，果然有眼光。五十两银子便好。"那客商一笑，笑道："五十两银子在此，你们拿好了。"

买走平儿的是一位瓜州富商，虽不见平儿真实容颜，也料想是个花容月貌，这便打算娶回做一房姬妾。平儿自是不愿，无奈中磕头哭着求道："只求老爷把我们姐儿也买了去，我们好歹有个伴儿。"那富商哪里肯听，只给了五十两银子，套了一辆马车拉着平儿就走。可怜平儿在车里哭天喊地，巧姐也在台上哭得泪人一般。

那看中巧姐的却是瓜洲的另一个烟花人贩子。他见巧姐不足十岁，年纪虽小却也是个美人胎子，便想着买回去调养几年必定可得头魁。可怜巧姐旧时公侯之女，却二十两银子落入烟花之巷。那人贩子买了巧姐之后，当夜就雇了一叶小船，星夜兼程而去，如此绝了巧姐念想，再不与旧人联系。

过了半月，宁荣二府一百多人或卖或走，只留了十来个主子尚在狱中。其余奴仆皆有人家可去。男丁中只留下宝玉、贾兰等人，女眷中只有宝钗，李纨、麝月等人。这一日莺儿也被买走了，临走时抱着宝钗直哭。宝钗眼圈红了说道："你且去吧，只当是你的造化。"莺儿哭道："姑娘，我自小没有离开过你。我也不知要去哪里见不得人的去处，只求姑娘要好好保重自己。"说罢，给宝钗磕了三个响头，含泪而走。李纨宝钗在狱中相对无言。突然有一位官爷进来，对李纨抱拳道："大姑奶奶，老爷命我来接你。"原来李纨之父知道贾府已败，不忍他女儿和外孙在狱中受苦，便修书一封托了一位王爷。只说李纨少年丧夫，只在贾府守寡教子，多年来一直本分，不知贾府获罪内情。王爷感念李家一门忠厚，又从不在京结党营私，遂修书一封让雨村放人。雨村乐得做个顺水人情，便下令狱卒放人。李家老爷终不放心，便请了府中亲信亲自来接李纨与贾兰。李纨母子到了李家自然与李阁老抱头痛哭，只是李纨乃贾家之媳，李府恐连累了他们，便在府外买了一处院子给李纨母子居住，李府自然在暗中接济。李纨暗中掉泪，又对贾兰道："兰哥儿，你一定要好好读书，将来要考个功名，也不枉我们这样一劫。"从此以后，概不理外事，只守着贾兰，每天挑灯读书陪至深夜。

又过了几日，宝钗和麝月也被人买走，不知所往。可怜旧时王谢堂前燕，落入寻常百姓家。狱神庙中短短十几天之内，宁荣二府一百多人走的走，死的死，卖的卖，如今只剩宝玉一人。宝玉见人一个一个地减少，却也不伤心，他近年来经历的事情无一不痛彻心骨，渐渐露出下世的光景。这一日又是雨雪，他的那个狱房屋顶漏着连夜的风雪，只觉得狱神庙风雨飘摇，似是在风雪中的小舟一般。宝玉冷得簌簌发抖，突然之间想起了一首曲子，正是宝钗点过的《鲁智深大闹五台山》：

> 漫揾英雄泪，相离处士家。谢慈悲，剃度在莲台下。没缘法，转眼分离乍。赤条条，来去无牵挂。那里讨，烟蓑雨笠卷单行？一任俺，芒鞋破钵随缘化！

宝玉不知怎的便想起这首曲子，心道：原来这才是赤条条来去无牵挂。

他想着数年来的往事，果真似在温柔乡走了一番，原来玉粒金莼画楼烟雨黄昏，原来只是匆匆南柯一梦，现在只是陋室飘摇风雪寒霜。宝玉向来就有出尘之心，近些日子遭遇惨变，他竟然丝毫不以为悲，只是常犯怔忡之意。这一日早上醒来，却见门外站着一老妪，正是刘姥姥。

原来那刘姥姥带着板儿回去后，终究放心不下凤姐等众人。刚过完了年没几天，便带着板儿到京中集市买卖，顺道来探贾府一干旧人。哪知到了贾府门前，只见大门上紧贴着封条，门前的两个石狮子也被烧成了黑色，后面整整一条宁荣街都烧成了残垣断壁。刘姥姥大惊，刚欲进门，旁边就出来一个手拿刀刃的官兵，朝着刘姥姥喝道："这里是罪犯之家，你要再进一步，小心也抓了你去见官。"刘姥姥忙低头带着板儿离开，又几乎不信自己的眼睛，短短二十多天的光景，宁荣二府却已不再！

那刘姥姥在街上愣了半天，见有路人经过，忙拉着赔笑道："这户人家的老爷太太小姐呢？怎么那么大的府宅一下子烧得这样？"那路人看了刘姥姥一眼说道："你怎不知这些天京中最大的祸事？这家老爷犯了大罪，如今家也抄了，元宵十五那天烧了半夜，竟不知有多少人逃命出来的。如今只怕都去了狱神庙，他们家的太太小姐们只怕都卖了好几次了！"刘姥姥一听便知不好，忙打听了狱神庙的地方，那路人往东指了一下，刘姥姥低头谢过，拉着板儿哆哆嗦嗦向狱神庙而来。

刘姥姥带着板儿走了五六里地，到了狱神庙。哪里知道那些狱卒都是势利的，哪里肯放姥姥进来？刘姥姥忙拿出散碎银子，又磕头说了不少好话。众人见刘姥姥是个村老妪，也知她已经抖落出所有银两，便也不怕她生事，便开了小门放了进去，说道："你这姥姥，进去了便快点出来，别带累了我们。"刘姥姥连忙道谢，拉着板儿快步走了进去。走到里面，只见牢房阴森，两边过道只点着几根蜡烛，只从屋顶漏着散光。到了最里边，只见一人蓬头垢面，衣衫褴褛，全身躺在地上的茅草堆里，头向里边侧着。狱卒带了刘姥姥在此停下，对里边喝道："你起来！"那人转过身来，刘姥姥一看，不是宝玉是谁？只是原来那脸如满月的少年，一时之间竟是胡须邋遢，头发散乱，竟辨不出原来的模样。

宝玉见了刘姥姥，突然心中一酸，快步走到门前，叫道："姥姥！"刘姥姥一听便跪下了："宝哥儿！我可来晚了。"说罢随着宝玉大哭。宝玉见了勾起满腹心酸，便在里边对着刘姥姥跪下，两人竟是对着痛哭。板儿在旁扶着姥姥，刘姥姥忙拉着板儿一起跪下。宝玉哭道："姥姥，我竟没料到你会到这里来看我。”他在狱神庙里关了多日，往日的亲贵好友一个不见，来看望的不过是贾芸夫妇、茜雪等两三个旧人。今日突然见到刘姥姥，想起当日大观园中种种，又想起当日众人嘲笑刘姥姥，拿她开乐，如今却只有刘姥姥一人来狱神庙中看望，可见世事沉浮，皆是如梦如幻影。然刘姥姥却只是一村中老妪，却不忘旧恩，实是让人感叹万千。

那刘姥姥边哭边问道：“哥儿受苦了，我来便看看哥儿，还有太太、姑奶奶。她们如今关在哪里？”宝玉流着眼泪道：“太太在这里没了。凤姐姐在府中的时候便死了，没到这里遭罪。”刘姥姥听了又哭了好久，在地上磕了几个头，又念了几句佛。最后又问道：“那巧哥儿呢？”宝玉摇头道：“听他们说前儿被卖到瓜洲去了。求姥姥看在凤姐姐的面上，把她找回来。”说罢对着刘姥姥拜了一下。刘姥姥连忙回拜了一下道：“哥儿放心。姑奶奶以前把巧哥儿托付给我的，我就是砸锅卖铁，也要找到她。”宝玉听了，又向刘姥姥跪拜。那凤姐一生逞强，作恶无数，却也积了善果。在这样树倒猢狲散之际，得刘姥姥之大恩，也是她在世之时的善缘。那刘姥姥又嘱咐了宝玉数句，一会狱卒便来催，刘姥姥遂含着老泪拜别宝玉，宝玉亦含泪叩别，目送刘姥姥而去。

那刘姥姥即告别宝玉，先到家里卖了田地凑了一些银子，即日一早便带着板儿启程。祖孙两人一路乘舟到了瓜洲，一路向人打听巧姐去处。这祖孙二人在瓜洲渡口附近找了一间客栈，要了一处最便宜的房间。那姥姥又怕多使银子，白天便到处打听巧姐下落，晚间便在客栈和板儿一起帮着店家刷洗碗盘做些粗活。那店家倒也好心肠，只收刘姥姥一半的价钱，只让她祖孙两个住在柴房并免去晚上的饭钱。那刘姥姥每天日出而寻，日落而归，晚上在客栈打杂。那客栈却是鱼龙混杂之处，每日有人去又有人来，每日有不同的传闻。那姥姥听得一些传闻，到瓜洲各处富贵人家前后转了一圈，却一直杳无音讯。

这一日晚上，刘姥姥和板儿正在客栈帮着端菜，忽见几个公子哥儿在楼上笑道：“我说你们的钱也给得忒少些，一个堂堂的公侯士家小姐，卖到那肮脏地方，几百两银子怎么够使的？等过了几年她得了头魁，你们嬷嬷千两万两银子可不就来了。如今只给我们几百两，还要来退。”又有一个声音笑道：“你们一个是她舅舅，一个是她兄长。倒是舍得卖了她！”忽然听得有人一笑道：“如今贾家已被查抄，我那妹子已死，那贾琏也已发配，我却如何让他们带累了我？不如给他们姐儿找一个饿不死的去处，也是她的造化。”那刘姥姥在旁端菜伺候，原不在意，只听得他们说起了凤姐等人，才竖起了耳朵仔细听去。那身旁的一个公子哥儿冷笑道："什么贾府奶奶，如今却被休了。现在他们都顾不得自己，还有心思来管巧姐？依我说，咱们才卖二百两，二一添作五，两人分了。若不是为了赌债房产，我们也不急，乐得接回巧姐再卖个好价钱。"原来此人正是贾芹。那贾芹自贾府败落丢了水月庵的差事后，便断了发财的好去处，他又胡吃海喝惯了的，便常常去赌场厮混，一来二去便欠了一堆赌债。人以群分，物以类聚。他在赌场又碰到一好堵的，也欠了一堆赌债，两人说将起来，此人正是金陵王府的王仁。王家上一年便抄没，那一家也是死的死，走的走，只是王仁亦是一介远亲，没有受太多的牵连。只是亦断了不少财源，于是就到赌场试碰运气。两人在赌场各有输赢又各自心怀鬼胎，暂且不提。

这日在瓜洲渡口偶聚，不想他们便碰到了买了巧姐的人贩子。此人正带着巧姐欲找个好买家，两人认出巧姐，遂恐吓了一下人贩子，只出了三十两银子就买回了巧姐。巧姐原以为看到舅舅和家族兄弟，便以为自己得救。想不到便被这两个爱银钱忘骨肉的狼舅奸兄，又算计着卖了巧姐一次，两人偷偷商议，找了瓜洲地界的一处烟花巷丽香院，卖了巧姐二百两银子。那巧姐晚间被灌了些迷药，两人便趁她在熟睡之际，找了几个轿夫，一抬轿子便使人抬进了烟花巷。那巧姐醒来后，知道自己进了一个见不得人的去处，便大哭大闹起来。那老鸨岂是好惹的，便三天没有给巧姐饭吃。巧姐又怒又气又暗自心焦，只是默默流泪哭天喊地寻死觅活。

那老鸨见巧姐性子不好，便找了二当家找到王仁、贾芹，暗自埋怨两人骗了他们的钱财，便说要退回巧姐让他们还钱。两人这才和他们二当家胡扯了半天，一个说卖的银子少了，一个说给的银子多了，要退银子。这一来一去的一说，那二当家的决意回去，便说回去和老鸨嬷嬷说了，再关几天，等性子顺了，以后便是个头魁也未可知。哪知刘姥姥和板儿，一个在外接菜，一个在里屋端菜，几个人的对话听得清清楚楚。当天晚上这桌人去后，刘姥姥让板儿在客栈干活，自己连夜去了丽香院。那看门的一些门子看着一个村妇打扮的姥姥在门口要闯丽香院，一个个笑道："你这姥姥老糊涂的，知道这里是哪里么？你老倒来这里！到别的地方去吧。"那刘姥姥忙低头道："我有一个远亲姑娘被卖到这里，求你们带我去见嬷嬷，我要赎人。"那些门子冷笑道："你老知道这里赎人是什么价格吗？"刘姥姥便拿出一些碎银，道："这些边给几位打酒吃。只求到我去见你们的嬷嬷。"

那几个门子见了银子，便让一个小厮进去通报。一会出来了笑道："你姥姥今儿有福，我们嬷嬷让我带你进去。”便带姥姥从一偏门进去了。过了几个穿堂，只见又上了一处小楼，进了一个房间，正是老鸨的房间。只见老鸨身形微胖，满头珠翠，正在那里数着一堆银子。见了刘姥姥也不抬头，只冷笑了一声道：“听说有人要来赎人，又是哪里来的姥姥。我好奇呢，一个村姥姥能救什么人？”说罢瞄了刘姥姥一眼。刘姥姥连忙作揖道：“只是为了前几天刚进来的姑娘。她原是我们远亲，只是家里突然变故才被人卖了。只求嬷嬷行行好，让我赎回她，也是你老积德了。”那老鸨冷笑道：“那姑娘性子倒烈，据说是公侯家的小姐。只是如今她家里没了，王孙小姐到了我们这里，要陪客便也陪了。只是她如今日夜啼哭，我听着心烦。我花了五百两银子买了她，你得拿五百两银子来我才能放了她。要不过了几天我便让她接客了，姥姥可别怪我。”那老鸨原是不见姥姥的，只听几个门子说起好笑，一个村姥姥要来丽春院赎人，自她有记忆起便没这样的事。她便让几个门子带了刘姥姥进来，只是想见见这姥姥何许人，要赎回哪家的姑娘。听得刘姥姥如此一说，便随意说了一个价格。她想着一个村姥姥怎能拿出五百两银子，趁早些打发了是正经。刘姥姥听得五百两银子倒吸了一口冷气，便是把她房子田地都卖了，又哪里去找这五百两银子？

那刘姥姥从怀中掏出一个老土布深蓝碎花包袱，打开几层一看，却是一包碎银，便求老鸨宽限她几日道：“嬷嬷，这里是五十两银子。你们且宽限我几天，我再回去凑银子。”老鸨冷笑一声道：“这五十两先放着，三天之后不拿银子来，便不用再来了。”刘姥姥又求着见巧姐一眼，那老鸨便向门子使了个眼色，那门子便带着刘姥姥到了巧姐房间。只见巧姐尚是一脸稚气，近些日子突遭惨变，她也吓得日日啼哭。那老鸨饿了她几天，她倒也不求饶。那老鸨只恐她饿死糟蹋了银子，三天后便命人给她送去饭菜。巧姐饿了几天倒也习惯了，送她的饭菜便只放着不吃，那些人倒也奈何不得。那刘姥姥在窗下只看到巧姐在房内哭泣，便在外边叫道：“巧哥儿！”

欲知后事如何，请看下回分解。

第一百零三回

花袭人有始又有终　蒋玉菡忠义奉宝玉

话说刘姥姥见了巧姐，回到客栈，当夜同板儿在柴房的柴堆里抽出一个包袱，只见里面是卖田地的一些纹银，还有几个金戒金镯，这是近些年来刘姥姥帮着女儿女婿苦心攒下的家私。只是这些银子凑起来也只有二百多两银子，离五百两银子尚有大半。那姥姥愁眉苦脸，三日之内到哪里去找三百两银子？正苦恼间，突然从包裹里抖落出一个杯子，正是当年她在栊翠庵吃过的那个成窑五彩小盖钟。那日贾母喝了六安茶，又让她尝了一口，妙玉便嫌脏不要了。宝玉心慈，便讨来赠予刘姥姥，原意让她卖几个钱度日。那刘姥姥却是知恩之人，一直不舍得卖，只是日日在家供着，有空便念阿弥陀佛。这次卖了田地筹了银子，还是怕不够，便把家里值钱的细软全部包了带了出来。此刻刘姥姥正为银子发愁，突然见这成窑杯子，便念了一声佛，决意第二天到当铺去看看，可值几两银子。

第二天一早，刘姥姥向客栈老板告了假，问道："不知这里哪里有当铺？"那客栈老板见刘姥姥问当铺，不觉好笑，便问道："你这姥姥又有什么值钱的古董？"不过几两银子罢了。便笑道："你也不用去当铺，你老就是去了，别人看你这样子，讹了你的东西，只给你几两银子。不如等个巧宗儿。我们这儿有位大爷，在这里开着几家古董店，你若有什么好东西，不妨在这里等他。他明日下午便到这里，你只守在这里等他便好。"刘姥姥连忙道谢，第二天下午，果真来了一人，四十多岁的光景，正是古董商人冷子兴。那客栈老板便对刘姥姥道："你要等的人来了。"刘姥姥忙对着冷子兴跪下，给他奉上了成窑五彩小盖钟，说道："因为救人，请老爷看一看，值不值三百两银子，只是等着它救命。"那冷子兴在古董行中贸易二三十年，眼力如何之巨？他见了这成窑小盖钟，便知不是俗物。他看着刘姥姥说道："你怎么会有这个古董？这可是一千年前的东西，价值不菲。不会是你偷来的吧？若真如此，我可要带你去见官。"那刘姥姥忙分辩道："那是贾府的公子哥儿给我的。"便把当日在栊翠庵喝茶的事情说了一遍。那冷子兴听了，不禁低下头来。原来他与贾府素有干系，那周瑞家的便是他丈母，他岂有不知贾府之变故？贾府被抄后，众人树倒猢狲散，那周瑞家的原是王夫人的陪房，原也是要被抓的。只是冷子兴在京城古董店做得闻名遐迩，自也交了一些三教九流，所以贾府被抄后，他求了一些人便让人把周瑞夫妇放了。刘姥姥又如何知道这一层关系？只是求着冷子兴道："大爷，我如今要救人，还差两三百两银子。只求大爷看一下，若能换得两三百两银子，我给你磕头。"

那冷子兴看了刘姥姥，突然想起他丈母曾经说起过刘姥姥的事情。突然笑道："我知道了，你便是当年的刘姥姥。"刘姥姥一惊，便道："你如何知道？"冷子兴笑道："你可认得周瑞家的？"刘姥姥道："我如何不知，她是贾府太太的陪房。"冷子兴笑道："那便对了。"便让刘姥姥起来，为何要卖成窑五彩小盖钟。刘姥姥便把巧姐的事情说了一遍，冷子兴听了暗中摇头，他虽然离荣宁二府甚远，但从周瑞夫妇那里亦听得不少。那周瑞家的为王夫人心腹，与凤姐也各自照应，冷子兴即为周家女婿，他当年古董生意兴隆，自然也受了荣宁二府不少照应。他见刘姥姥卖成窑小盖钟筹钱救人，自然愿意暗中照应。那冷子兴对刘姥姥说道："你还差多少银子救人？"刘姥姥摇头道："还差二百八十两。"那冷子兴想了想便道："姥姥，我给你三百两银子。若在往日，这成窑小盖钟我可以给你一二千两也使得，只是现在你若拿多了银子，恐对你们有害无益。你今日便拿了银子去赎人，多下的银子当作盘缠，早日回去过活，离开这是非之地。"刘姥姥听了顿时流泪，连连给冷子兴磕头。冷子兴却淡淡一笑，也不提周瑞夫妇，只是让伙计拿了几封封好的银子过来，让刘姥姥快去救人。

那刘姥姥当日便赶到丽香院拿了银子赎人。那丽春院老鸨见了银子，虽暗自后悔却也只好放人。刘姥姥见了巧姐又是抱头痛哭，再也不理众人，拉着巧姐就走。这天晚上，天阔月明，刘姥姥便带着巧姐、板儿，在瓜洲渡口乘了一艘小船，星夜回程。过了几天便回到京郊原来的村子，在亲戚家找到板儿的爹娘。那村东偏僻之处有个废弃的乡村野店，只因刘姥姥卖了房，那一家五口便在废弃的乡村野店暂以蔽身。

是时二月之初，天气仍是严寒。这天天色骤变，山川冷峻，下了一夜的大雪，一家五口在破店又冷又饿。板儿爹娘便到村里亲戚家去借柴借米，刘姥姥和板儿巧姐在破店冷得围作一团。突然又是一阵大风吹进破店，那祖孙三人冷得簌簌发抖。刘姥姥搂着板儿巧姐道："咱们必得生个火才好。这样你们便不会冻着了。"那板儿也不等他爹娘回来，自己跑到外面去找柴爿等引火之物。那巧姐甚是乖巧，便道："姥姥，远处有个庙，我去看看有什么柴火可以找到？"她便一人走在雪地里，进了破庙四下寻找，发现了一个偏殿，偏殿旁有一间小屋，推门进去，正是一间许久不用的柴房，还留着一些柴爿。巧姐大喜，慢慢抽出几根，抱回破店。那刘姥姥见了抱着巧姐落泪道："姐儿，让你受委屈了。"那巧姐年龄尚小，这些日子遭受巨变，反而不以己悲。那巧姐只是笑笑，拖着脸儿挨着刘姥姥坐下。一会，板儿又捧着一些带雪的树叶枯枝回来，刘姥姥便把这些柴爿放于一处，又找了火点了树叶枯枝引火，慢慢便升起了一堆柴火。刘姥姥搂着巧儿道："姐儿，这样你就不冷了。"巧姐靠在刘姥姥身上落泪道："从此以后我只跟着姥姥。"刘姥姥抱着巧姐亦是落泪。

大雪过后，刘姥姥便与众人商议如何安置之事。那刘姥姥身上还略有几个银子，便求了几个乡亲在那乡村野店边盖了三间茅屋度日。自此以后，巧姐便与刘姥姥一家过活，每日跟着姥姥学起纺绩织布，再也不提当年之事。又过了几年，巧姐长大后与板儿婚配——这是后话暂且不提。正是：

势败休云贵，家亡莫论亲。
偶因济刘氏，巧得遇恩人。

再说宝玉一直关押在狱神庙，这一日狱头过来对他笑道："不知道哪个王爷给你求了情，你可以出去了。"那宝玉疑惑间，出了狱神庙。出了大门，便见贾芸小红在外等候，见了宝玉忙上去说道："宝叔可出来了。"宝玉在狱神庙呆了一个多月，牢狱之中衣服又脏又破，头发散乱，两鬓唇下渐生胡须，面色苍白而渐生菜色。见了贾芸小红只是点头，那贾芸见了宝玉说道："前几天冯公子差了一个小厮过来，说这次多亏了北静王爷暗中尽力，二叔才没有流放，又提早给放了出来。只是冯公子府上近日南迁，恐是不能见叔叔了。如今荣宁二府已被抄，叔叔恐怕不能回去，冯公子写了一封书信，荐了二叔去一个王府作西宾，二叔可愿意去?”宝玉接了书信，却并不打开，只是说道:“那些西宾如何求生？不过是在别人府上作清客混吃混喝。原来老爷那边都是这样的，那单聘仁、詹光之流只是谄媚一下也就完了，那贾雨村之流，却是害人不浅。我虽现今沉沦，却也知君子不吃嗟来之食。便是饿死，也不能去做西宾奉承人的。”

那贾芸小红见宝玉决计不去，也不再说什么，只说要接了宝玉回去住几天。宝玉跟着贾芸小红回去住了几天，两人尽心尽意送茶送水照顾宝玉不在话下。只是贾芸之母五嫂，原是胆小怕事之人，见了宝玉总是远远地躲着，也从不与宝玉同桌吃饭。又过了几天，便与邻居说起家道艰难，那宝玉又如何听过这样的话语？当天下午便辞了贾芸小红，那贾芸小红一留再留，宝玉终告辞而去。

宝玉在街上走着，突然身后有人拍他，笑道:“宝叔，你可出来了。”宝玉回头一看，却是贾兰。两人抱头痛哭，贾兰便牵着宝玉回到后街的一条巷子上。原来李纨母子便暂时在此落脚。贾兰敲了大门，便有一个小丫头开了门，只见里边是一个小小的院落，各色花草全无，只种着一些蔬菜。

宝玉进了正堂，只见中间一张大桌子，供着一只青玉古瓷花瓶。两边各是几张椅子，上面铺着一些半旧的青缎坐垫。贾兰忙让座，那个小丫头又端上茶盘，奉上一盏青瓷盖碗香茶。贾兰忙对丫鬟道:“快去请大奶奶。”一会儿，李纨从里边出来。见了宝玉，拉着宝玉就抹眼泪。宝玉劝了片刻，李纨才红着眼睛道:“我只当再见不到你们了。现在贾家已经没了，幸好你和兰儿还在。我自从嫁给你珠大哥，只过了几天好日子。如今家也抄了，园子更不能住了。我们孤儿寡母，若不是我娘家接济，可是怎么过下去？我如今只求守着兰儿，对他哪天金榜题名了，也是我的造化。”

宝玉沉默了片刻，便要告辞而去。李纨留宝玉吃饭，宝玉笑道:“大嫂子爱惜赐饭，原该留下的。只是大嫂子自己也不易，我就不叨扰了。”李纨便又让丫鬟去取几两银子，对宝玉道:“如今只有这些了。你不嫌少便拿去，好歹也可以找间屋子先住着。”那宝玉如何肯接，他一生视金钱为粪土，却不想落难后李纨却用几两银子打发自己。他虽心中抑郁，却终不好发作，想那李纨也是一生孤苦，如今也是从狱中出来的，得了娘家接济只求自保，原也无可厚非。宝玉忍着气告辞着出来，那贾兰在身后一追再追，说道:“叔叔，吃了饭再走。”宝玉只当没听见，出了大门，在街上乱逛了半天。他身上没有银两，又一天没有吃饭，走在大街上便似飘着一般。到了晚间整个大街便又飘起了大雪，宝玉又在雪中走了一会，终于在一户人家屋檐下坐下了。

这时天色已晚，雪飘了一两个时辰，路上渐渐积下两寸厚雪。只见大雪纷飞，斜斜地打在宝玉身上，他的眉毛发须之间飘满了雪珠儿。那宝玉只是冷得发抖，又无处可去，只好蜷缩在屋檐下挡风。又过了一盏茶的时分，宝玉隐隐地听见院子里有人走动，又听见有走路的声音，只听有个声音说道："你们好生在里边准备饭菜，我去外面看看大爷有没有回来。"宝玉想着应是这家的主母在吩咐丫头们做事，正欲起来回避，忽又觉得挪不动脚步。原来他蹲在屋檐下已久，手脚俱已有些冻僵，如何迈得动双脚？便只好还是蜷缩在那里，只听得大门吱呀一声打开，一个撑着纸伞的年轻妇人站立在身后。那媳妇见脚下有人，吃了一惊，便道："哪里来的花子？"

宝玉回头一看，整个人都怔住了。只见那年轻媳妇穿着一身桃红刻丝银鼠皮衣裙，手中拿着一把水蓝色的纸伞，身后是满天的大雪。那少妇细条身材，容长脸面，隐约便是袭人的模样。那宝玉听见叫他花子，也不作声。这时后面来了一个点灯的丫鬟，说道："奶奶小心，仔细天黑路滑。"说罢便赶到那少妇身边。袭人见"花子"转过身看她，却不说话，突然灯光一照，俨然便是宝玉的模样。袭人心下一惊，接过丫鬟的灯笼又仔细照了几回，正是宝玉，却完全没有了往日的神采。如今只是衣衫褴褛，头发散乱，神色之间甚是潦倒，面容憔悴，胡须满面。袭人一下吃惊，以为自己看错了，又拿着灯笼上下照了一次，突然哭了一声道："二爷。"便觉脚下一滑，跌倒在身后雪地里。

那人正是袭人。那小丫鬟看到主母跌倒，忙叫了几个丫头们出来扶起袭人。袭人起来后，忙道："不妨事，把外面的那位爷扶进屋里。"那些小丫鬟们见她们奶奶如此，也不敢问，又叫了几个人把宝玉扶进屋里。又让人端来两盆热水，亲自给宝玉擦手烫脚。袭人见宝玉神色甚苦，便命人端来茶水，又端上几大碗热热的饭菜。宝玉喝着茶水顿觉身上一暖，便又狼吞虎咽吃起了饭菜。袭人见了宝玉直落泪，哭道："我以为再也见不到你了。"原来袭人自那天被忠顺王府请进王府，那王爷只看了一眼便没有下文。袭人深居大观园，外面之人原应不知，只是原来当日贾府子弟众多，薛蟠之流常在外面花间柳巷徘徊，有时无趣了便会背地调侃宝玉，那袭人之事自然就在坊间传言。那忠顺王爷不知听了哪位手下挑唆，便派了手下去贾府要人。哪里知道袭人到了王府便寻死觅活的，那王爷只看了一眼便丢开了手。不想此事却惊动了另一个人，此人便是王爷爱宠蒋玉菡。那蒋玉菡与宝玉素来有旧,便想着为袭人求了情。那王爷岂有不允之理？便把袭人赏给了蒋玉菡。那蒋玉菡倒也不是酒色之徒,便认认真真地和袭人拜了天地。袭人原也不依,只是洞房花烛之夜看到蒋玉菡身上的松花汗巾,便想起了自己身上宝玉给她的茜香国女国王进贡的大红汗巾子,两人一看,原来都是宝玉旧人,且情分又深了几层。袭人虽是无奈,但终究不知去哪里再寻宝玉。她便下了狠心跟了蒋玉菡。蒋玉菡见她性情温柔甚是喜欢,在家便以主母相待,家里的丫头们让袭人管教。那袭人见蒋玉菡待她甚好,便也安下心来,一心一意和他过起了日子。只是袭人有时暗暗想起宝玉,亦会伤心。有时便悄悄抹了眼泪,终究无可排解。

哪知今日在雪地里相见,怎能不让袭人痛断肝肠。但宝玉经历大难,常有怔忡之意。袭人一边抹泪,一边说些旧事,宝玉只是沉默不语。一会,蒋玉菡回到院中,袭人出去迎接,说起宝玉的事情。蒋玉菡几步进了屋子,见了宝玉就跪下了。宝玉也不说话,只是听他们说起这些际遇。一会,宝玉便似睡眼惺忪,袭人忙让小丫鬟们收拾了东厢房,铺上了上好的被褥和缎枕,又亲自用熏香熏了床,又在房中点了一炷沉香,方与蒋玉菡一起送宝玉到房中。待宝玉熟睡后,两人方才悄悄离开。

第二天宝玉醒来,袭人便带着几个小丫头进来伺候他梳洗。宝玉用水洗了面,又用青盐擦牙。袭人细细地与他梳头。宝玉也不说话,袭人梳着头发又落下了泪。这些原是她十余年来每日的分内之事,如今只短短数月,便已物是人非。宝玉亦不知如何说起,只是经过大难,已觉万事成空。

梳洗之后,袭人命人端上刚热好的清粥,又有几样下粥小菜。宝玉吃完便欲告辞,袭人急道:“二爷这是要到哪里去？如今外面天寒地冻,不如在这里住下。我们这些天也打听到宝二奶奶的去处,有了一些眉目。过几天就把她接回来。二爷就在这里长远的住着,便当是我们报答二爷往日的情分了。”

宝玉也知自己并无地方可去,便在这里暂且住下了。闷闷地睡了一天,到了晚间,蒋玉菡从外面回来,见了宝玉便作揖道:“今儿在外面跑了一天,宝二奶奶如今在城东的一户人家做事。明儿就可以把她接出来。”宝玉也不多话,袭人便悄悄地对蒋玉菡道:“二爷今儿早上要走。”蒋玉菡听了连忙转头又对宝玉道:“宝二爷对我有知遇之恩,当年我有难时,二爷也曾照应的。如今二爷有难,却不让我照应,断没这样的道理。二爷只管放心住在这里,如今就我们几个人,每日用度也花不了几个银子。二爷只管放宽心,明儿和宝二奶奶团聚是正经。”宝玉听他如此诚意，知他夫妇二人真心留他。只是宝玉心里并不愿在此长住，但听他二人如此之说，便只能留下了。

欲知后事如何，请看下回分解。

第一百零四回

薛宝钗金簪雪里埋　贾宝玉雨夜击木柝

且说蒋玉菡自贾家抄没之后，一直打听贾府下落，碰巧听得东门的张家新近买了几个丫头媳妇。蒋玉菡忙带了几个人去暗中相问，果然是宝钗麝月主仆二人。原来被卖之日，宝钗恐自己落入烟花之所，便和麝月二人在脸上抹了些土灰，只当平常奴仆卖入普通人家。那买她二人的是城中一户姓张的人家，管家也颇厚道，原来只买宝钗一人，后来麝月哭道："奶奶，我们二人是不能分的。求奶奶也把我买了去。"那管家原也有些善心，便用二十两银子买了宝钗和麝月。买进府后，宝钗自愿做些粗使杂活，并不愿伺候主子。那管家也知宝钗有些来历，故并不勉强，只让宝钗麝月每天做些缝补针织洗衣的粗活，宝钗也并无半句怨言。

那宝钗也是一生锦衣玉食，如今每天做活到深夜，好在麝月在旁时时照应。但天气日日寒冷，水皆冰冻，宝钗洗了几天衣服便患了寒疾。麝月只求张家的嬷嬷请个大夫来看，那嬷嬷冷笑道："你们又不是主子小姐，请什么大夫？别只管着偷懒不干活，仔细你们的皮。"麝月便要与之理论，宝钗连忙拉着麝月的衣袖拦下了。

不出几天，宝钗的病便一天重似一天，双手冻得红肿，每日里咳个不停。麝月又暗地求着管家抓了几服煎药，晚上便偷偷地煮给宝钗喝。每每落泪，反倒宝钗宽慰道："我们沦落到如今，这点苦又算得什么？只要不去那见不得人的去处，便是我们的造化。"麝月含泪点头，服侍着宝钗喝了药，又偷偷地出去洗完宝钗的衣服。

这样又过了几天。一日，那张家管家媳妇到了下人之处，找到宝钗麝月道："你二人可认识贾家的宝二爷？"麝月忙点头，又被宝钗拦住了。那管家媳妇笑着说道："你们也不用怕，有人来接你们了。"原来蒋玉菡与这家主人也素有交情，他在外到处托人打探宝玉消息。那张老爷便问了下去，知道家里最近买了两个丫头，再问起来果然是从菜市口买来的。又暗中派了管家媳妇偷听了两人说话，方知她主仆二人是荣国府原来的宝二奶奶和丫鬟。那张老爷便知此二人不能在此长呆，恐要连累了自己，正好他们府上与蒋玉菡亦有旧，便差人告诉了蒋玉菡随时可派人来接。那蒋玉菡第二天便请人抬了轿子把主仆二人接了去。到了蒋家门口，袭人迎出门外，果然是宝钗麝月二人。众人见面亦不胜唏嘘，抱头痛哭。

那蒋玉菡夫妇迎了宝钗到前厅，又命小丫头去请了宝玉出来。一会只见宝玉穿着素色衣服出来，神色潦倒，麝月见了哭着跪下了。宝钗见了宝玉，含着眼泪，点头微笑，又终于忍不住落下泪来。宝玉只见宝钗面有病色，身上却粗布衣衫，头上一律簪环全无。正想强颜欢笑，忽然宝钗问道："宝玉，你的玉呢？"众人低头一看，果然宝玉原来那块美玉已经悄然无踪。宝玉笑道："那天抄家的时候便被人抢了去，如今却哪里有玉？我原说那玉便不是好的，如今没了也不可惜。"宝钗低头落泪，突然袭人道："宝二奶奶，你的金锁呢？"宝钗淡然笑道："如今也没了。那天到了狱神庙，便被抢去了。"原来宝玉夫妇二人婚配皆因金玉良缘：一个有玉，一个有金锁。当年他二人尚年幼，均看过上面刻着的字。一块刻着："莫失莫忘，仙寿恒昌。"另一块刻着："不离不弃，芳龄永继。"当时两人看着各自顽笑，不想今日种种遭遇，一个失玉，一个失了金锁。袭人忽觉阵阵不祥，忙安慰两人道："如今找到了人，那玉和金锁日后也可慢慢找回。"宝玉却也不放在心上，倒是宝钗，多说无妨，心里却暗暗担心。

蒋玉菡夫妇备下一桌酒菜与宝玉夫妇接风。袭人仍站着伺候，与宝玉宝钗布菜。宝钗笑道："如今你已是当家奶奶，这样万万不可。你也一起来吃才好，让别的丫头们伺候吧。"袭人再三再四退让，方才入了酒席。席间，蒋玉菡说道："这些日子二爷二奶奶受了不少苦，叫我们看了也是不忍。如今二爷二奶奶只管放心，便在这里安心住着。我们这就把正屋让出来，也叫二爷二奶奶安心在这里住着才好。"宝玉听了忙摇头，宝钗放下碗筷道："你们对我们有恩，已是万万感激了。万万不可再让正屋。若不麻烦，只需给我们几个后院的几间房间，其余一概供奉皆免，我们几个可以自己做些小活度日，这样方是长久之理。”袭人等人一劝再劝，宝玉夫妇终是不受。蒋玉菡夫妇无奈间，便在后院一角拨出几间房间给宝玉夫妇，只跟了麝月一人。那后院有一个角门，开门出去便是大街，倒有些独门独户。自此以后，宝玉夫妇便独自过起了日子，宝钗虽是旧病缠身，却让袭人帮着到外面接了一些针线活，每日和麝月两个做活，勉强换些银子度日。那袭人夫妇常常送些度日的东西过来，只是悄悄地交给麝月，不让宝玉夫妇知道。

宝钗与麝月二人撑起生计，却不让宝玉委屈。她又在后院给宝玉辟出一个书房，又求着袭人夫妇给宝玉找来一些四书五经，亲自为宝玉挑选了一些应试的经典书籍。宝玉进了书房吃了一惊，笑道：“如今还有书可看？”宝钗笑道：“正所谓富贵不能淫，威武不能屈。你只管在这里读书，等明年应试，你只要中了功名，便不枉了这些日子吃的这些苦。”宝玉听了便不言语。

宝钗见他闷闷不乐，便正色道：“如今已比不得以前，若你还是不上进，那这样的日子，以后也是恐怕不能有的了。”说罢便离开书房，到了房内做起了针线。麝月在旁悄悄地端茶进来，对宝玉低声道：“二奶奶已经病了好多天了，为你的书房，又是多做了好多活计，病又重了些。你可千万别辜负了她，你不知道她现在每天只能睡三四个时辰，都是没日没夜地在做活计呢。袭人有时偷偷送了银子来，都被她退了回去，你说二奶奶，怎能叫人心里不尊重。”宝玉听了，便更说不出话来。

那天晚上，宝玉在书房看了一晚上的《论语》，看得好不耐烦。正烦恼间，宝钗端着一碗茶进来，见宝玉烦恼，见宝玉念的是《论语》，笑道：“孔子有云：一箪食，在陋巷。人不堪其忧，回也不改其乐。你现在就把自己比做颜回，何如？”宝玉摇头道：“颜回有乐，是因为他甘于贫而乐于贫。只是他从未经历过繁华。若他经历一番人间繁华再失去，那他是否还乐于贫呢？”宝钗终不能答，便摇头出去。那宝玉还是闷闷不乐，当晚便睡在书房里，忽听得有人冲他笑，回头一看，却是黛玉。宝玉与黛玉好久未见，见了黛玉忙拉着黛玉道：“好妹妹，你去哪里了？你又笑什么？”黛玉脸上似有讥笑之意，却道：“我去哪里？又与你何干？如今你可要蟾宫折桂去了，我又哪里敢笑呢？”宝玉连忙赌咒道：“妹妹，你又来气我。”黛玉轻轻一笑便不见了。宝玉一急，忙去拉黛玉，却是脚下一绊。醒来一看，却只是南柯一梦。第二天一早，麝月推门进来，宝玉便不知所踪，留下一纸偈子：

箪食陋巷堪其乐，只因未到伤心处。
莫若庄周梦蝴蝶，大梦醒后空也无。

麝月一惊，便拿了这张偈子给宝钗看，宝钗看了泪流满面。麝月又叫来袭人，袭人急着便要找人去寻宝玉。宝钗摇头流泪道："你们不用去找，他不会回来了。"

宝玉走后，宝钗的旧疾更重。她原来到了晚间必咳一个时辰，如今却是白天也咳，晚间要咳三四个时辰。麝月便叫了袭人来看，袭人忙请了大夫，大夫诊脉后摇头道："这病原是旧疾，这位奶奶因为自带的热毒，原来有药压着，如今她原来的药已停了多时，又因为近日受了极大的变故，故而已伤及内腹。只怕不能好了，如今可吃的只有一些吊命的药罢了。"袭人麝月听了没了主意，只求着大夫好歹用最好的药。那大夫摇了摇头，只说道："这位奶奶有太多的心事，以前都是强撑着，现在恐是神仙下凡，也无回天之术了。"只开了一些补血养气的汤药，便拱手离开了。袭人哭道："这可如何是好？"忙和蒋玉菡商量，四处寻找宝玉。众小厮皆出去寻找宝玉，几天后有个小厮回道："有人在城外的一个寺庙外看到一个人，像极了宝二爷，大爷何不去看看？"

这日正值又是一天大雪，蒋玉菡跟着小厮来到城外，走了十几里地到了一个破旧的寺庙，果然见宝玉坐在庙外发呆。蒋玉菡见了宝玉忙道："二爷快跟我回去，二奶奶就是这一两天的事了。"宝玉听了转回头，蒋玉菡又说了一遍，宝玉方回过神来，连忙跟着蒋玉菡策马而归。到了蒋宅后院，只见宝钗已在床上奄奄一息，面色如银盆，没有一丝血色，袭人和麝月都在身边，一个喂药，一个抹泪。

宝玉坐到宝钗身边，哭道："宝姐姐，是我误了你。"宝钗睁开眼睛，见了宝玉，流泪道："宝玉，你可来了。我看到林妹妹了，她在天上叫我呢。"说罢，只对宝玉笑笑。窗外大雪漫飞，宝钗握着宝玉的手，看着窗外的雪越积越厚，慢慢地闭上眼睛。

正是：

可叹停机德，堪怜咏絮才！
玉带林中挂，金簪雪里埋。

宝玉一时怔住，在宝钗身边呆坐良久。而后袭人来劝，宝玉才回过神来，抱着宝钗大哭一场。蒋玉菡又帮着买了棺木，宝玉眼见入殓，又俯棺大哭一场，便转头而去。

却说贾芸小红，自宝玉去后，一直打听宝玉的去处。后来才知蒋玉菡夫妇供奉宝玉之事，又听说宝钗已没，不禁唏嘘万千。这两人悄悄地到了袭人处，问到了宝钗落葬之地，袭人麝月又一起去祭拜了一番。众人说起宝玉下落，都摇头不知下文。麝月叹道："如今袭人姐姐有了着落，我却不知宝二爷的去向。若你们知道便告诉我，我便过去伺候我们二爷，好歹有个照应。"袭人流泪道："若是以前，我自然也是要出去找二爷的。只是现在，恐怕已是不能了。好歹还有麝月，你们若有了宝玉的消息，一定告诉我们。麝月就去陪二爷，我也放心。"贾芸小红便安慰道："你们放心，如今宝二爷只身流落在外，是需要有个人照顾他。麝月姐姐先回袭人姐姐那里，有消息我们便告诉你们。"众人又在宝钗墓前哭了一场，烧了纸钱，点了香烛，方各自回家。

冉冉地便有半年的光景。看世间沧桑，转眼冬去春来，又夏去秋来。刚过了暑天，天气又渐渐转凉，这些日子不觉又淅淅沥沥下起了秋雨，直落得寒塘渐冷，浮萍凋零。那宝玉自从宝钗落葬后，便四处飘摇。他先在破庙住了几天，又听得众人说起宁荣二府烧成了瓦砾，便偷偷回了一次原来的荣国府和大观园，只因他是晚上回去，那宁荣二府又烧得只剩了一片瓦砾。宝玉提了一只灯笼，只从原来的角门处进去，只见荣国府已是断瓦残垣一片，一片焦土。宝玉哪里还看得下去，又凭着记忆走到原来的大观园。可怜大观园亦是残土荒木一片，园中已是落叶斑斑。他再信步走到怡红院，俱已烧毁不辨踪迹，只有尚存的几根雕梁，也结满了蛛丝。宝玉在怡红院呆了许久，眼见到处挂满灰尘。他到原来的房中，突然脚下一绊，拿起一看，却是黛玉前些年送他的一个玻璃绣球灯。只是那灯上积满了灰尘，宝玉却如获至宝，用身上的衣服擦了擦，便抱在怀里。又走到潇湘馆，那里亦是一片瓦砾，只有几根残竹在风里飘摇。

宝玉在风里站了许久，又掉了几滴眼泪，心中念道：

陋室空堂处，当年笏满床。
衰草枯杨里，曾为歌舞场。
断壁残垣恨，蛛丝结雕梁。
何处绿纱窗？何处鬓染霜？
漫漫银灯夜，何处解忧伤？

那宝玉又在月下对着潇湘馆临风落了几滴眼泪，拜了几拜。方不回头地去了。

宝玉祭拜荣宁二府后，便乘了一叶孤舟飘到瓜洲之地。他既已离开京城，也知无人认识自己，便在瓜洲苟且度日。无非今日在这里打几天短工，明日又去那里端几天盘子，受尽人间冷暖。也有人偶然知道宝玉会作诗，便荐了宝玉去做西宾。哪知宝玉却不愿以文伺人，也无意写些谄媚俗句，开始之时还能勉强做得几天，到后来却是主动请辞了。宝玉流落瓜洲，便只租赁了一破屋，后来每日饭菜皆有不饱之虞。他也不甚在意，一日，一街坊邻居李大叔对宝玉道："有一份差事你可愿意做？每日晚间出去打更，虽然辛苦，但总可勉强吃饱，不至饿死。"那宝玉无奈中便应了这差事。每到晚间，宝玉作击柝之流。因为天冷，他便常穿一身破袄，腰间挂着一串响铃，夜夜在拿着木梆子击木柝于各大街小巷。每每晚间天冷又干渴难忍，宝玉便冷得哆嗦，嗓子又干渴得难忍。他便忍着疼痛，曾经作诗叹道：

布衾多风冷似铁，冬夜如梦巷里行。
木柝声声如呜咽，摇铃寂寂若残荧。
长夜何处是天明？寒渴何处是暖羹？
何人午夜彷徨起，虚空飘摇洒泪痕？

正是秋天。这日那宝玉正值当差，黄昏时分，宝玉早早吃了晚饭出来，手拿着木梆子便开始击柝。已到戌时，秋雨慢慢下大，宝玉披着一身破旧的蓑衣，蓑帽，穿了一双破木屐，在雨里穿行。瓜洲之地湖泊纵横，小桥延绵于其间，在大街小巷。天色渐渐已暗，宝玉一路击柝，口中不时道："天色已晚！小心火烛！"那小巷笼在一片秋雨中，天地间一片雨声，慢慢便听不见宝玉的声音。宝玉虽然穿着蓑衣蓑帽，但是阵阵大雨从天而降，这小小的衣帽哪里挡得住如此的风雨？宝玉在秋风秋雨里穿行，身子便如同风雨里的小舟飘摇。他又边走边举柝而击，手中还提着一盏半明的玻璃绣球灯。那原是黛玉送他的，抄家之后便失落在大观园，宝玉又偷偷回去一次，在残瓦中找到。如今只剩得这件旧物，如宝似地珍藏，每天晚间打更的时候，就用这盏旧灯陪伴。那宝玉在秋雨中穿行，头上身上已经湿了大片，正看得秋雨满天满地，忽然便想起黛玉的那双泪眼，又想起了黛玉的那首《秋窗风雨夕》：

秋花惨淡秋草黄，耿耿秋灯秋夜长。
已觉秋窗秋不尽，那堪风雨助凄凉！

宝玉才默记了两句，不觉心中一痛。心里念道：林妹妹的诗，可是应了今天的景了！如今秋风秋雨，秋声惨淡，林妹妹却已不在，我却又不知去哪里找你！不觉把玻璃绣球灯抱在怀里，想起了黛玉笑着对他道："跌了灯值钱？还是跌了人值钱？你怎么也变出这'破腹藏珠'的脾气来？"宝玉想到这里，便觉又见黛玉当年说话的神气。不觉眼中一酸，满天满眼的雨水和泪水，竟然分辨不出。突然觉得脚下一滑，宝玉便摔了一跤。只听得一阵玻璃声碎，那玻璃绣球灯滚出了几丈之外。

那宝玉心下一惊，连忙从雨中爬起，跑到那几丈之外。只见那玻璃灯跌成了碎片，宝玉一阵心疼，在雨中饮泣了良久。宝玉无奈之间，撕下一片衣角，用心把碎灯片一片一片地包好。宝玉又想来日可以时时祭拜，便走到一个小桥下，挖了一个土冢把玻璃绣球灯埋了。已近亥时，秋风秋雨更是惨淡凄凉，宝玉擦了一把眼泪，便拿着木梆子继续击柝。这时他便走上桥头，一边击柝一边喊道："秋风秋雨，夜深早睡。"说罢，已是泪流满面。

慢慢的秋雨时断时续，渐渐转小。远处又是秋风秋蝉阵阵。宝玉在桥上看着桥边的月色银光一片，只见远处寒塘深深，远远的一片枯荷，正是李义山的意境：留得残荷听雨声。突然，轻轻的，从远处的寒塘边传来了一阵极细微的笛声，然后便是一支极清雅的曲子："原来姹紫嫣红开遍，似这般都付与断井颓垣"。宝玉在夜色中不觉听得痴了，不知身在何处。突然，曲子骤停，便听得桥下有人问他道："桥上的可是宝玉哥哥？"

欲知后事如何，请看下回分解。

第一百零五回

湘江逝寒塘渡鹤影　楚云飞红颜抗枯骨

那宝玉在桥上听得有人叫他，忙回头一看。只见桥下有一艘画舫，有一个美人站在船头。刚才那曲子应该便是从这画坊里传出的。宝玉暗自心奇，又有谁会认识自己？便在桥头应道："你又是谁？"那人回道："我是史家的人。"宝玉听了声音很熟悉，连忙跑到临水的岸边。只见船上的美人身着华丽，头戴珠翠，只是眼中含泪，暗自哭泣，却是经年未有联系的史湘云。宝玉见了便哭道："湘云妹妹！"两人见了相对哭泣。半晌，湘云才道："我嫁到卫家，若兰哥哥待我极好。只是不到一年的光景，卫家就被抄了，史家也被抄了。再后来，若兰哥哥就死了，我便被他们卖到这里。每日被妈妈打骂，逼着学曲卖唱，如今在这不得见人的去处。"说罢哭了一会，又问道："贾家的人呢？"宝玉哭道："都被抄了。老太太、太太都没了，宝姐姐、林妹妹也死了。"湘云听了痛哭流涕，她对着宝玉流泪道："林姐姐对你至情至性，当年中秋，我与她联诗，不知你知不知道？"宝玉摇头，湘云便照着记忆背出，又说道："最后两句是：寒塘渡鹤影，冷月葬花魂。"如今又是中秋，竟然是我和林姐姐各自的谶语。"又问了宝钗是怎么死的，宝玉流着眼泪说了，湘云摇头流泪道："是你辜负了宝姐姐。"

两人正欲再说，这时从里边走出了一个老妈妈，见了湘云在船头与人聊天，冷笑道："回去接客，倒在这里和一个花子说话。"说罢，便叫了几个大汉出来把湘云拉走。湘云哭着对宝玉叫道："二哥哥，到城里的锦香院救我。"那湘云哭了几声，就被这几个汉子拉到船舱里，宝玉到水里追了几步，却被开船的船夫用船桨打了好几下，骂道："癞蛤蟆想吃天鹅肉，也不看看自己是谁？"宝玉一时没有躲开，一下被打到水里，只能看着画坊慢慢开到寒塘深处。

月色如水，寒塘森森。偶有秋雨打在枯荷上，宝玉看到水面在隐隐泛着银光，不禁泪流满面。正是：

秋风渡寒塘，鹤影待月凄。
冷风助苍凉，枯雨落秋池。

原来那湘云自卫家被抄后，也被人所卖，流落到烟花巷。此地正是瓜洲最盛名的锦香院，每日里人来人往，荟萃各家商贾名流。那锦香院的姑娘们有的是来自贫穷人家，因爹娘养不起才卖了换些银子。有些便是被拐子拐来的良家幼女，只因记不得身世，又离家千里，故只得听从老鸨，不然便遭各种打骂。还有一些是犯了事的罪臣之女，原来也是锦衣玉食的主子，无奈天有不测风云，辗转反侧落到此间。这些女子往往誓死不从，但老鸨有厉害的招数，只让人不能求生亦不能求死。那湘云流落到此间，只要寻死，那老鸨一看湘云便知是绝色。便软硬兼施，只说湘云可以卖艺不卖身，不如在这里暂且呆着，以后还可与家人团聚。那湘云便和老鸨约法三章：第一：卖艺不卖身。若要卖身立即自尽。第二：她若不愿不可强行接客，若违背意愿也立刻就死。第三：若他日遇到家人须同意家人赎她，若不应允也立刻就死。那老鸨深知湘云此类人物性格刚硬，不可用强，便暂时应了这三条。湘云便取了云儿的名字，因她自有风骨，又善诗词，不到一年居然得了锦香院的头牌。王孙公子要见她一眼，也须得她愿意。那老鸨暗中也把她当了摇钱树，凡遇见云儿者，喝个茶点就要二十两银子，若要得湘云曲儿，再加一倍。若要得湘云诗词，却是百两银子也难寻觅。那湘云只是把从前的诗词写了几篇，偶见会诗词的，便抄录一篇放出去。她原想用这样的法子找到旧时人家，哪知糊里糊涂的便洛阳纸贵，许多公子王孙知道锦香楼的云儿善诗词，自愿百金以求一见。

那日湘云在瓜洲桥下与宝玉重逢，回到船上便说以后不再接客，只等家里旧人来接她回去。那老鸨明里笑着答应，暗中告诉手下杂役道："若有人来赎云儿，一律打出去。"那杂役们岂有不听之理？话说第二天宝玉便来了锦香院要说来见湘云，杂役见宝玉衣衫褴褛，破落不堪，几个便拳打脚踢，直把宝玉打出门去。

宝玉无奈，只能流落街头。慢慢踱到瓜洲渡口，看着茫茫江水不知如何应对。正欲乘舟返回京城，又不知回京寻找何人。正无可奈何间，只见迎面下来一船旅客，三三两两的从自己身边经过。宝玉也不留意，只是自己出神，忽然有人在他身边停下道："宝叔，我可找到你了！"宝玉抬头一看，却是贾芸。原来自宝玉不告而别后，贾芸、小红、袭人、麝月等人一直在打听宝玉的下落，连冯紫英从关外回来后，都四处打探宝玉的消息，这日便问到了蒋玉菡。蒋玉菡便实话相告，冯紫英叹道："你们怎么让他走了？素日王爷都暗中让人保护他，如今他流落在外，又怎么把他找回来？"便和一些旧日公子商议，一起打探宝玉的下落。蒋玉菡等人便找到贾芸，贾芸等人原来就一直在各地托人寻找宝玉，这日醉金刚倪二带来消息，只说有人在瓜洲附近看到有人形似宝玉。贾芸当天便和小红商议了，自己独自到瓜洲来寻宝玉，又差小红到袭人处告知蒋玉菡，蒋玉菡再亲自到冯紫英处相告。

却说宝玉在瓜洲渡口蓦然见到贾芸，心中一块石头落下半块。两人找了一个小茶肆喝茶，宝玉道："幸好你来，如今正有一件大事。"便把湘云的事情说了，又道："如今我都进不去那锦香院，怎么赎回云妹妹？"那贾芸便让宝玉在此等候，自己可以替宝玉去找人。到了黄昏时分贾芸便回来，见了宝玉道："好不容易见了他们嬷嬷，只说湘云姑娘是她们的头牌，便说至少五千两银子，少一两也不让赎回。看这样子是让我们死心，哪里去找五千两银子？"宝玉心下着急，又不知到哪里去找银子。贾芸又道："我这次来，是来带宝叔回去的。前儿又碰到冯紫英公子，他说北静王爷如今也在找宝叔，不如一起回去，再作商议，如何？"宝玉终不愿回去，他只说道："若我回去，湘云妹妹不见了，那如何是好？"贾芸低头一想，不如自己先回去找京里的人先商量了，再作打算。他见宝玉一身更夫打扮，知道宝玉境况惨淡，便从包袱里取出一封银子交给宝玉，笑道："这是冯紫英将军托侄儿带给宝叔的二百两银子。宝叔不可再作击柝之流了，太委屈自己。"宝玉接了银子，也不打开，只说道："你快回去，找到冯紫英公子，只说我有大事，请他来瓜洲救人。"贾芸当下拜别宝玉，乘舟而归。

当下宝玉辞去更夫之职，只是守在瓜洲等待救人。他每日一早便去瓜洲渡口，从第一班渡船等到最后一班渡船。那些船家几天以后都看惯了宝玉，只对他笑道："今日你等到了没有？"宝玉自不回答。三四天后，只见江上来了几叶客舟，慢慢地向瓜洲渡口开来。到了岸边，船上也不下人，只是有一两个船家下来停了船，又下来两个女尼，到岸上买了一些瓜果水米。宝玉只觉得眼熟，又不知哪里见过的，也不在话下。只是紧盯着江边，看看有没有再过的客船。

过了一炷香的时分，只见一个女尼走到宝玉面前，说道："这位可是荣国府的宝二爷？"宝玉抬了眼，这位女尼道："我家主人与宝二爷是旧相识，请宝二爷到船上一聚。"宝玉突然想起，这位女尼正是当年在栊翠庵见过的，却说不出名字。便作了一揖，跟着女尼来到了船舱之内。进了船舱，只觉一阵茶香，一应俗念尽消。只见一位带发修行的尼姑，一边翻着贝叶经文一边喝茶，见了宝玉放下茶杯，双手合十。宝玉一看，正是妙玉，连忙双手合十道："大观园一别，不知还有今日。"妙玉神色凝重，点头不语。这里一位女尼端上清茶奉于宝玉。宝玉又问道："惜春妹妹呢？"妙玉叹道："自那日大观园出来道别后，便没有她的下落了。"原来当日宁荣二府抄家前几日，妙玉带着几个嬷嬷、丫头并几个女尼，匆匆整理了细软，雇了一艘小船悄悄地离开了大观园。只因她从小见惯了离愁，大观园的姐妹们一个个离开之后，她知总有不祥预兆，天有不测风云，终将不免离别，遂暗中辞了王夫人和宝钗，匆匆离去。临走之前原打算与惜春作伴，那惜春却自有主张。她与妙玉一起离开大观园栊翠庵，到了江边欲待上船，惜春却辞了妙玉独自成行。后来有人见一缁衣女尼独自沿街乞讨，有人询问道："你可是贾家小姐？"那女尼俱是合掌摇头，便不知所终。

却说宝玉见了妙玉，说起各自下落。妙玉听得宝玉一路落魄，俱叹息摇头。又听到湘云下落，正待五千两银子救人。妙玉双手合十，抬眼让嬷嬷过来，低头耳语一番，那女尼自去里间，一会拿了一个青玉匣子出来。里边装着两个杯子，便是当日的"瓟斝"和"杏犀䀉"，那"瓟斝"后有一行小真字是"晋王恺珍顽"，又有"宋元丰五年四月眉山苏轼见于秘府"一行小字。妙玉道："如今救人要紧，这两个杯子却也不俗，一个是晋代的，一个宋代的。只怕公子王孙也没见过的，还值得万两八千银子。你快拿去救人，或去找个识货的商人，或你自己想法子。怎么说把人救出来才好。"宝玉不知如何言谢，妙玉却道："你这又俗了。须知各人自有各人的造化。湘云与我也自交好，你又何必深觉不安？"那宝玉知道无可言谢，遂深深一拜。转头就带着两件古物走向锦香院。

那锦香院的嬷嬷听说宝玉又来，原说又要打出去。宝玉却先给了二十两银子说要见嬷嬷，又说带了银子赎湘云。那嬷嬷便想见一面恐怕也无妨，便让小厮带了到偏厅相见。那宝玉进来后，老鸨对着宝玉冷笑道："如今你要赎的是我们云儿姑娘，没有五千两银子，你老喝了这杯茶就回去吧。"宝玉拿出玉匣子，打开一看，便是两个稀世的古杯。那老鸨虽然不认识，却也知是个好东西。但又冷笑道："只这两个小茶盏，便值得五千银子？你别是来讹我们的罢。"宝玉便道："只需请来你们城中的古董商人鉴赏即可。"那嬷嬷便让小厮到外面请了一位行家来看，那人看了一眼惊道："这可是王府的贡品，乃前朝珍品。一个是晋代的，一个是宋朝的，连皇家之人都不能随意使用。你们又是哪里来的？"宝玉却道："若古玩是真，何必管是哪里来的？可值五千银子？"那行家点头道："值得！值得！便是一万两银子也没处买去。"宝玉便道："那你只给这位嬷嬷五千两银子，我只要赎人便好。"那行家便拿走了玉匣子，对那嬷嬷说道："你们随时可派人到我那里取五千银子。"说罢便告辞而去。

那嬷嬷见了两只茶杯可换五千银子，心中便有些不自在。她暗自后悔应该要到一万两银子方是公平买卖。见了宝玉点头笑道："有眼不识泰山，原来这位爷是个一掷千金的主儿。云姑娘如今可是这里的摇钱树，你便拿了五千两银子来，我也舍不得了，何不让那古董商再加五千两银子？你我二人分了即可，云姑娘又好跟你回去。"宝玉哪里知道这个嬷嬷如此无赖，气得不能言语。正僵持间，突然两个身影从外面闯进道："贾家的宝二爷呢？"宝玉抬头，只见冯紫英和贾芸从外面闯进，宝玉见了正欲说话，冯紫英一把拉住宝玉道："我可见到你了。"原来冯紫英到了关外去了数月，回来后知道贾家巨变，又无处寻找，只好托了一些旧人。贾芸从瓜洲回京后找到蒋玉菡冯紫英等人，冯紫英听说宝玉有事，便同贾芸连夜从京中赶来。这两人听说五千两银子已经赎回了湘云，嬷嬷又自反悔，冯紫英掏出腰间的宝剑搁在这嬷嬷脖子上，怒笑道："你说一万两才能赎人？先问问我的宝剑答应不答应？"那嬷嬷见冯紫英一身贵公子打扮，又英阔照人，便知不能得罪，连连笑道："五千两就五千两，这位爷，先把宝剑放下，我亲自去接了云姑娘来。"冯紫英哪里容她半点拖延，拿着宝剑指在她身后道："快点带我们去，若是慢了半步，我手里的剑可不长眼睛。"那嬷嬷知道不能有半点闪失，无奈之间只好亲自带了去。那湘云在房间里已禁闭数日，见了众人持剑而入救她，不禁喜极而泣。宝玉见了便拉着她往外走。那冯紫英依然拿着剑指着那嬷嬷道："我们这就别过，若再使人来追，可别怪我刀剑无眼。"说罢，一剑下去，一张桌子劈成了两半。那嬷嬷如何见过这等架势，看着宝玉一干人等绝尘而去。

话说宝玉一干人到了瓜洲渡口，冯紫英说道："北静王爷还差我去铁岗山一带，我先走一步。你们尽快赶回京中，我若回京，必去拜访。若京中有事，可直接去找北静王爷，他必保你平安。”说罢，便辞了众人骑马而去。宝玉等人便找了船家，等天明即可出发。众人渡口找了一家客栈，要了两间房间，宝玉和贾芸一间，又单独给了湘云一间。湘云犹然心惊，宝玉笑道：“这次却多亏了妙玉，若不是她拿了珍品出来救你，哪里去找五千两银子？”湘云奇道：“她如今却在哪里？我们可要去谢她？”宝玉笑道：“就在瓜洲渡口，你推窗看去，那几艘泊着的客船，便是妙玉她们的行舟。”湘云心中自是感激，便说道：“如此大恩我却要亲自道谢。”宝玉点头道：“理应如此。”便和贾芸商量了，两人恐路上杂人甚多，便让湘云换了男子衣服，只一身灰袍，头戴一顶黑色披风。贾芸又恐路上有变，亲自护送。

两人到了江边，宝玉先行一步，走上船头，对船家道：“麻烦进去通报一下，槛外人求见。”船家进去，一会出来了一个女尼，把宝玉和湘云迎进船舱。妙玉坐在船舱里，见了两人便站起迎候。湘云褪下披风，含泪笑道：“多亏了你救我，要不我怎么离得开那种地方？”妙玉淡淡一笑道：“这原是劫数，你若是得救，自是你的造化。我那些只是俗物，你不用放在心上。”便让道婆沏了滚滚的茶来，用的仍是自己的绿玉斗。另外捧出了两只南宋的汝窑，笑道：“如今不比在大观园，没有五年的梅花雪了。如今这水只是昨夜的雨水，我只是让她们端着坛子在江面上接的。虽不如以前，你们勉强喝吧。”湘云心中暗自好笑，如今非常时刻，都不知明日如何，她还偏偏讲究这个，正待取笑，又知妙玉实是她的救命恩人。便不好说什么，只得喝了一口，果然清新异常。宝玉笑道：“这茶水果然好，只是我们来小坐一会便要告辞，明日就回京城。”妙玉点头道：“哪里不是苦海？哪里又是家园？只是心安即是家，便哪里都是一样的。我看京城与瓜洲，亦没有什么分别。”湘云点头，正待说些正事，突然间听得外面一队人马的声音，便有人急匆匆向这里赶来。宝玉心知不好，突见贾芸进了船舱，对众人道：“宝叔，外面来了一队人马，说是要抓朝廷钦差。为首的说是一位王爷的手下。”

宝玉听了大吃一惊，拉着湘云便对妙玉说：“是我们连累了你。我们这就出去，和他们说这事与你无干。”妙玉站了起来，摇头道：“这事却与你们无干。我已经逃了十来年，是我回去的时候了。只是，我的东西便是砸碎了也不能给他们。”说罢，砸了桌上的绿玉斗，又把手中的佛珠给了湘云，说道：“这个你们就留着做个纪念。我自去外面看看，你们记住，不要出来，等可以开船了，便马上离开这是非之地。”

妙玉看了宝玉一眼，眼圈一红就出去了。到了船头，只见一干人马已经到了江边。为首的是一个四十多岁的威武副将，见了妙玉便道："王爷有令，今日有人在古董店发现宫中禁品，恐与朝廷钦犯有关。命带相关人等回去，严加追问。"

原来妙玉是一位京中亲王之女，因为那老亲王十余年前因一桩旧案犯了事，妙玉遂辗转流于民间。可怜那亲王被重判抄家而饮恨自尽。妙玉从小见识不凡，老王爷提前留了几箱珍品给她，并命几个亲信护送，连夜逃出京城。一行数人先在苏州庙中呆了数年，又辗转在大观园呆了几年。近年荣国府被抄，妙玉只好再辗转他处。追查老亲王主案的便是同辈的另一位王爷，他既垂涎于妙玉美色，又垂涎于古玩珍宝，遂下令既要美人，又要珍宝。这日从瓜洲流传到京中的一只成窑五彩小盖钟，已经辗转卖到王爷手中，那王爷一看便知是钦犯旧物，便命副将带了一队人马到瓜洲寻找钦犯之女与古玩下落。哪知他们到了瓜洲才几天，今日便又从古玩店那里得到晋代与宋朝两大古物。那副将忙从古玩店开始追查，顺藤摸瓜便跟踪了宝玉湘云一干人等，这一路便追踪到了瓜洲渡口。

那妙玉心中疑惑，便出来探个究竟。妙玉听到"朝廷钦犯"便明白了几分，冷笑道："那些古物原来便是我祖上传下的，何来的禁品？只怕有人见了便想据为己有，也未可知。"那王府副将听了便道："王爷已追查十余年，并无收获。每次有了消息，突然之间便断了。哪里知道一个罪臣之女，能躲十余年。如今你跟了我们回去便罢，只怕王爷念在你父亲的面上，还要封你做个侧王妃。"那妙玉听了冷笑道："你们王爷六七十岁的人了，还要娶侧室？岂不是笑话？"那王府副将听了也不答话，回头喝道："给我到船上搜，有什么闲人一概带走。"妙玉突然笑道："你们王爷不就是要带我回去？如今我跟你们回去，不可为难别人。那些古物我自带着，你们在外等着，我进去拿给你们。"说罢，便转头进了船舱。那宝玉湘云在里边听得真切，连忙劝道："你千万不可跟他们回去，否则白白糟蹋了自己。我们跟他们回去没什么，大不了就是一死，又有什么可怕。"妙玉摇头道："我为鱼肉，人为刀俎。如今他们以你们来要挟我，能保一个是一个，我也厌倦了逃难的日子，如今这样倒好，大家落个干净。"便走到里间，拿了一个古匣子出来。湘云过去拉住了妙玉，落下泪来。

妙玉也掉了几滴眼泪，笑道："天下没有不散的宴席。你们一定要平安。"又看了宝玉一眼，转头出了船舱。妙玉拿着匣子对那副将说道："古物都在这里，除了汉唐之外，连周朝的只怕也有几个。你们须应了我一件事情，我方跟你们回去。否则，我便砸了匣子，一头碰死在这里。”那副将只恐人财两空，忙命人退下，只问道：“什么事情？”妙玉道：“只要放了船上的人，就让他们连夜乘这条小船离开瓜洲。”那副将点头道：“王爷指定带着你和那箱古物回去。你若真的回去，我们便放了他们又有何不可。”那妙玉便点头，跟着他们来到岸上。已近午夜，妙玉一下了船，便回头即命船家开船，宝玉湘云还没回过神，船便慢慢开出瓜洲渡口。两人跑到船头，对着妙玉挥手痛哭。

妙玉慢慢地回头，在月色下对着两人笑道：“回去好好保重，找个没人的地方，安度余生。”说罢，转头对王府副将道：“你们且退下几米，我要站得高些，看着船再走远一些，方能放心跟着你们回去。”又过了一炷香的时分，妙玉看着宝玉的船快到入江口，突然砸了手中的那箱古物。她冷然骂道：“如此一个王爷，都是一把老枯骨了，还要到处害人，连出家之人都不放过。且回去告诉王爷，我们家的古物不劳他烦心，我清白的一个人，也不劳他牵挂。”说罢，砸完了手中的宝物，便纵身一跃，跳下瓜洲渡口。正是：

瓜洲水流湍急处，红颜愤慨抗枯骨。
一乘孤帆悠远尽，可怜公子叹无缘。
欲洁未洁空难空，肮脏之地难为愿。
折戟沉沙空芦苇，六朝茫茫天地间。

欲知后事如何，请看下回分解。

第一百零六回

黄叶村寒冬噎酸虀　悼红轩雪夜围破毡

却说宝玉湘云江上看着妙玉在岸边跳水沉湖，不觉顿首疾呼。可怜相隔太远，妙玉如何听见？只见妙玉的身影纵身跳入江水之中，江上波涛湍急，一会便不见踪影。宝玉在船头不禁痛哭，湘云亦泪流满面。贾芸在两人身后看了，不禁也摇头顿足，竟不能相劝。

宝玉无以为祭，便让船夫停船，从江中掬水一杯，跪在船头祭拜道：

江水之浩荡兮
不知大士之何处兮
士人扼腕兮
不知傲骨之何往兮

念罢又大哭一场。湘云在旁看着江水，流泪道："妙玉生性怪僻，却为了救我们而自尽。要我如何去还她这份情义？我竟连诗都做不出来。"两人对着江水又哭了一场，贾芸出来一劝再劝，两人对着岸边拜了三拜，方挥手让船夫重新开船，遥遥洒泪挥别。

几天以后，到了京城。贾芸先把宝玉湘云等安排在一处偏僻的住所，笑道："这是冯公子安排的，宝叔可安心在此常住。"过了一两日，袭人麝月也来与宝玉相聚。袭人见了宝玉湘云就拜，麝月道："如今二爷和湘云姑娘都在这里，我还是在这里伺候二爷和云姑娘的好。"袭人笑道："正是这个道理。"到了晚间，贾芸和小红又到了这里，又送了一些度日的银两和柴米。宝玉摇头道："我一贫再贫落魄到此，到最后竟是你们对我不离不弃。"贾芸抱拳笑道："叔叔千万不要这样说。当年亏得叔叔不嫌弃，侄儿才好些，如今叔叔落魄了，岂有不管的道理？"宝玉方不言语。

那宝玉在京城落脚后，一概大门不出，只是在家度日。平日竟绝了往日亲朋来往，只有冯紫英、贾芸夫妇、蒋玉菡夫妇、茜雪等常来探望。每每来时，众人有时带些银两、有时带些粥米交与湘云麝月暂且度日。宝玉唯独不愿伺于王侯之家，亦不愿借钱度日，便辞了所有西宾之职。湘云知他心有傲骨，亦从不求他出去做事。只是暗中托了袭人、小红等人道："若有缝补浆洗的活儿，只管接来就好。"麝月亦不以为意，虽每日粗茶淡饭，仍尽心每日与湘云一起针线，尽心伺候二人。贾芸小红等人见宝玉湘云均是落魄中人，又从小一起长大，便和袭人等人商议，何不让两人结于白首之好？袭人暗中与湘云说了，湘云低头不语，半晌落下泪来。袭人知她心中愿意，却不好表露，便让蒋玉菡悄悄与贾芸等人商量。贾芸又暗中禀明了冯紫英。冯紫英一直与宝玉交好，岂有不喜之理？一日冯紫英在宝玉处，趁着茶余便说道："如今你孤身一人，总须有人在你身边照顾。湘云姑娘与你知根知底，又从小一起长大。既然你们重逢于危难，不如成就好事，也便于互相照顾，岂不是好？"宝玉原来已有出尘之心，然又经历一段尘世之劫，想这中间的种种经历，到如今唯湘云一人可伴。不禁感慨万千，低头应允。

冯紫英等大喜，遂挑了一个好日子让两人拜了天地。只是一概从简，只来了冯紫英、贾芸、小红、蒋玉菡、袭人等人，麝月扶着湘云与宝玉拜了天地。冯紫英笑道："这便是一段佳缘了。"众人遂来道喜，宝玉含泪道："我这一生，看尽繁华，也落魄如此。如今多谢你们，唯有不离不弃，方不辜负了你们。"湘云亦是含泪而拜。

晚上，两人在灯下聊天。湘云含泪笑道："二哥哥，经历如此大难，却不知我竟与你在一起。我想起了当日与林姐姐、宝姐姐的一些旧事，如今想来如同隔世。"宝玉亦流泪道："我这一生，落魄潦倒。如今人人诽谤，已经接近于乞丐之流。而我慢慢想去，这一生中最好的日子是和你们在园子里度过的，这一生中最好的知己便是你们几个闺阁女子。我竟不如你们万千之一。如今，我已没有什么大事，只求把你们的旧事一一写出，就是报答当日的情分。只是你跟着我穷苦潦倒了，还请妹妹不要责怪。"湘云又笑，洒了几滴眼泪道："我又何德何能，二哥哥能把我与林姐姐、宝姐姐二位相提并论，怎能不是我的造化？如今你放心，你只管把我们的闺阁旧事写出来，度日的事情就交给我和麝月吧。”宝玉深深感动，对着湘云深深一拜。

自此以后，宝玉万事不管，每日只在书房写书。冯紫英、贾芸、蒋玉菡等人每每暗自送一些银子过来，湘云麝月白天又接了一些缝补之活，晚上便挑灯陪伴宝玉写书。宝玉常常写到深夜，湘云有时在旁研墨，有时看了哭笑一回。麝月闲闲在旁，有时月下静坐，有时与两人倒茶。宝玉有时高兴，便于两人说起书中典故，湘云笑道：“此章不错，得意而忘形。”说罢大笑。有时又道：“此章不好，打出去打出去。”宝玉于落魄之中尚有人在身边共忆往日繁华，又痛今日之潦倒，不禁大感欣慰。宝玉又自称院落为悼红轩，以寄忧思之意。

宝玉写书之时，每每也有一两章传出去。冯紫英一日到了悼红轩拜访，见了宝玉便笑道：“今天写到哪里了？有好些人等着看呢。”宝玉奇道：“我这书可有人看？”冯紫英道：“可不是？北静王爷常常问我要来看，如今你只写了十章，已经是洛阳纸贵了。京中的王孙公子哪个不看？只是猜测是谁写的？又是从哪里流出来的？”宝玉奇道：“我便写了自己的旧事，与你们三四个人看，又怎么会流传至此？”冯紫英笑道：“这个便由不得你了。酒香不怕巷子深。有多少人打听，这书是谁写的，除了王爷，我却不说。”宝玉笑笑，两人聊至深夜，冯紫英方告辞而去。

那宝玉自从静心写书后，几乎大门不出，一应起居等皆交与湘云。湘云便每日计算用度，勤俭持家，有时亦亲自下厨，麝月见了便会隐隐不安。湘云道：“你日日都做那些粗活，如今我便下一两次厨房，也是应该的。”麝月忙道：“这可如何使得？”宝玉有时听见了，便会叹道：“多谢云妹妹。我原是应该让你衣食无忧的，反却累你至此。”湘云听了大笑道：“你不安便当作红袖添香了。如今还愁这个？倒是把书写出来是正经，我倒要看看你把我写成什么样儿？”

这日午后，宝玉在房内小憩，突然间门外有人一阵乱拍。只听见有人在外喝道：“贾宝玉可是在此？”湘云麝月都已听见，只是吓得不敢开门。宝玉听得外面仍是一阵乱敲，便壮胆走到院门口，让湘云与麝月藏于身后。门一开，便见门前站着十来个兵丁，为首的是一位持剑的都尉，旁边蜷缩一边低低说话的，正是贾环。宝玉出门便道：“我便是贾宝玉，如何？”那都尉冷笑道：“你好大的胆子，如今京中盛传一部反书，如今传到宫里去了。皇上大怒，要我们王爷来查抄此书。你原是从狱神庙出来的，却不思悔过，却写一些反书来鸣不平，难道是皇上冤枉了你不成？你若把书稿交了便罢，若不交，便和我再去一次狱神庙罢！”宝玉辩道：“我又写什么反书？只不过无聊间，写一些旧事姊妹们的顽笑罢了。”

贾环突然蹿出来冷笑道：“都是你的反诗，累得我们抄家又入了狱，害得老爷发配了边关。如今你又累我们，赶快把书交出来，免得连累了我们。”这时湘云冲出来骂道：“三姐姐怎么有你这样的兄弟？到哪里都是害人的。”贾环听了生气，转头对都尉道：“她也不是好的，一个青楼女子，便把她也抓起来吧。”那都尉冷笑，便命人闯进屋里搜寻书稿。突然宝玉推开众人，冷言道：“都不用找了，我给你们便是。”那宝玉到了书房，拿了一堆稿纸出来，扔在了地上。可怜宝玉一年多的心血，化成了灰烬。那贾环看见书稿，满脸堆笑，笑着一张张捡起，交给了都尉，笑道：“还请都尉在王爷面前多美言几句。”那都尉又冷笑一下，喝道：“我这就拿回王爷那里复命。若就此罢了也就算了，若你再胡乱写这些反书，下次再来便不是搜稿了！”说罢，冷笑一声，扬长而去。

宝玉心灰意冷，跌坐在院中。湘云暗暗伤心，拉着麝月到了一边，叫她去请贾芸、蒋玉菡等人。到了晚间，贾芸、蒋玉菡、冯紫英等都到了，只见宝玉仍在书房呆立，看着满地的残稿发呆。贾芸见了忙劝道：“宝叔不必太伤心，留着青山在，不怕没柴烧。依我说，便是不写了，又如何？只要自己保重便好。”宝玉散乱着头发，摇头道：“你不懂。这本书里记着的都是姊妹们的事情，我便是为她们死了，也是愿意的。这里边有老太太、太太、林妹妹、宝姐姐，云妹妹，便是麝月、袭人、小红也是有的。还有你们救我的故事，还有冯公子、琪官，每一个人都在里面。我便是为你们死了，也是愿意的。”

蒋玉菡听了点头道：“那便找个地方躲起来再写，可好？再去我那里也好的。”宝玉摇头道：“这里已是住不得了，我看连京城都是住不得了。”冯紫英骂道：“这些人都不是好的。总有一天，也有他们的报应。”略一思索，便道：“如今你也确实不能住在京城。不如去了城外，找一个无人认识的村落安置下来，你只管写书，我们几人过些日子便来瞧你一次，如何？”宝玉听了点头道：“也只有如此。”冯紫英道：“只是日子要苦了很多，委屈你了。”宝玉冷笑道：“我如今已是把生死置之度外了，又哪里是苦呢？只要把书写好即可。”

冯紫英想了片刻便道：“此事事关重大。容我回去和北静王爷商量一下，看找一个偏僻的地方才好。”过了两三日冯紫英带着一个小厮又到宝玉处，笑道：“我和王爷商量了，带你去一个好去处。那里很是偏僻，外人断断找不到。

我们有一个包衣家的远亲在那里,田间也有几间旧舍。平日也无人去的,这就安排了你们去,马车也套好了,就在外面等着。你们便收拾一些细软,连夜启程吧。”宝玉连连称谢,冯紫英道:“我亲自护送你们过去,一概人等都不必告诉,这样才不被人知道。”宝玉点头道:“你回来后替我告诉他们,只说我安好。”冯紫英点头笑道:“这有何难?只是现如今你的安危要紧。”

当晚,冯紫英亲自护送宝玉一行,走了一天夜路,第二天一早来到了一个黄叶遍地的村落。正是深秋,只见山中层林尽染,落英缤纷,村里鸡犬相闻,远远的便见几处农舍,茅屋覆盖其上。宝玉笑道:“这个地方好,倒是可以在此间隐居了。”冯紫英骑在马上笑道:“这里倒是桃花源里的意境。可是生活到底苦了些,又没处买东西,你到底要受些委屈。”宝玉便一笑而过。又是半个时辰的路程,前面赶车的小厮在三间农舍前停下了,转头对冯紫英笑道:“公子,就是这里了。”宝玉从车里看出去,只见一圈篱笆,里边是三间茅屋,院中有一小块菜地,种着一畦野菜。那宝玉笑道:“这倒让我想起了陶渊明的归去来兮了。”冯紫英笑道:“若不是京中还有事,我倒也想来这里小住几天。”

众人进了小屋,只见外屋放着一些锄头、镰刀之类的农具,两边是厢房,各自一张简朴的土炕并简单的桌椅。后面是厨房,砌着一个土黑瓦灶,旁边堆着一堆稻柴。那小厮见了便低头笑道:“这是让我们那远亲昨儿备下的。这里一切粗陋,要让二爷和两位姑娘受委屈了。”宝玉笑道:“已经很好了。”便让湘云麝月稍稍收拾了屋子,放了一些被褥、衣服、茶具等细软。宝玉便与冯紫英到院子里的石凳上聊天。冯紫英笑道:“这里是简陋了些,只是外面的人找不到这里。你在这里便可安心度日,安心写书。我每月来一次看你,可要早早地把书稿准备好。”宝玉笑道:“如今也只有这里是我的安生之所了。”

当下湘云在厨房里用一个黑泥瓦壶煮了水出来,倒在带来的两个小茶杯里,端到院子里,笑道:“如今只有这个了。”宝玉不以为意,笑着让与冯紫英喝。冯紫英笑道:“这便是农舍日子了。”宝玉道:“这几年颠沛流离,能过这样的日子,已经是好的了。”冯紫英笑笑,暗中不禁感叹。一会,那小厮从村里找了一个老妪来,对宝玉笑道:“二爷,这是我们远亲。她叫张姥姥,若你们这里短了什么,可以问这位姥姥。”宝玉湘云连忙道谢,湘云笑道:“以后要常烦姥姥了。”那姥姥忙笑道:“奶奶不用客气,有事只管找我。”

到了中午,张姥姥带着村里的姑娘媳妇们送了几碗小菜并米饭,众人吃了道谢。冯紫英递了十两银子给小斯,笑道:“一会你拿给那姥姥,让她好好照应一下。”那小断连忙点头应了。冯紫英又和宝玉喝了半日茶，又拿出一包银子递于宝玉道：“我这就去了。你在这里日子不免清苦，这包银子你拿着，总有要用的时候。”宝玉眼中微微一红，也不道谢，接过递予湘云。湘云连连道谢，冯紫英笑道：“这哪里值得谢。我与宝玉半生的交情，如今还谢不到这个。”又过了一个时辰，冯紫英方带着小断告辞而去。那宝玉湘云等便在黄叶村安顿下来，宝玉每日写书，闲事一概不管。湘云亲自与麝月做一些庖厨缝补之事。麝月常劝湘云不必亲自下厨，湘云笑道：“你都下地种菜了，我岂有不下厨之理？只是我们两个勉强把日子过好了，宝玉哥哥才好一心写书。这便是我的造化了。”宝玉每每感激，湘云只是一笑而过，笑道：“你便当我是红袖添香罢了，如今还愁这个？”

只是黄叶村风景倒好，实在远离京城，一应生活起居全要自己去应承。宝玉实是手无缚鸡之力，湘云麝月又是女流，许多事情不得已而做。好在冯紫英临走之时留下了一百两银子，湘云无奈间慢慢地用这些银子调度。有时去邻里寻一些野味给宝玉开荤，有时又请几个乡邻来修补漏雨的茅屋草舍。因他几人又是公子小姐出身，也不知如何节俭银子，两月的功夫那银子便也用完。好在冯紫英中间又来了一次，送了不少东西来。每每来时，总要看宝玉的新稿，宝玉摇头道：“这次快写完了，只是八十回之后过于悲惨，我常常便想搁笔。”冯紫英叹道：“你可知这次有多少人看了这个书要看下面的回目？如今连宫里的娘娘们都偷偷地看，不知皇上看了如何作想？北静王爷催着我来要稿子，如今你这书稿百金难求，谁又曾想你偷偷躲在这里受苦。”冯紫英拿着一些书稿又回去了，临走又留下一些银子和柴米。这样又过了一两个月的光景，天又渐渐寒冷，转眼到了腊月。

这日，宝玉在房中写字，听得外面呼呼大风，写字的手都僵硬不堪，笔都差点掉在了地上。宝玉往手上呵了一口热气，搓了搓手，更觉寒冷。便在房中把一块黑色的破毡子披在了身上。湘云在厨房煮了一壶姜茶，端到里屋对宝玉笑道：“今儿看上去要下大雪，你赶紧把这碗姜茶喝了。”宝玉喝了一口茶，笑道：“妹妹，你也喝一点。”突然又听得门外一声响，麝月从外面进来，搓着手嚷道：“二爷，我今儿去村里张姥姥家看了，这些天天气不好，我们的针线拿不进城，换不了银子。如今村子里也短了粮，今天竟换不到一点米。我们的银子前几天都用完了，如今天气不好，冯大爷这几日也不会来，这可怎么好？今天便无米下锅了。”湘云听了便走出来，摇头道：“这可怎么好？这些天家里那些存着的馒头都吃完了，粥也没有了。我再去厨房看看。”两人走到厨房，只在米缸里挖出了最后一把碎米。湘云看着家里的柴爿也没有几根，忙道：“没米就算了，若是柴爿也没了，今晚若是一场大雪，咱们可很难过得去。”宝玉在房里听得如此，走出来到厨房看了一下，果然厨房连柴爿都快用完，正自发愁，湘云突然在外笑道：“天无绝人之路，外面的院子里还有几棵野菜，我们把它挖来晚上可以吃。”麝月忙拿了把草耙到外面，挖了外面的野菜回来。湘云在屋里接过了，走到厨房舀了一碗清水洗净了，连忙放到锅里煮。

宝玉在外面看了流泪，又笑道：“如今寒夜，无米又无柴，我还有幸有你们两个陪着我，又不知是不是我的造化。”说罢就走到外边，想找一些柴米回来。到了院中，只觉呼呼大风，根本走不得路。宝玉抬头看了院落中的篱笆，突然便笑道：“有了。”他回到屋里拿了把镰刀，又跑到外面砍了一把篱笆，抱到屋里道：“今晚我们就用这个御寒吧。”

不知不觉天色已黑，风雪欲来。宝玉在外屋生了一堆火，让湘云麝月到火堆边烤火。宝玉笑道：“如今只有这些篱笆了，厨房里的柴火烧那些野菜都不够。天太冷了，你们都到火堆旁边来吧。”湘云和麝月便端了一大碗野菜并三个小碗出来。麝月便分了三个小碗，分于宝玉和湘云。宝玉让湘云和麝月又坐在火堆边，湘云喝了几口野菜，笑道：“如今我倒想起了白居易的一首诗：晚来天欲雪，能饮一杯无？可惜没有红泥小火炉，也没有酒喝。”麝月摇头叹道：“云姑娘，也只有你，还能这么笑着。”

宝玉笑道：“如今我们已是举家食粥。今日却连食粥都不能了。”外面又是呼呼大风，一会便飘飘洒洒下起了大雪，只把茅屋刮着在风里怒号，慢慢地几片雪花下到了茅屋。湘云和麝月冷得发抖，宝玉便把破毡打开，分于她们盖上。湘云突然笑道：“二哥哥，当日我们在芦雪庵联诗，也是一夜的大雪。自古风流真名士，咱们便再当一回名士，来个雪夜联诗如何？”

宝玉笑道：“那宋朝苏东坡当日被贬黄州时，也曾遇过冷风冷雨，为此作过寒食帖。如今我们便也似在小舟飘摇一般，可有那样的意境。”两人便哈哈一笑，做起联诗。

欲知后事如何，请看下回分解。

第一百零七回

史湘云联诗慰风雪　甄宝玉送玉证前缘

话说宝玉湘云在雪夜围炉，外面雪越下越大。湘云看着呼呼大风，笑道："那年在芦雪庵联诗，不如咱们现在也来联诗，岂不好?"宝玉笑道："如今我们在这寒室里，可没有当时的意境了。"湘云笑道："那又如何? 岂不闻老杜当年还有《茅屋为秋风所破歌》，他是为天下寒士而哭，我们这里倒是别有一番意境。我先来，今天又是一夜大雪，我便用当年琏二嫂子的那句开头：一夜北风紧，可好?"那宝玉听了点头道："这个开头好。如今我们已经见了底下的故事，却是另一番笔墨了。"便接下吟道："开门雪又飘。寒风潜陋室，"湘云笑道："可不就是陋室，应了今天的景。"又外面大风四起，屋顶上枯草乱飞，便笑道："枯草飞破窑。"宝玉听了点头，笑道："当年老杜还是哭的，你却能笑。"湘云道："你快点联句，倒误了我。"

宝玉点头笑道："蓬屋窗墉恸，大风东西摇。"湘云笑道："现在外面风那么大，确实是东西摇，可是我又怎么接呢?"突然看到几点飘雪从屋顶漏下，笑道："有了，陋室若小舟，风雪自哀号。"宝玉搓手赞道："有些东坡之味了。我也有了：冻饮霜雪瓢。"

湘云点头道："空庖湿苇苕。"宝玉笑道："这句好，现成的，厨房里已是无米下炊了，大雪飘来弄湿了芦苇苕子，火就快没有了。"麝月又加了一些柴爿在火上，笑道："我都愁死了，一会火没有了，你们还笑得出来。"

湘云笑道："这样才好，作诗才更好。我又有新的了：寒冬噎酸虀。"宝玉笑道："如此应景。我有下面的：雪夜围破毡。"湘云连声赞好道："我们不就围了个破毡子?”

宝玉拿着破碗笑道:“谁家不举粥?”

湘云笑道:“谁家又起轩? 月冷照冻浦,”

宝玉笑道:“星稀映空山。风咽落叶近,”

湘云联道:“龙吟灞桥远。遥寄旧时梦,”

宝玉凝神道:“空回绛芸轩。冬暖枫露茶,”

湘云笑道:“你又回到大观园了么? 我也有了: 秋爽蟹菊盏。春日海棠白,”

宝玉笑道:“夏夜琉璃寒。怎知大梦尽,”

湘云叹道:“一去不复还。”

宝玉道:“忽而大厦倾,三春尽多少。”

湘云道:“自扫门前雪,猿声悲寒窑。”

宝玉道:“千山鸟不返,万径人空号。”

湘云道:“天地白雪茫,风雪寒江消。”

宝玉道:“寒塘鹤影碎,花魂冷月遥。”

湘云道:“风雪狂风夜,围炉念旧谣。”

宝玉道:“该收尾了,我来最后两句吧: 却看风故故,不语又潇潇。”湘云看了外面的风雪更大,窗内银灯黯然,炉边的柴堆即将用尽,不觉点头道:“这样的联诗,我怎么觉得,把我的一生都写尽了。”

两人又沉默不语。一会炉火渐熄,风雪依然从屋顶飘下,两人又把破毡子围了一圈,不觉在熄灭的炉火前恍惚睡去。

次日早上宝玉醒来,只见湘云靠在身边,几点雪花飘在头上。宝玉笑道:“这么冷的天,这么坐着睡觉岂不是要生病了?”忙推醒湘云。湘云醒来,打了个寒颤,跑到门外看了一下,笑道:“外面果然是茫茫大雪一片了。”麝月这时也醒了,见他们二人说笑,奇道:“你们倒好,下了一夜的大雪,都不好睡觉。今天已经没米下锅了,连野菜都没了,这可怎么好?”宝玉走到门外看了一下,果然白茫茫大雪一片,近处的篱笆远处的村庄,俱是白雪一片。湘云这时也从房里出来,看了这片大雪苦笑道:“若不是无米下炊,我们倒是可以在这里赏雪。只是如今这雪看上去要下几天,我看只能出去讨借些米了。”宝玉点头道:“如此风雪,若三四天无人到此,我们便只有在这里等死了。你一个人出去如何使得? 不如我去,你们两个在家里等我。”

麝月连忙跑出，拦着宝玉道："这可怎么使得？不如我去才是。"说罢，便不管宝玉阻拦，撑着一把破旧的油纸伞便出去了。湘云在屋内遥看麝月的背影，叹道："麝月便是好的，在富贵的时候守着你，又在如此贫寒的光景下也守着你，却是比一般人不知强了多少倍。"宝玉点头道："如今落魄至此，只有你们两个还守着我，这已是我的造化了。"说罢，两人又说笑一回。湘云便把昨日的联诗抄了一遍，笑道："我们也作了一回风雪夜联诗，倒也不枉和老杜东坡论贫寒呢。"宝玉一笑道："也只有妹妹还有这个心思说笑。"

湘云又在里屋的炕桌上整理了宝玉近年来的旧作，她看着这些书稿字迹甚为潦草，便笑道："你这稿子写了快一年了，如今已写到百回之后。依我看来，这八十回之后俱是断肠文字。若只看前五十多回，却似繁花似锦，花团锦簇。不见后三十回，犹不知前八十回之妙。依我看，此书竟是哭成的。"宝玉笑道："妹妹真是我知己也。如今书快写成，只是若是这样全本流出，恐怕又要得罪某些王府，便是带来杀身之祸也未可知。我想等全本写完之后便开始编撰增删，对外只传出前八十回，后三十回可增可删，慢慢夹杂在前三十回中。或先写结局，或一歌二喉，或草蛇灰线，或伏脉千里。若后人有缘，总能悟出真本。"湘云拍手赞道："如此甚好，不如你写完后，可以作个评论阅本，你只管修改增删，我便来评论，如何？"宝玉听了作揖道："如此甚好，有劳妹妹了。我这一生，便做成这一件事情，也不枉来此世间一遭了。只是苦了妹妹，我既无功名之志，又无富贵可依。只是要妹妹跟着我过如此贫寒之日了。"湘云淡然一笑道："这又如何？我是连死都见过的，如今倒怕这个？"

两人正说着书稿一事，便听得门外有人叫道："家里有人吗？麝月姑娘在村里晕倒了。"宝玉湘云连忙到门外一看，只见张姥姥在前面走着，后面跟着两个村里的小厮，两人抬着一个竹木椅子，麝月便晕倒在上面。宝玉湘云忙谢了姥姥，扶着麝月躺倒外面的炕上。那张姥姥又拿来一小袋糙米道："有人看到麝月姑娘在邻村要饭，天太冷，她冷得晕过去了。村里也断了几天粮，这些是村里几个老人凑的，你们先拿去煮些热粥给麝月姑娘吃。"宝玉湘云连连道谢，张姥姥才念着阿弥陀佛带着两个小厮出去了。

湘云拿着这袋糙米到厨房煮了一锅稀粥，盛了一碗出来端到麝月身边。麝月喝了热粥，幽幽醒来。见宝玉湘云都在身边，流泪道："我以为再也见不到二爷和奶奶了。"宝玉宽慰了几句，湘云笑道："你且养着，一会我出去看看。"麝月忙道："这怎么使得？奶奶还是让我去吧。"湘云笑道："你如今病着，且好生养着。姥姥拿来的糙米，吃两三顿就没有了。这雪还要下个几天，若今天不找到吃的，过几天大家都过不去。”说罢，未待宝玉阻拦，自己便拿了一个篮子就走出门外。

湘云走出门外，便听得大风呼号，迎面便是一个趔趄。湘云赶忙回到屋内，笑道：“这么大的风，连路都走不出去。我回来看看找个棍子撑着走路吧。”宝玉见了，便从里间拿出床破毡子，给湘云裹了严严实实。又到灶间，找到了一根竹棍，笑道：“外面风雪如此之大，妹妹，我和你一起去。”便把竹棍弄断了，一半递与湘云，一半自己拿着。湘云摇头道：“你怎可出外行乞？贫贱不移，富贵不淫。孟子有云，齐人有一妻一妾，外出行乞，其妻妾以为耻。你怎可为了我们行乞？”宝玉摇头道：“妹妹有所不知。齐人有一妻一妾，他出去行乞是为了行乞，并不曾想到妻妾。又有一处不妥，齐人去坟地行乞，回家却在妻妾面前炫耀，这哪里是君子所为？可见孟子也有杜撰的时候。如今天寒地冻，我又怎能让你独自一人去行乞？你只放心，若行乞便一起行乞，若活着大家一起活着，若死了大家便一起死了。这样方不负了原来之意。”湘云听了深为感动，两人看了一眼，便携手走进风雪之中。

只见外面天地一片雪白，风雪如霜，迎面而来。两人各自拄着竹棍，在风雪中身影飘摇，脚印亦是在雪地里深深浅浅。湘云在雪里绊倒了几次，幸亏宝玉在身边，几次从雪中扶起。两人在雪地里行走了一个时辰，慢慢地雪已积到一尺来厚，每走一步都是十分艰难。宝玉与湘云在雪地里渐渐睁不开眼睛，唯有双手紧紧相携。风霜打在脸上如同刀割，两人在雪地里直打寒颤。宝玉的衣服很是单薄，一阵又一阵的朔风打在身上，又夹杂着大雪，转眼已是衣衫尽湿。又是一阵大风，那宝玉一个趔趄，终于跌倒在风雪里。

湘云在身边连忙扶起，宝玉却是吐了一口鲜血晕死过去。湘云在身边摇着宝玉，宝玉却是怎样也不能醒来。湘云急得眼泪直掉，忙四下环顾，可怜四下寂静无人，湘云无可奈何间，把破毡子取下来，给宝玉裹了严严实实。自己挣扎着从雪地上起来，远远地看到前面有炊烟升起，心中大喜，她知道前面应有人家，便半扶着宝玉一步一步向炊烟的方向走去。可怜走了几步又摔了一跤，湘云连人带篮子又摔了一地。正自落泪间，听得身边有人说道：“这么大的风雪，你们怎可出来？”湘云欲想抬头，不觉也是眼前一黑，晕了过去。

待湘云再次睁开眼睛，只觉得自己身在一处农家，自己躺在炕上。有一个农家媳妇从外面进来，端着一碗热汤笑道：“这位姐姐，你可醒了。”湘云一看，却是一位淳朴敦厚的媳妇，面带笑容。湘云见这农家朴素而井然有序，中间一辆纺车，还有一匹尚未织完的布匹，梁上挂着几斤腊肉。灶间里也是热气腾腾，知道这户人家应是丰衣足食。连忙从炕上起来，正欲道谢。那媳妇连忙扶住了，说道："先把汤喝了。"湘云一口气喝完，顿觉身上暖和了大半。连忙转头对那媳妇道："只求姐姐再救一个人罢。"

那媳妇点头道："姐姐放心。你说的可是贾家的宝二爷？"湘云点头奇道："你怎么知道？"那媳妇笑道："我怎么不知道？当年二爷在我家动过我的纺车，已是多年之前的事情了，如今我弟弟都已长大了。早上我弟弟在村口寻猎，看到你们二人晕倒在雪地里，他叫了几个人抬回来，我认得宝二爷，所以才把你们先安置在我家了。只是怎么落得如此？"原来那媳妇便是当年的二丫头。她已嫁人多年，性格还是同原来一般英阔。见她弟弟和汉子抬回了两个人，其中一人又似当年的宝玉，只是当年的翩翩公子变成了今日的褴褛乞丐，不禁大惊。这时湘云醒来，宝玉尚在昏迷，湘云略说了一二家事，二丫头听了不禁摇头叹道："依我说，富贵人家也没什么好的，不如在乡间快活度日，倒也清净。"

这时宝玉幽幽醒来，湘云连忙跑到宝玉身边抹着眼泪道："二哥哥，我以为你再也醒不来了。"说罢大哭。宝玉撑着坐起身，湘云连忙扶着宝玉，二丫头也在一边帮着扶着宝玉，又端来一碗米汤，宝玉喝了几口，笑道："多谢这位姑娘。只是我觉得面熟，却是哪里见过的？"二丫头笑道："如今你却不认识我了？当年在我们家，却被我喝骂过呢。"原来当年可卿出殡，宝玉在乡间偶过一农家，见农家有纺车正欲把顽，却被二丫头喝住了。如今在此重遇，却恍若隔世。

两人说起各自经历，难免各自唏嘘一番。二丫头又从灶间端来两大碗米饭，一盘腊肉，一大碗野鸡汤，一大碗白菜。两人正欲推辞，二丫头说道："我夫家是猎户，你们不用推辞。且吃了好生养着，再晚一些我让弟弟叫几个人送你们回去。"那宝玉湘云听了方不推辞，两人饱餐一顿，方解了几天之围。那二丫头又到厨房整理了几包野味，一袋小米，放置一条口袋里。又拿了一匹织好的布匹，放在另一个包裹里。又对宝玉湘云笑道："你们吃了饭先歇会儿，一会让我当家的送你们回去。这些东西虽然不多，大抵也可渡过几天难关。"湘云连忙道谢，宝玉亦是感激，心下暗叹：贫贱之时，才知富裕时的朋友都已不见。雪中送炭的，俱是萍水相逢惊鸿一瞥却有可能再也不见的路人。正是：

朔风见远山，贫寒饿断肠。

却见旧时人，风雪慰寒霜。

却说宝玉湘云回去后，一连下了多日大雪。好在从二丫头那里带来一些野味并小米，方能勉强度过连天大雪。麝月在病中也慢慢好转。那宝玉在大雪天每每想至旧日之事并今时之痛，遂于大雪之日，又开始逐一细改旧稿。

不觉几年一晃而过。宝玉湘云每每于冬日大雪封山之时便开始修改旧稿，几年下来，不觉有甲戌、己卯、庚辰等几次版本。那宝玉把一生愤慨寄于书中，日子越发清冷贫寒，只是埋头写书。那湘云却是任他如此，从不劝他仕途之事，每每落魄之时，便与麝月一起外出乞讨以度余日。宝玉每每自责，湘云笑道："如今这样便好，我知道你愿意为她们死了，也要写成这本书。我出去乞讨，又有什么不可以的？"麝月只是闲闲一笑，站在树下。

又是一年冬天。却说冯紫英、贾芸等人，每隔两三个月总要来黄叶村探视宝玉。每次来时总带着一些银两、日常作用之物接济一番。这一日结伴而来同看宝玉，听说宝玉湘云曾为乞丐，每每劝宝玉不如回京觅得西宾一职。冯紫英常劝道："北静王爷甚是惦念，何不回去？"宝玉却摇头道："如今虽然贫寒，但到底不用再看那些小人嘴脸，这样却好。"冯紫英笑道："也罢，王爷也说你不会回去，不如把书写好了。如今你这本书前面八十回流传甚广，唯独后三十回不见全本。能看全本的不过四五个人，又有一些好事者以脂本评论为据，写了若干个结局，如今有一些都传到宫里去了。有人要追查此书来历，皇上为避嫌，竟然说是某朝某臣旧事。"宝玉冷笑道："随他们吧，只说是朝廷旧事也未可知。"冯紫英又道："王爷叫我来便是为了此事。如今有人在皇上面前奏了一本，便说此书是反书，看着是风花雪月，实则里边有许多污蔑朝廷之事。如今文字狱兴盛，你若知道便早日有些准备才好。"宝玉听了又冷笑道："如何准备？不过倾我之命罢了。"冯紫英又劝，宝玉听了只是不语。这时贾芸在旁说道："今日来是告诉宝叔一事。兰哥儿已经考取本科举人，他一直四处托人找宝叔回去。"宝玉点头道："兰哥儿自然是好的，只是这功名之事，我却不想再提了。"贾芸又道："大奶奶在兰哥儿中举捷报传来的那天，刚带好凤冠霞帔要为哥儿接风的，不想连笑了几声，突然吐了几口血便死了。"宝玉湘云等人听了无不摇头。湘云道："大嫂子把一生的心血都花在兰哥身上，想不到却这样的结局。"宝玉默默无语，想那李纨一生清苦，虽是为人吝啬，但实在也是受苦之人。

宝玉不觉凄然,写了一首诗:

桃李春风结子完,到头谁似一盆兰。
如冰水好空相妒,枉与他人作笑谈。

湘云等人正欲看时,宝玉点火焚了,又向门口拜了三拜。几人又聊了些京中之事,突然冯紫英笑道:"你可知那当年害你们入狱的贾雨村,如今他也吃了一场官司,也被抄了全家,如今扛着锁枷发配至关外去了。"宝玉奇道:"这是为何?"冯紫英笑道:"他因为前些年升官过快,为人不免阴险狡诈,暗地不知得罪了不少人。他虽投靠了忠顺王爷,不想又有多少人恨他的。他手下的一个门子近些年又因他的提携升了官,反过来又参了他一本。如今那贾雨村已成了阶下囚,那门子倒是袭了他的官位,如今正是官场得意呢。"众人听得不免惊诧一番,虽然解恨,但却无从高兴起来。半晌,宝玉摇头道:"这不是都为别人做了嫁衣裳。"众人摇头不语。众人又聊至黄昏时分,冯紫英与贾芸方告辞而去。

至晚间,宝玉湘云等人吃了饭,宝玉便掌灯继续增删稿子。湘云在银灯下撰写朱色评论,麝月在灶间刷洗,又煮了一壶热茶。又是冬天,窗外又飘起大雪,宝玉写完一首大观园的旧诗,笑道:"我正看着旧日的诗歌,宝姐姐有一首讽螃蟹,骂尽世人皮里春秋,如今看来,真是写得痛快。"湘云笑道:"林姐姐还有几首菊花诗,也是极好的。"宝玉抬起头,正欲和湘云说笑,突然看到湘云两鬓斑白,不禁一惊,含泪而笑,手中的笔掉在纸上。湘云看见宝玉如此,突然也看到宝玉两鬓成霜,头发斑白,不禁也含泪道:"转眼已是十年了。"

宝玉流泪道:"前几年我写了一首诗,只是几句而已。如今这首诗确是可以写完了。"便一蹴而就,提笔写下一首长诗:

陋室空堂,当年笏满床;衰草枯杨,曾为歌舞场。
蛛丝儿结满雕梁,绿纱今又在篷窗上。
说什么脂正浓,粉正香,如何两鬓又成霜?
昨日黄土陇头埋白骨,今宵红绡帐底卧鸳鸯。
金满箱,银满箱,转眼乞丐人皆谤。
正叹他人命不长,哪知自己归来丧!
训有方,保不定日后作强梁;

择膏粱，谁承望流落在烟花巷！
因嫌纱帽小，致使锁枷扛；
昨怜破袄寒，今嫌紫蟒长。
乱哄哄，你方唱罢我登场，反认他乡是故乡。
甚荒唐，到头来，都是为他人做嫁衣裳！

湘云看了泪流满面，窗外大雪，她点头道："说什么脂正浓，粉正香，如何两鬓又成霜？说的就是我罢？转眼十年了。"两人在银灯下含泪不语。这时麝月端了茶水进来，宝玉抬头看了麝月一眼，麝月的头发也已斑白。宝玉看着湘云与麝月，蓦然间心中剧痛不能自持，走到里间，打开窗户，又是一夜大雪。宝玉心痛不已，流着眼泪在月下伏案，不禁沉沉睡去。

那宝玉在梦中，恍然见得另一个宝玉在月下向他走来。只见那宝玉对他笑道："宝玉，你好。"那宝玉唬道："你是何人？怎么和我长得一模一样？"那宝玉笑道："我是金陵的甄宝玉。如今你又为何在此？"宝玉心中奇道："原来在大观园的时候，听说金陵府中有个宝玉，和我长得一模一样，果然不错。"便细细地看了甄宝玉一眼，果然也是和他一样的模样。只是那甄宝玉尚是年少之时，衣衫鲜亮，胸前带着一块美玉。宝玉笑道："你却像我年轻时候的样子。只是你我如今才得以一见，却已是太晚了。"甄宝玉笑道："你在人间的劫数已满，如今你该悬崖勒马，早日回去才好。"宝玉叹道："我怎么回去？我又要回哪里去？"甄宝玉从胸前摘下美玉，递在宝玉手中。宝玉接过那块美玉，突然之间觉得自己身轻如燕，竟然飘飘荡荡，飘到半空中。再回头看看甄宝玉，却见甄宝玉突然伏在自己的案上，衣衫褴褛，满鬓成霜。

欲知后事如何，请看下回分解。

第一百零八回

太虚境幻识红楼梦　甄世隐归结石头记

却说宝玉看到甄宝玉把那块美玉放到自己手上，自己便飘飘荡荡地到了半空，回头一看，甄宝玉却变了自己现在落魄的样子，不禁大惊。突然自己身轻如燕，飘飘荡荡，却不知自己身在何处。

忽然便见云层缭绕，依稀见得前面朱栏白石，绿树清溪。又继续前行至一所在，有石牌横建，上书“太虚幻境”四个大字，两边一副对联，乃是：

假作真时真亦假，无为有处有还无。

宝玉心下奇道：“这个地方我却是来过的。”又听得一阵仙乐，有众仙子唱道：

春梦随云散，飞花逐水流。
十年如一梦，千红寄深愁。

那宝玉听得曲调熟悉，正自诧异，突然见眼前飘然而过一仙子，却见两弯似蹙非蹙罥烟眉，一双似喜非喜含露目，泪光点点，宝玉大吃一惊，正是黛玉。宝玉喜极而泣，上去拉着黛玉道：“林妹妹！”那仙子看到宝玉如此唤她，并不答话，只是留下两行清泪，转身便飘走了。宝玉大惊，正欲上前，却见另一位拿着宝剑出来的仙子，面若桃花，犹似尤三姐，见了他正色道：“警幻仙姑有命：今日有神瑛侍者历劫归来，可与下凡之人再见一次已证前缘。但不可多多逗留，否则宝剑伺候。”正欲出剑，突然另一个仙子飘然而至，笑道：“你可别吓着他。宝玉，你看我是谁？”宝玉一看，只见那仙姑巧笑倩兮，美目流转，手拿一朵芙蓉花对着宝玉浅笑。宝玉看了正是晴雯，忙拉着晴雯道：“晴雯，那年一别，却不想还能再见。”说罢就掉下眼泪。晴雯忙笑道：“宝玉，这有何难？你劫数已满，现在已在太虚幻境了。我带你去见见别的姑娘们。”

宝玉奇道：“我好像来过这里的。刚才我见到了林妹妹，你可有见到她？”那仙子只是一笑，带着他走过一个蜿蜒曲折的花径，又过了几处绿水茫茫的水榭，到了一处水阁殿台。那宝玉正自疑惑，只见那带剑的仙子出来笑道：“警幻仙姑有请。”那芙蓉仙子便笑着带了宝玉进了水榭殿阁。刚上了台阶，只见有人在殿前迎上笑道：“宝兄弟，你也来了。”宝玉一看，却是宝钗。宝玉正欲说话，宝钗却退至一边，迎面又来了一位袅娜娉婷的仙子，笑道：“宝玉，你可还认得我？”宝玉抬头一见，正是那年在梦里见过的可卿。宝玉犹自迷糊，可卿笑道：“你我那日分别，地上已有一十八载，只是天上只是一月光景。如今你我相见，我带你去见警幻仙姑。”宝玉依稀想起那天与可卿在潭中分别，犹自少年之时。那终究只是一梦，心中想来不觉感叹，宝玉拉着可卿的手笑道：“可卿，如今已过了一十八载，而我已是满头白发了。”可卿笑道：“宝玉，你看看自己，哪里有什么白发？”便拉着宝玉至水边，只见水面荷塘水清，荷花盛开。宝玉在水中看得自己倒影，不禁一惊，只见水中哪里有什么衣衫褴褛面容倦怠白发成霜模样，水中仍是少年华服，那宝玉胸前依旧佩着一块温润柔和的美玉。

宝玉唬道：“我这是在哪里？我怎么还是当年的模样？”可卿笑道：“你才走了数日，哪里又有满头白发了？”便带着宝玉到了警幻之处。那警幻坐于花殿之前，见了可卿带着宝玉远远走来，笑道：“宝玉，如今你人间历劫已满，你可知今日重回此处，只是来证前缘？”宝玉细细一想，点头作揖道：“多谢神仙姐姐。我少时曾来此地，蒙姐姐当日指点，并不知晓其中缘故。只是这些年经历了种种，却无一不暗合当日之谶语，只是现在才全部明白，未免为时已晚。”那警幻笑道：“你既已知谶，便不算太晚。要知你只是历劫今世，若还不明白，却不知要历劫几世几劫了。”宝玉正自疑惑，那警幻便笑道：“我知你还有疑惑。当年你听了红楼梦十二支曲，如今可以再听一遍。”便转头示意，只见上来十二位舞女，便轻敲檀板，款按银筝。众人边舞边唱道：

开辟鸿蒙，谁为情种？都只为风月情浓。趁着这奈何天、伤怀日、寂寥时，试遣愚衷。因此上，演出这悲金悼玉的《红楼梦》。

宝玉听得，却如同幕幕重现，不觉滴下泪来。那警幻见宝玉有感，便挥手让众人退下，点头道："当日你听得此曲，哪里知道后来发生的种种？如今你既已知道后事，便不用再一一而奏了。既然你在世间经历了一番荣辱，你又与宁荣二府中众女子有一番旧缘。如今金陵省中的女子已经编撰成一部册子，题名便是情榜，你可拿来一看。"

警幻说完，只见一仙子捧来一部乌木檀香雕漆厚盒，宝玉接过，打开一看，只见墨香扑鼻，是一部线装篆本书册，封面写着"情榜"二字。宝玉打开一看，正是他家上中下三等女子的终身册籍，从"金陵十二钗"正册、副册、又副册、三四副芳册等，一直到八副册，共一百零八位女子。

只见第一页写道：

贾宝玉　绛花洞主

情不情

宝玉又翻了一页，只见是金陵十二钗正册：

情情——林黛玉，情冷——薛宝钗，情正——贾元春，情敏——贾探春，情憨——史湘云，情隐——妙玉，情懦——贾迎春，情孤——贾惜春，情雄——王熙凤，情缘——贾巧姐，情槁——李纨，情虐——秦可卿。

宝玉看了点头道："果然不错，道尽众姐妹故事。"

宝玉又翻了一页，只见是副册：

金陵十二钗副册

情呆——香菱，情平——平儿，情俏——薛宝琴，情贫——邢岫烟，情悔——尤二姐，情烈——尤三姐。

余下一页便不细述。

宝玉心里暗道："果然妥帖。"便又翻了几页，分别为又副册，三副册等，分别如下：

金陵十二钗又副册

情勇——晴雯，情贤——袭人，情屈——小红，情慧——紫鹃，情守——麝月，情谮——鸳鸯，情私——司棋，情烈——金钏儿，情怨——玉钏，情谅——茜雪，情络——莺儿，情折——柳五儿

宝玉点头，便一页一页往下翻，一直翻到三副册、四副册等，一直到八副册。正自感叹，警幻仙姑笑道："宝玉，你既已看了红楼梦十二情榜，可见宝玉这一世情缘已了。但你不知红楼梦太虚幻境仍是在幻境之中，现在你该去你原来的地方去了。"说罢，便突然不见踪影。那宝玉正自疑惑，突然便觉一阵大风而过，宝玉几乎不能站立，忙找了块石头躲在后面。又过了几个时辰，大风退去。宝玉站起，往四周一看，身边的太虚幻境便全已消失。只见周围已变成一处大荒山，周围空空如也，哪里还有什么亭台水榭楼阁？

那宝玉只听得有人大声喝道："你这顽石蠢物，怎的还在留恋温柔富贵乡？如今你人间历劫已满，还不悬崖勒马？该回到本来的面目了。"宝玉抬头一看，却见一僧一道，从远处而来，正自几百年前遇到的空空道人和渺渺真人。那宝玉看到两人，想起了自己这一世的繁华，果然如同过眼云烟，便笑道："两位果然度化得对。如今我尘缘已了，是要回到原来的地方去了。"那宝玉一阵大笑，又一阵大哭。那空空道人合掌念道："

此去原知是补天，繁华如空空如梦。
如今渡得苦作舟，回头是岸岸自横。

那宝玉便觉自己的身体轻轻飞起，最后飘在空中。那渺渺真人便手掌一伸，宝玉便觉自己已变成一块美玉，到了渺渺真人掌中。那渺渺真人笑道："如今你可还记得前尘？是否还记得当年要求去人间历经繁华？"那美玉笑叹道："如何不知。多谢大师指点。只是经历繁华之后，又历经沧桑，方知人间的繁华终究不会长久。不如做了石头逍遥自在。"那空空道人笑道："这蠢物之语倒

也有理。”便看渺渺真人这块美玉，只见那美玉上刻着无数字迹，只是字迹太小，不能辨认。那空空道人笑道：“这宝玉还未还原真身，这些字迹终有一天会现出真迹，如今却也不急。”那宝玉在渺渺真人手中，却想起一事，便与这一僧一道说道：“两位道人，如今我虽知红尘已了，劫数已满，但我却还想去看看那个梦中的宝玉如何？我见他在我屋中，却不知后事如何？”

那空空道人听了说道：“这有何难？我带你去看看便知。”那空空道人与渺渺真人仍化作一癞头和尚与跛脚道人，携了宝玉在怀中，便到那凡间一游。这一日到了一村落，宝玉见了大吃一惊，便与自己呆过的黄叶村的景致一般无二，只是春寒料峭，万物萧瑟。那二人带了宝玉至一茅屋中，只见屋中有一男子衣衫破落，满鬓白霜，正在伏案写字。宝玉大惊，正是那日在梦中所见的甄宝玉。这时从外面进来了一女子，衣衫亦是单薄，神色甚是凄楚。宝玉见那女子亦是中年模样，手中提着一只竹篮，里边有一只破碗，里边盛着半碗菜粥。宝玉一看，面容和湘云一般无二，正自疑惑，那甄宝玉放下手中的笔，那湘云对着甄宝玉笑道：“今天我出去了一下，只讨得这半碗菜粥。”那甄宝玉只是摇头，叹道：“如今我却靠你乞讨才能度日，却不能为妹妹做些什么。”湘云笑道：“只要你能把书写完，我便无所求。”那甄宝玉叹道：“如今已前后改了五次，只是八十回后过于艰难，那些索书之人有些为朝廷鹰犬，如今看来，若全本而出，此书恐难留存于世，你我亦有杀身之祸。不如截断后三十回，仅以前八十回流传于世。这样尚可保全此书，你却意下如何？”湘云点头道：“如此也好，后三十回也就三四位好友见过，并未流出。如今我可以在前八十回中做些评论，以草蛇灰线之笔埋些伏线，若百年之后，有缘人或许可以推出真本也未可知。”甄宝玉听了长叹一声，点头称好。湘云便把破碗递与甄宝玉，那癞头和尚怀中的宝玉长叹一声，却看着手中的破碗不忍直视。

那癞头和尚听得宝玉在怀中饮泣，便和跛足道人匆匆离开。癞头和尚到了荒野无人之地，掏出宝玉摇头道：“你这蠢物，如何又哭？”那宝玉叹道：“那宝玉之经历与我无一不似，怎叫我不以己悲呢。”那癞头和尚笑道：“你即将满劫，何必再不能抛舍红尘之事？”宝玉抬头道：“并非我不舍红尘之事，只是我还有一事未了，请两位大师成全。”那癞头和尚笑道：“还有什么大事未了？”那宝玉道：“我一生历经繁华，也历经贫苦。如今只想看看那雨村之流如何下场，请大师成全。”那癞头和尚与跛脚道人笑道：“这有何难，只是如今雨村之流也在四处漂泊，我们先四处逛逛，总有相见的日子。”

这两人带着宝玉四处闲逛，这一日又来到了苏州。两人正巧又走到葫芦庙附近，突然见一人疯疯癫癫，正在路边乞讨。那癞头和尚笑道："原来是故人。"便从后面拍了一下，那疯人回头一看，只见满头白发，神色却自清晰，正是当年失踪已久的甄士隐。那甄士隐见了两人，仰天长笑道："不知却在这里碰到两位，实在有缘。"那三人便笑着走到了一空旷之地，席地而坐。跛足道人笑道："多年未见，你怎么又回到了此地。"那甄士隐笑道："自那年小女失踪后，她便与一干风流冤孽一起下凡历劫去了。前些年她劫数已满，我在太虚幻境已经将她接回。如今既已满了劫难，我便四处云游，今日正巧中秋，不想在这里碰到两位大师。"那癞头和尚笑道："那可要恭喜了，你已满了劫数，这里还有一个蠢物也快满了劫数了。"那甄士隐笑道："不知是谁？"那癞头和尚便从怀中取出宝玉，递于甄士隐观看。甄士隐细细观看这块宝玉，果然鲜美温润，心中诧异问道："怎么与我那日在梦中所见相同？"那跛足道人见士隐神色凝重，笑道："正是当日那块宝玉。"那宝玉便听着癞头和尚与跛足道人细细说了这些来历，那士隐听了摇头叹息。

天色不觉已暗，那三人便在葫芦庙边的桥下租了个小船。正值中秋，癞头和尚和跛足道人在船上喝了几碗小酒便歇下了，士隐便在船舱中开了窗户看着月色自斟自饮。那宝玉便在士隐身边的桌上，看着士隐对天长叹。只见桥上一轮圆月，树叶清朗，寒鸦点点。

那士隐正自感叹一生颠沛流离，突然听得桥上有锣声突然响起，有两排衙役从桥上而过，一边威严让人回避，一边押着犯人而过。后面又跟着一批人马，再簇拥着一顶官轿从后面而来。那士隐见了那犯人扛着枷锁，好生眼熟，定睛一看，却是多年未见的贾雨村。只见那雨村亦是衣衫褴褛，头发蓬乱。那甄士隐见了，一时不知如何说起，便看着人马从桥上而过。那甄士隐欲待跑到船外，又见官轿内露出一张旧脸，更是大吃一惊，恍然便是原来葫芦庙中的小沙弥。那甄士隐看得真切，突然之间便摇头叹道："因嫌纱帽小，致使锁枷扛；昨怜破袄寒，今嫌紫蟒长。乱哄哄，你方唱罢我登场，反认他乡是故乡。甚荒唐，到头来，都是为他人做嫁衣裳！"那宝玉在桌上听得真切，咬牙恨道："老先生解得极是。那贾雨村有这样的下场，原也在情理之中。"那甄士隐仰天长叹，看到天上之明月，只见外面月朗星稀，水中一片月光。士隐有感，便在船上低吟：

又是中秋夜，万户照阑干。
月明江心白，月清江水寒。

那宝玉看得痴了，正欲说话，便见甄士隐叹道："你这宝玉，还不从梦中醒来？"那宝玉正自奇怪，突然发现自己变成了一个人形，忽然生在西方灵石岸三生石边。只见三生石边有一绛珠草，宝玉正自觉得熟悉，只见有一仙子飞来，落在绛珠草边，对着宝玉含泪而笑。宝玉一看，却是黛玉的模样。宝玉正欲说话，那仙子又掉了一滴眼泪，笑道："神瑛侍者，多谢前世灌溉之恩。我已还了一生的眼泪给你。今日你我在此相见，只是为了证此前缘。便亦了了这几生几世缘分。"那神瑛侍者便觉自己身轻如燕，正欲与绛珠仙子说起前生往事，只见那仙子又落了几滴眼泪，便飘然飞去。

那神瑛侍者在绛珠草边坐下，呆了三天三夜，想起种种前尘往事，终于泪流满面。又仰天长笑，大哭一场，顿悟世间繁华。那神瑛侍者既已参透几生几世，便不再留恋任何繁华，依稀想起女娲补天时大荒山无稽崖故地，便回到当年补天之地。

这日正值寒冬，那神瑛侍者回到大荒山无稽崖青埂峰。只见满山荒野，前面迎面而来一僧一道。那两人见了神瑛侍者笑道："如今你尚在幻境中，何不早日还了本原？"那神瑛侍者静默了片刻，突然笑道："是该到回去的时候了。"便哈哈一笑，还原成了青埂峰下原来的那块补天的石头。只是历经了几世几劫，他便把身前身后坠落之乡、投胎之处、亲自经历的一段陈迹故事全部刻在石头之上，然朝代年纪、地舆邦国，却反失落无考。正是：

满纸荒唐言，一把辛酸泪。
都云作者痴，谁解其中味？

是时大雪，那大荒山无稽崖青埂峰下又下了几天几夜的大雪，白茫茫大地一片。那石头因几世历劫，种种往事全部刻在石头之上，每每想起便自己再查看一遍。只是雪越下越大，便连那些刻于石头之上的字迹也模糊不见。

正是：

霰雪如飞，雪落群山。

飞鸟各投林，只落得白茫茫大地真干净。

又过了几世几劫，后世曹雪芹、脂砚斋等人亲历石头记之事，又亲见石头记之文字，便把此石头在世间的几世遭遇编撰成册，前后十余年时间赠删五次，名曰《石头记》。三百年后，后人格子无意中觅得真本《脂砚斋重评石头记》，如获至宝，深以未见全书为憾，遂以平生之力重续红楼。十余年后，终在格致斋完成夙愿，不负曹雪芹、脂砚斋等人，亦不负全本《石头记》。

2017 年 5 月 9 日

第三稿完于上海格致斋

评记一

格子要为曹雪芹先生的八十回《红楼梦》续写后文，我的第一感觉就是佩服，佩服其勇气和文采。概因续写《红楼梦》的名人大家太多，我们一动笔很容易有班门弄斧之嫌，很需要一鼓自信的勇气；而且古典章回体小说并不好写，需要深厚的古文功底，诗词歌赋，典故对联，文采斐然却夸张，才能描摹出其神韵，否则只是徒有其形，东施效颦。格子有这样的文学底蕴，她写的旧体文如行云流水，雅致自然，我相信她会带给大家一个不一样的《红楼梦》，一场异于寻常的清秋梦。

历来解读、评论和续写《红楼梦》的文灿若繁星，衍生的文学作品也甚众。说实在话，格子让我为其作评论，我是很惶恐的，不但无续写《红楼梦》的勇气，让我评《红楼梦》也是不敢的，总觉得自己在它面前渺如沧海之一粟，它太宏阔博深，自己微薄的浅见会贻笑大方。因此，我读格子的文甚是认真，力求学习到精髓。其间觉格子的文字字珠玑，果不负曹公的"十年辛酸泪"。

"人生者如钟表之摆，实往复于苦痛与倦厌之间者也。"王国维老先生一语道破《红楼梦》的人生真谛，苦痛和倦厌的往复，是注定的悲剧，是绝望，是毁灭。看着那些千娇百媚的女儿，转瞬间化作一抔黄土，总想着能给她们一个温暖的结局，可是怎么能够呢？她们的人生已被命运框定，很多的续写大概就是那一线的挣扎，初衷是好的，但命运无常的枷锁无人能挣脱。续写者想改变红楼女儿的命运，结局依旧抵不过红楼命运之轮的碾压。所以格子的续写仍是曹公既定的红楼女儿命运的尽量还原。续文也是通过脂评本推理而成，因此情节上暗合前面的判词。

"眼看他起高楼,宴宾客,转瞬间,楼倒垣颓!"贾、史、王、薛盛极而衰,这是历史发展的必然规律,而四大家族本身也是摇摇欲坠。小说中四大家族的代表人物贾母的老去就注定了贾府的日薄西山,四大家族的人情虚伪与冷漠注定了煊赫盛极已到顶点。在曹公的前八十回《红楼梦》中只有老、病、死,而红楼女儿们如葬花般凋谢,可见其结局已没有希望的存续,注定最终只落得"一片白茫茫大地真干净!"秦可卿的死是一个开端,到元春的死是转折点——繁华尽头,然后贾母、凤姐,更是余晖已尽,倾覆之势已不可挡。在一片灰暗中,大观园女儿们是唯一的一抹亮色,宝玉与黛玉的爱情是这冷漠凉薄的红尘大梦中唯一的暖色,但也终于逝去了。

《红楼梦》的缘起就是注定的悲剧,黛玉是还泪而来,她的人生基调是苦的;宝玉是为红尘历练而来,他的命运注定是悲的;而其他红楼女儿们的结局也无一不悲,所谓"千红一窟"、"万艳同悲"。因为主题是"看破",而在古代的佛学中,只有人生经历生老病死,怨憎会、爱别离、求不得,才能从入世中解脱出来,才能看破,才能出世。所以《红楼梦》是悲的,红楼儿女们也是悲的,格子一针见血,直指中心,一圆曹公的旧梦,让他们各安天命,回到来处去,在"乐府凄凉曲"中,徐徐落幕。

孙小鱼

评记二

认识格格是因为出版《走走停停的世界》，当时我就知道她在写《红楼梦》续。在我看来，这几乎是一个 mission impossible。

我看《红楼梦》是在初中，当时每天中午抽一小会儿时间偷偷地看，也不是从头到尾好好看，而是跳着看，遇到大段的景物场景描写就跳过去，主要是看林妹妹和宝哥哥的故事，我记得当时还根据自己的想象在本子上画了林妹妹和宝姐姐的铅笔肖像，电视剧的主题曲也唱得烂熟：一个是阆苑仙葩，一个是美玉无瑕。若说没奇缘，今生偏又遇着他；若说有奇缘，如何心事终虚化？……因为喜欢林妹妹，把很长的《葬花词》也背了下来，最喜欢这几句：质本洁来还洁去，强于污淖陷渠沟。尔今死去侬收葬，未卜侬身何日丧？侬今葬花人笑痴，他年葬侬知是谁？其实当时不过十来岁，并不能很好地理解这部宏篇巨作，只是觉得好看，囫囵吞枣，后来忙于学业和工作，竟没有再从头到尾仔细地读一遍，现在想来有点遗憾。

对于这样一部神一样的作品，有人要续写，而且就在身边，我除了佩服还是佩服。后来知道格格十年前就写过一稿，但不太满意，因为《红楼梦》里有大量的诗歌，为了学写古诗，她看了大量的古典诗词，连旅行的路上都在看《诗经》。准备了十年，几乎从头写起，才有了现在这部作品。

莎翁有句名言："一千人眼里有一千个哈姆雷特"，我想，一千个人心中也有一千个红楼续梦。格格十年磨一剑，终于写出了她心中的《红楼梦》，我真的为她感到高兴。

汪　俪

图书在版编目(CIP)数据

格致斋重续石头记 / 陈格著. —上海: 上海社会科学院出版社,2017

ISBN 978 - 7 - 5520 - 2129 - 5

Ⅰ.①格… Ⅱ.①陈… Ⅲ.①章回小说—中国—当代 Ⅳ.①I247.4

中国版本图书馆 CIP 数据核字(2017)第 231908 号

格致斋重续石头记

著　　者: 陈　格
插　　画: 萱草斋
责任编辑: 应韶荃
封面设计: 周清华
出版发行: 上海社会科学院出版社
上海顺昌路 622 号　邮编 200025
电话总机 021 - 63315900　销售热线 021 - 53063735
http://www.sassp.org.cn　E-mail: sassp@sass.org.cn
照　　排: 南京前锦排版服务有限公司
印　　刷: 上海万卷印刷股份有限公司
开　　本: 710×1010 毫米　1/16 开
印　　张: 12.25
插　　页: 6
字　　数: 194 千字
版　　次: 2017 年 10 月第 1 版　2018 年 1 月第 2 次印刷

ISBN 978 - 7 - 5520 - 2129 - 5/I・260　**定价**: 48.00 元
